【校園霸凌經典50周年紀念版】

BEYOND THE CHOCOLATE WAR

超越巧克力戰爭

羅柏・寇米耶 Robert Cormier 著
周惠玲 譯

——《巧克力戰爭》得獎紀錄——

一九七四年紐約時報年度好書

一九七四年美國圖書館年度最佳青少年圖書

一九七四年美國圖書館不朽青少年圖書

一九七六年麥克錫獎

一九七九年路易斯・卡洛爾書櫃獎

一九八六年美國圖書館「好書中的好書(一九六六~一九八六)」

二〇〇〇年美國圖書館百大全星選書

二〇〇八年中國時報開卷年度好書獎「最佳青少年圖書」

【大家讀1】

在操縱與被操縱之間，可否超越？如何超越？

幸佳慧（作家、金鼎獎特別貢獻獎得主）

還記得開啟《巧克力戰爭》序幕的第一個句子嗎？

「他們宰了他。」——那是唯有讀完整本書才懂得的一句雙關語。

讓我們從角色說起吧。那個剛喪親、身形單薄又無結黨奧援的高一新生傑瑞，想撼動他所不認同的世界。而獨立意志會傳染並喚醒他人，是瓦解獨裁者的利器，這位「造反英雄」因而被代理校長和校園黑幫首領視為必須殲滅的病菌帶原者。最後，他在拳擊台上被擊垮，跟唯一朋友羅花生講的話，顯示他的自主意志因為肉體上付出了慘痛代價，而有所動搖。

讀過前集的讀者，自然想知道傑瑞的後續。這位被讀者認同的聚焦者在拳擊台上被痛宰後，心理是否真的異化了？是否從此放棄說「不」？或者會東山再起、正面迎擊亞奇？

作者寇米耶很懂得讀者的心理，但他並不全然依從讀者。他雖讓傑瑞在續集裡領先出場，卻也讓另一個新角色班尼斯特隨行，這兩人彼此雖沒交集，卻有著某種隱含的平行對比。在新的故事中，傑瑞雖然已非主角，卻仍繼續面對著「如何在扭曲結構中安身立命」的課題。

語言，是寇米耶用來處理該課題的隱喻。當初，點燃傑瑞去撼動世界的火苗，是海報中的一句話語，讓他毅然對雷恩與亞奇說了「不」。但在續集中他的療傷之旅，因為和親戚的語言不通，而處在一種「無語與失語」的狀態。這讓他暫時獲得某種寧靜，他甚至一度相信，那種狀態才是他需要與合適的。然而他沒意識到，這也讓他失去了某種內在能力。

因此，當他回來典範鎮，發現他無法和羅花生溝通時，他才知覺到那個空缺，並試圖把語言找回來。藉由語言的重整，他也逐一尋回他曾有的勇氣與立場。這個語言與心志互證的脈絡，於傑瑞在暗巷面對詹達的挑釁時，表現得尤其明白。表面上，傑瑞似乎是挫敗的一方，但實際上他卻戰勝自己與詹達，這種內在的勝利說明了心志上的抵抗，遠比肉體的抵抗來得困難，而心志的堅定需要「發聲的語言」來自我建構，並傳達對方。

寇米耶處理角色很是深刻，他們有鮮明的集體代表性，也有獨自的個體性。像是傑瑞，在前集裡扮演對抗大鯨魚的小蝦米，但在續集裡，原本廣角的鏡頭收斂至對他內在掙扎的特寫。小說中的每個角色，都有值得深探的厚度，續集中除了先前幾個角色如亞奇、歐比與卡羅尼，以及同是孤鳥特質的新角色班尼斯特外，即使像是末了才出現的小角色都可能傳達重要訊息。

例如故事尾聲，馬洛南乍現的那一幕初看很突兀，但文句一轉，馬洛南和他的便當盒立刻成為一股抵抗的新力量，說著：大部分人雖感受不悅，卻選擇被洗腦、被操縱，但總是有人拒絕糊里糊塗成為威嚇圈套下的獵物，雖然這樣的人極為少數，卻也能找到匯集力量的方式（被選為畢聯會主席）。馬洛南便當盒裡那顆番茄的爆漿演出，比喻打得很耀眼。

又例如詹達，他原本一直是靠著粗壯軀殼霸凌他人的小角色，在故事終了處卻突然被預告成為下一個變本加厲的獨裁者，這安排除了暗示亞奇透過詹達仍繼續掌控三一高中之外，詹達本身也是另一個寓意：一個聽從指使的嘍囉，也在吸收權力遊戲的思想與伎倆後，以驚人的速度進化著。

這些角色本身都有各自的命題，在故事裡以演出進行析論，並且共同支撐著作者寇米耶想要探討的「共犯集權與個體抵抗」母題。如果還記得的話，寇米耶在前集中用了一個劇中劇的諷喻：雷恩修士先惡整一個同學，說他作弊，然後再整全班同學，說其他人在台下逕自享受著那位同學被老師控訴與羞辱的難堪，卻無人出手援救那位同學。他控訴一整班同學的醜陋，鄙視他們等同納粹黨羽。

這個比喻打出了雙重諷刺，因為雷恩本身就是個希特勒化身，寇米耶也在證明給讀者看，雷恩之所以能輕易操縱他人的原因——領導者之所以能集權，正是那些自願被領導的人們匯集給他權力——集權施行者很懂得這個道理因而運作其中，反抗者也明白因而反抗，唯獨中間那些嘍囉們不願承認，因為只要有一點小名、小利與安全感就足夠收買了他們。

「駭人的事情之所以存在，正是周遭的人允許它發生的。」這一直是寇米耶想對你我耳語的訊息。而「在操縱與被操縱之間，可否超越？如何超越？」是他想透過小說探索的問題，除了以上這些角色，你我也都一同受邀在這場討論大會裡。

【大家讀2】
我們都是英雄，也都是惡魔

陳立倫（高雄中學教師）

若說《巧克力戰爭》讓人領悟人性的荏弱，那麼《超越巧克力戰爭》則毫不留情地放大人性的黑暗；若說《巧克力戰爭》讓人在堅持做自己的熱情中，被毫不留情地潑了一盆冷水，那麼《超越巧克力戰爭》或可說在對人性感到黑暗與絕望的當下，卻又瞥見了那一點點希冀與光明。這原是人性，當我們總習慣地用善惡二分法來思考與區分的當下，當我們依舊陷溺在英雄與惡魔的原型之時，小說則像是一面鏡子，得以照見人性的複雜與難解。

可還記得《巧克力戰爭》中，顛覆了英雄形象的傑瑞，你敢不敢與眾不同的話語雖然深深地烙印在心頭上，可傑瑞的遭遇，卻旋即讓那原本閃爍的光芒變得暗淡。當英雄不再是擊敗惡魔的代表，那麼世界該會有怎樣的轉變，這是《超越巧克力戰爭》一開始便拋出的議題。傑瑞或許沒能當成眾人原所認定的英雄，但是他所產生的漣漪，卻悄悄地在原來的世界裡擴散開來。

小說順著那樣的脈絡細膩地勾勒著人心的轉變，更在其中精采地敘說著人心在善惡變化中的不可捉摸。當亞奇依舊穩居守夜會首腦的地位，他的左右手歐比與卡特卻因為形勢的轉換而有了迥異於過往的想法。新的衝突與威脅隨著劇情的發展逐漸躍上舞台，緊張刺激的調性依然充斥在小說之中。當無可自拔地陷溺在小說的鋪陳之時，卻也同時隱隱地感受到英雄與惡魔之間的界線逐漸模糊。尤其是當亞奇面對著卡特與歐比的背叛，其殘酷與冷靜的思緒在面對種種控訴之後，還能一語中的地還擊：「我就是你隱藏在內心的東西。」那彷彿瞬間拆穿了原本嘗試用善來掩蓋內心之惡的伎倆，那也彷彿讓人照見人性的醜陋與複雜。

而這只是其中的一個環節，作者透過不同角色的著墨，來敘說不同的人性與價值，更在那一個又一個的鮮明角色中，讓人細細品味著人性的可能。如果亞奇的惡存在於每個人的心中，那麼這些人的特質不也潛伏在生命之中。當英雄與惡魔的形象逐漸崩解之際，腦海中再次浮現傑瑞與亞奇的身影。那一刻不禁想著，倘若放下輸與贏的觀點，一如善與惡，而回到人性的多樣。那麼小說中所啟發的，該是讓人儆醒活著的種種樣貌，那無關於他者，而是回到內心，回到自己。

也許我們都是英雄，也都是惡魔，關鍵在於我們是否看清了自己。如果生命的經驗與社會的應然模糊了原有的心性與面容，如果善惡二分的思維讓我們避開檢視自己的必要，那麼《超越巧克力戰爭》當可作為一面鏡子，讓人在放下偏見與執著後，遇見越發完整的自己，即便殘酷，卻真實。

【大家讀3】

重訪《巧克力戰爭》

杜明城（前國立台東大學兒童文學研究所所長）

閱讀寇米耶的作品不需要有任何必然的順序。和大多數人不一樣，我認識寇米耶的藝術，並不是從最廣為人知的《巧克力戰爭》（*The Chocolate War*）開始，而是晚了十幾年出版的《褪形者的告白》（*Fade, 1988*）。這本小說的故事情節虛實相間、如幻似真，從一個孩子對姑姑的迷戀，以兩條交錯的敘述軸線，開展出一個不尋常家族的歷史。

基於個人的互文閱讀習慣，《褪形者的告白》立刻和我深深喜愛的斯湯達爾小說《巴爾瑪修道院》（*The Charterhouse of Parma*）成為不尋常戀情的參照。我接著讀《我是乳酪》（*I am the Cheese, 1977*），一部非常喬治歐威爾風格的小說，讀者自始至終宛如置身於被監控、訊問、藥療的情境中，去同理一個騎著單車、孤零零尋找真相的少年，並感受極權主義的恐怖。而最令我驚豔的大概是情節與文字都無比洗鍊的《殘酷的溫柔》（*Tenderness, 1997*），這是一則年輕的連續殺人犯與離家少女的故事，簡潔的對話中處處暗藏機鋒，也預留了伏筆，讓我聯想起海明威的若干短篇小說。

閱讀寇米耶不需要考慮順序的原因就在於此，他的作品不算多，卻涵蓋了各種傑出的筆法，任何一部都無與倫比。他引發我們對某一部名著的聯想，卻指不出任何模仿的痕跡。寇米耶就是那麼獨特、簡潔、多樣，這是只有最頂級的作家才能達到的境界。

回過頭來讀一九七四年出版的《巧克力戰爭》以及後續的《超越巧克力戰爭》（*Beyond the Chocolate War, 1985*）又會有什麼樣的驚奇呢？起手式最難，開篇的第一個句子「他們宰了他。」為這部小說定了基調，也牢牢抓緊讀者的神經，讀完第一章的鋪陳，已經是欲罷不能的局面。

《巧克力戰爭》的書寫筆法無疑比他後續的作品更為傳統，而他把這種寫實主義的風格發揮得淋漓盡致。以全知觀點，隨著情節的發展讓主、次要角色逐一登場，每位人物的面貌都栩栩如生。這是一部非常具有社會學內涵的作品，呈現一所保守校園的權力關係。統治者與學校地下幫派合謀，形成一種共治。情節的推演極為明快，宛如觀看一部節奏緊湊的電影。如果說他較後期的作品必須細細品味，閱讀《巧克力戰爭》則必然是一氣呵成的。我們既期盼主角的命運逆轉，統治集團的馬失前蹄，也欣賞反派首腦的人格魅力與內心轉折。每一位配角都恰如其分地演活了他們的性情，學校成了微型的叢林社會。作者並沒有為我們寫下圓滿的結局，盡職者蒙冤、反抗者濺血、諂媚者當道、統治者得逞，唯其如此才具備寫實小說之本色，才富於悲劇之力量，才讓本書臻於不朽。寇米耶無疑是一位反體制的作家，作品所批判、控訴的對象歷歷在目，也由於小說無與倫比的力道，才成為主流社會（特別是以

真實面目。

揭露了時代的差恥。《巧克力戰爭》故事流暢而劇力萬鈞，無情地展現學校社會各種鬥爭的

神之名創辦的教育體制）強加抵制、撻伐的標的。正如王爾德所說，所謂不道德的書在於它

《超越巧克力戰爭》在原書出版後十一年才出現，彷彿作者本人也需要一個十年才足以沉澱前書所帶來的強烈震撼，不但故事中的人物需要平反，連讀者也需要療癒。續作一開始就增加了一個關鍵角色，以建造斷頭台這種血淋淋的戲法為樂，暗示著殘酷的鬥爭即將登場。前作中幾位核心人物心理上滿目瘡痍，有待重建，紛紛回到這座監獄般的完全機構（total institution）。寇米耶延續前書明快有力的敘事風格，所不同的在於擺脫單一的敘述口吻，而由各個角色分別發聲，隨著情節的發展讓張力達到最緊密、輻輳的效果，宛如賦格曲般的此起彼落。續篇同樣沒有提供一個光明的前景，彷彿權力只有更迭，沒有本質上的改變。然而就創作筆法而言，續作的確讓我們體驗到作者的自我超越。

寇米耶的文字魅力令人無比著迷，無論書寫任何題材都能揮灑自如，達到爐火純青的境界。從讀他的第一本書開始，我於兒童文學的品味就被他收買了，成為評斷其他作家的一項判准。他落筆之處行於所當行，並沒有預設的隱含讀者，《巧克力戰爭》被歸到青少年小說純粹是出版界的觀點，實際上他屬於跨界作家中的佼佼者，讓我們在出版半世紀後仍能深深感受到作品的光熱。它的意義在於遠遠的擴充了兒童文學的版圖，所有「攪和世界」（disturbing the universe）的寫實作品，以他為無出其右的先驅，自此取得正當性。無庸置疑，寇米耶過人的視野與藝術成就都是劃時代的。

大家讀《超越巧克力戰爭》

鍾穎（愛智者）

《巧克力戰爭》與《超越巧克力戰爭》是一部關於英雄與惡棍的當代神話。惡棍經常偽裝成英雄，他們真正的問題是無法被任何情感所觸動，無論是愛與恨都是如此。他們把操弄視為謀略，從不內疚，從不擔責。就像亞奇與雷恩修士，他們堅持認為錯誤是由於社會的集體放縱，因為「你我都推了一把」，所以他們沒有錯。

英雄因此成為了被孤立的眼中釘與受難者。他們有冤屈，但他們決定不去恨。他們被擊打，但他們不以不義反擊。因為他們拒絕成為自己討厭的那種人。

任何一個讀過《巧克力戰爭》的讀者都無法忘記那場在高中校園聚光燈底下發生的糾葛。寇米耶集結政治、道德、個人的議題，手法無人能及。《超越巧克力戰爭》是相當精采的續篇。

——《紐約時報書評》

羅柏．寇米耶寫出一部精采的續集，更細緻的劇情、更緊湊的情節、更難以捉摸的角色，較十一年前的首部曲更為成熟。

——《兒童文學書評》

讀者必定會被這本懸疑的小說吸引……還沒讀過《巧克力戰爭》的讀者，在讀了這本書後，一定會對上一部感興趣。在寇米耶備受矚目的作品中，這是最上乘的一部。

——《VOYA 青少年圖書館雜誌》

超越巧克力戰爭

獻給 Marilyn E. Marlow[1]，謝謝她總是對我充滿信心。

[1] Marilyn E. Marlow（1928-2003）是寇米耶的經紀人，也是美國著名的文學經紀人。

第一部

傑瑞・雷諾回到典範鎮[2]的那一天，雷・班尼斯特開始建造斷頭台。

這兩件事沒有任何關連。事實上，雷根本不認識傑瑞。他之所以建造那座斷頭台，完全是出自於無聊。不僅無聊，還寂寞、煩躁和不安。他才剛搬來典範鎮，也剛轉學到三一高中。這兩個地方，他都痛恨——哈，說痛恨可能太嚴重了，不過他覺得典範鎮是一個無趣又變態的工業小鎮；鎮上只有一些森冷的工廠、乏味的公寓房子，半點格調也沒有。這裡和他生長的迦勒鎮根本是天差地別，迦勒鎮是位於麻州海岸鱈魚角的一個度假勝地，那裡有著會塞滿你趾縫的海灘細沙、會親吻你臉頰的鹹味海風。而三一高中則是一所令人窒息的小學校，那裡的人對於轉學生充滿猜忌，用不友善來形容還算是客氣了。校長和教師都是修士，他們是一群穿著僵硬白色衣領的怪咖，既不能算是神父，又跟一般正常人不一樣。雷的父親堅信修士是理想的教師，對教育無私奉獻。他們不會受到俗事干擾，雷的父親說。他們不必煩惱要賺很多錢——反正修道會會照顧他們一切日常所需——而且他們沒有妻小要養，或許

2 典範鎮原名 Monument，有典範、紀念的涵義，它和雷生長的故鄉「迦勒」（Caleb）都是作者虛構的城鎮。「迦勒」一名的典故可能來自《舊約聖經．出埃及記》故事裡的人物，代表對於上帝的應許深信不疑。

啦，在他們放蕩的閒暇時刻裡有一兩個女朋友要照顧。最後這句評論只是玩笑，不必當真。雷・班尼斯特的父親很擅長在雞尾酒會上說些機智幽默的話，不過，說真的，雷並不覺得那些話有趣。特別是自從父親獲得公司升遷，他們必須從鱈魚角搬到新英格蘭中部的這個爛地方來以後。

雷一直都是團體當中的孤鳥，就算以前還住在鱈魚角的時候，他大半時間也都是獨自一人在海灘和沙丘上漫步，或者駕駛著他心愛的小帆船，徜徉在迦勒鎮南方的溫暖海域。後來在一時的衝動下——對所有一切的厭惡和幻滅——他把帆船賣給了喬・瑟拉，那是他在迦勒鎮最要好的朋友。那艘帆船是雷投注一切情感親手建造的，他熟知船身的每一處紋路和內部結構，就如同他對自己身體肌膚與肌理的了解。

而典範鎮看起來，恐怕連適合航行的天氣都從未有過。以前，雪花只要一親吻到鱈魚角的地面就會立刻融化，但是當雷在二月抵達典範鎮的時候，卻震驚地發現這裡竟然覆蓋著骯髒的積雪。鎮上的街道看起來蒼白、陰鬱且難以接近，就像那些午夜電影裡經濟大蕭條時期的景象。他在三一高中裡交不到朋友，他也沒認真去嘗試結交，於是在孤寂的心情下，雷就把閒暇時間都花在練習魔術上。他父親以前曾經是個業餘魔術師，去年聖誕節時送給他一套魔術道具，多少是為了補償雷被迫搬來典範鎮。一開始，雷只是意思意思玩一下，但後來實在太無聊又太煩悶了，於是就把整套道具拿出來解悶，結果意外發現那些道具並不只是騙小孩的玩意兒，而是相當複雜、很具挑戰性，幾乎可說是頗為專業的魔術道具。裡面有梯形牌、杯子和球、絲巾，而且他發現自己的手指還滿靈巧的。由於沒有觀眾可以取樂，他就對著臥室的鏡子表演。

當季節更迭，從冬天到了春天，或者應該說，從灰濁的二、三月，轉為嫩黃的四月時，雷已經開始厭倦單純的手技了，他想起年幼時父親好像有各種在俱樂部或公司晚會上表演的魔術道具，於是他就到閣樓上翻箱倒櫃。要搬來典範鎮的時候，他父親曾經仔細打包了所有物品。在尋找的時候，雷發現了一個老舊的厚紙箱，裡面裝了許多精巧複雜的魔術道具以及聲光裝置，由於沒有任何解說，他不知道該怎麼玩。後來，他又發現了一本老舊的羊皮精裝書，一九二二年出版的，書裡介紹了上百種魔術教學。還有著各種舞台幻術的設計與示意圖，例如浮空、消失。了解了那些幻術的祕密之後，雷覺得很失望，原來那些只是機械裝置。他想道，其實這世界上並沒有任何魔法。就像當初他發現世界上並沒有聖誕老人。

不過，關於斷頭台的設計，立刻就吸引了他。原來背後的祕密這麼簡單，而且看起來效果挺嚇人的。他想像自己站在三一高中大禮堂的舞台上，表演給全體學生看——「我可以徵求一位自願者嗎？」——然後當鍘刀掉落，看似要切斷自願者的頸項時，學生們震驚地倒抽一口氣。雷忍不住手癢，決定自己來建造一座斷頭台，就像當初他忍不住建造了那艘帆船。他一向很會做手工。事實上，他父親曾說過，花錢讓雷去念大學搞不好是浪費錢，因為雷說不定比較適合當木匠——而木匠並不需要大學學歷。

不管如何，雷是就在這種孤獨、無法融入典範鎮與三一高中，厭惡這裡的早春，天空老有揮之不去的烏雲，以及想念此刻會出現在迦勒海灘上的比基尼辣妹，就在這種種的情緒底下，雷·班尼斯特找齊了各種工具和木材，開始製造斷頭台。他在烏斯特市的一家魔術商店裡買了斷頭台的鍘刀。除此之外（如同他稍後對歐比說的）說真的，他從來沒聽說過亞奇·柯斯特洛，傑瑞·雷諾或其他任何人。

歐比墜入了情網。神魂顛倒，不敢置信，而且滿心歡喜。他以為這種事只會發生在電影裡。**茶不思，飯不想**的愛情。**上課做白日夢**的愛情。**讓人讀不下書**的愛情。**作業你給我滾蛋**的愛情。她的名字叫蘿莉．關德笙，而且她好美。只要一見到她，歐比的雙腿就會融化，甚至他覺得自己好像就要融入地球表面，消失。他從來沒有感受過這種幸福和甜蜜的折磨。他日日夜夜都像是陷入玫瑰色的眩暈當中，兩眼呆滯、容光煥發。當然了，這讓亞奇．柯斯特洛簡直噁心到了極點。

就好比這一刻好了，守夜會的成員聚集在一起，為即將進行的任務做最後的確認。其他的成員，包括三位高二學生，全都沉默又神經緊繃地等待著、期待著，他們很緊張不知道待會將要發生什麼。亞奇總是令人緊張，他不時會拋出各種小花招，因此大家必須隨時提高警覺，全神貫注。可是呢，歐比竟然呆坐在那裡，臉上掛著那種愚蠢的表情。這就是為什麼亞奇會轉向邦亭，那位高二學生。

「好啦，邦亭，」亞奇說，「報告一下進度吧。」

亞奇選邦亭來作報告，這件事並沒有立刻引起歐比的注意。事實上，此刻歐比並不在守夜會的開會現場——一個位於體育館旁邊的爛倉庫。歐比正跟蘿莉．關德笙一起徜徉在某個不知名的地方。他們正開著車前往瓦茱善山[3]上。在這個春光明媚的日子裡他們一同爬上山頂。他扶著她爬上一段崎嶇的路面，他的手游移在她美妙的身體曲線上。他無法不讓自己去碰觸她的身體、撫摸她，雖然她已經盡力減少這類碰觸的機會。只在少數特殊情況下她才容許歐比做這類親密的撫摸，而歐比願意為此捨棄每一個呼吸的片刻。

「你有跟我們在一起嗎，歐比？」亞奇問，他的聲音一如往常般平靜冷酷，未曾透露出一絲感情，讓人覺得他叫你的名字就是一種恩惠。

「我在，亞奇，」歐比說，心不甘情不願地脫離蘿莉溫暖、柔嫩的胴體。

「繼續說，邦亭。」亞奇說。

就在那一刻，歐比才看見邦亭手上的筆記本。震驚之餘，他檢查了夾克的口袋，確定他自己的筆記本還在，安全，毫髮無傷。歐比的筆記本是三一高中的傳奇，不僅是因為它記錄了亞奇構想的每一項任務，也因為裡面有著三一高中每位學生的個人資訊，甚至比學校官方資料還要詳細。如今看見邦亭也有一本筆記本，讓歐比無比震驚，不過他並不太在意。在遇見蘿莉．關德笙之前，同樣的事可能會把他惹毛，但蘿莉改變了他：就讓邦亭去擁有他的筆記本好了。

邦亭以一種得意洋洋又傲慢的神情站在那裡，那是二年級學生的典型死樣子。歐比討厭高二生；多數的高四生都討厭他們。高二生早已經失去了高一新鮮人的那種羞怯純真，但又還沒培養出高三生的從容自在，更欠缺高四生的冷靜淡漠。高二學生剛嘗到傲慢的興奮滋味，而且相信整個學校（甚至整個世界）都是為了他們而存在的。高二生會搶破頭去做任何腦袋正常的人不會做的事。現成就有個好例子：此刻邦亭就以勝利與優越的眼神瞥了一眼歐比，帶著惡意地蠢笑著。歐比從嘴脣擠出一絲笑意，這個笑容是有意要對邦亭說，他根本不在乎誰作這個報告。可是，歐比還是感受到了一絲忌妒，儘管他生命中已經有了蘿莉這個甜蜜的存在。喔，也不能說是忌妒啦。畢竟誰會去忌妒一個高二生啊。吼！是痛恨吧，也許。不過不是對著邦亭的，而是對於亞奇恨意的累積。到頭來，那是痛恨，是吧？他自己也不確定。對於亞奇，他沒有什麼是確定的。大家都是。

「一切都按照計畫進行中，」邦亭大聲朗誦著說。「每個人都打點過了，直接或間接。有很多人根本搞不懂這是要幹麼。不過，也沒有人敢雞歪。」

「邦亭啊邦亭，」亞奇說，用一種呵斥的聲音，就像一個父親正在責罵犯錯的兒子。

「怎麼啦？」邦亭問，困惑地。

「你的措詞。」

「什麼措詞？」不僅是困惑，如今更帶著不自在。

「你的用語。」

---

3 Mount Wachusum 也是寇米耶虛構的地名，可能是從烏斯特附近的瓦諸賽特山（Mt. Wachusett）得到的靈感。

「哪個用語？」聲調提高半個音階。

亞奇沒回答，而是以一種明顯的鄙視端詳著邦亭。

「你是說**雞歪**嗎？」邦亭問，不敢置信。

亞奇點頭。「你違反規定，邦亭。你使用了一個褻瀆上帝的語詞。一個不能說的，禁忌。」

歐比搖搖頭，實在不得不佩服。那個亞奇。去他媽的。當然了，根本就沒有所謂用詞規定。這就是亞奇有趣的地方——你永遠搞不懂他接下來會使出哪一招。現在歐比放心了，準備開始享受這一場遊戲，不管內容是什麼，總之就是亞奇逗弄邦亭的戲碼。不過他還是保持一點警戒心，明白自己無可避免地還是會牽扯進去。

「你的意思是說，有一條規定說不能罵髒話？」邦亭問，他的自信迅速被擊潰。

「沒錯，邦亭。規定是——不可以說褻瀆神的語言，在守夜會的會議裡不可以說髒話。不可以拿神的名諱來說不敬的話語。」亞奇和他的嘲弄聲音。亞奇搖搖頭，表現出對於邦亭的失望。「嗨，歐比，這項規定已經實行了多少天？」

「六天，」歐比不加思索地回答。

「看到了沒，邦亭？我們知道你雄心萬丈，想在守夜會裡一展身手。不過你竟然漏掉了這項新的規定。」

其他兩位高二生動也不動地坐著——其中有著一雙凸眼的瘦皮猴叫哈禮，另一個沉默、面容陰沉、滿臉痘疤的小鬼名叫康那屈。他們之前從沒親眼見過亞奇，所以很明顯都嚇壞了。守夜會其他的老鳥則幸災樂禍地觀賞著這一切，跟歐比一樣立刻知道這是亞奇另一次的即席演出。

「告訴邦亭我們為什麼要增加這項規定，卡特。」

卡特最痛恨這種事了。他一向不參與這種遊戲，作為守夜會的主席，只需要宣布規定。他會揮舞著一只槌子，重重地敲在一個當作桌子的木頭箱子上，聲明亞奇的命令。卡特並不喜歡亞奇那些心戰遊戲。他喜歡可以看得見的東西——那些你可以敲打的東西。不過卡特的高四生活很悲慘，因為雷恩修士下令禁止拳擊。卡特曾經是拳擊社社長兼美式足球隊隊長。但由於拳擊社被解散，加上美式足球的球季成為過去，他現在實際上已經不是任何社團的頭頭。相較之下，這些日子來他僅存的位子就只剩下守夜會的主席了。而作為守夜會的主席，他必須回應亞奇，陪他玩這些遊戲——用語言玩假拳擊。

「我們設立這些規定，是為了淨化。」卡特說，這些話語輕易而且流利地脫口而出。事實上，他雖然是個拳擊手，卻不意味著他蠢。「想要淨化垃圾以及汽車排出的廢氣大概是不可能了。不過，我們最起碼可以淨化人心。」

亞奇對他微笑，神情愉悅，而卡特很痛恨自己竟然可以這麼迅速地回應亞奇的這種花招。

「對於說髒話的人，我們會怎麼處罰呢，歐比？」

「任何人違反規定，」歐比說，腦筋飛速轉動，思索著各種可能，「就必須裸身站在典範鎮廣場的公車站牌一小時。」他一說完立刻覺得不安，從亞奇陰鬱的表情可以知道這是個爛透了的處罰。

「沒錯，」亞奇說，帶著厭惡的表情看著歐比。「邦亭，你必須承認，這真是個很溫和的處罰啊。這是因為我們把重點放在第二次犯誡上。任何人若第二次說髒話，將會獲得美妙的驚奇。」

邦亭點頭，懷著羞窘、困惑的心情，猜想著這一切究竟怎麼回事啊，他怎麼會這麼迅速地變成受害者而不是加害者，但同時也了解到亞奇的權力之大，以及難以捉摸。他腦中的一小部分也同時記錄下亞奇和歐比之間逐漸發展的對立，他要把這件事儲存起來，以備未來參考。

「好吧，」亞奇說，「我們這次就放過你吧，邦亭。但是下一次，你就得接受處罰。」他的眼光掃過群眾，「其他人也是。以後在守夜會的會議上不准任何人說髒話。」再度看著邦亭：「繼續報告，請。」

邦亭開始滔滔不絕地報告，沒有停頓等任何的指示，不過這次他很小心地選擇用語。「就像我所說的，看起來並沒有任何人找麻煩。幾乎所有人都被警告過了。其中有一些人在籌備聚會之類的。有許多人要去罕布頓海灘度假，也有一些人要去鱈魚角。其他人要搭車去波士頓。我們都告訴他們：萬一你們打算留在鎮上，也不准露面。我們不管你做什麼

ㄐ——我們不管你做什麼。只要別出現在學校就行，而且給我裝死……」邦亭忍不住瞄了筆記本一眼，知道這個舉動會引起歐比注意。「我們預估會有一些漏網之魚，不過將近九成的人都收到通知了。」

「我不希望有漏網之魚，」亞奇說。堅決地，下達命令，此刻亞奇正君臨整個學校。「我要百分之百。」

邦亭點點頭。其他人也是。

這一次的任務，其實不是真正的任務，它只是亞奇的某一項餘興節目，某一件用來解悶的事，在春天和暑假之間總有一段空檔，整個學校會陷入沉沉的死氣與悶煩，日子似乎無窮無盡，讓人提不起勁來，就連教師們也顯得懶洋洋的、沒有生氣。高四學生已經對學校沒有絲毫興趣了，如今他們只關心未來。其中很多人都已經拿到大學的入學許可。同時呢，高三學生則陷入不上不下的階段，他們幾乎已經修完了中低年級的課程，卻還不是高年級。即使是一年級新生也累了，他們已經厭煩繼續扮演最底階人物的角色，渴望有另一批新鮮人在秋天到來。學校並不全然像表面上那麼寧靜或昏沉；有一股不滿現狀的暗流正在湧動。

亞奇感受到這所有一切，他知道唯獨二年級生滿足現狀（但不必管他們），所以他決定來個完美的解決之道：讓大家脫離學校一天。但他並不想去勒索雷恩修士來安排這件事。才不呢，他要把這一天變成亞奇．柯斯特洛之棘[4]。讓每一個三一高中的學生——差不多有四百名——全在某一特定日子裡蹺課。他們將會消失無蹤。沒人可以找到他們。當修士們精神錯亂地打電話給每一個學生的家長時——只要學生一缺席家長就會接到連絡電話——修士們就會聽見學生家長說，吉米或喬伊或凱文或某某人一如往常上學去了。因此，這一計畫將會造成雙重衝擊：對學校和對學生家庭。而且亞奇的目的不只如此。他早就知道主教預計哪一天來三一高中參訪。慣例上，每年主教來學校參訪行程的第一個節目，就是趁上課前和大家一同在大禮堂裡進行大彌撒和領聖餐禮。而今年，大禮堂裡將沒有任何學生。

卡特一度被這個羞辱主教的計畫給嚇壞了，這個行動無疑會帶來嚴重的後果。不過他並沒有說什麼。就跟其他人一樣，他已經學會最好不要去反對亞奇的計畫。只要跟著做就好了。但他感覺很無助，真希望自己有勇氣提出異議。在足球場上和拳擊台上，他都有足夠的勇氣。但這件事就完全不同了。近來他覺得很孤獨，被這所他心愛的學校給放逐了。每個人都以為他頭腦簡單、四肢發達。殊不知一位硬漢其實也有顆敏銳的心。而敏銳感告訴他，主教的參訪行程將會變成一場災難。他實在不想在這種時刻，在即將畢業的時候捲入災難中，一旦忍到畢業以後，他就可以把亞奇．柯斯特洛永遠拋在腦後了。

「我有個提議。」邦亭說。

歐比以嶄新的眼光看著這位二年級生，他竟然能這麼快就從先前亞奇的攻擊中迅速恢復，而且膽敢冒著再次被亞奇羞辱的風險作提議。通常只有亞奇會作提議；而且那根本不是提議，而是命令——或多或少而已。

「說來聽聽看吧，」亞奇說，「不過要注意用語，懂吧？」嘴唇噘起，幾乎可說是一本正經的樣子。

邦亭點頭。

「我在想，」他說，鼓足信心。「為什麼我們不讓所有人都離校，只除了一個學生例外？我的意思是，如果全部人都缺席，那麼就沒有……」他找不到話來形容。

亞奇打破靜默，隨意補充：「沒有對比。」接著又拋出另一個：「沒有強化。」他欣賞地看著邦亭，或者說是一閃即逝的欣賞，因為他仍然維持一貫的高冷態度，以製造出自己和其他人之間的距離。「漂亮啊，邦亭。我懂你的意思了。」主教和雷恩修士和全體教師都會來到講台上，接近聖壇。而有一個學生坐在底下，就在整間大禮堂的正中央，被全部空椅子包圍，看不到其他任何孩子。」

「我們要挑選一位適當的學生，」邦亭繼續說，現在真的充滿信心了。「他應該要是計

4 此處不僅意味亞奇對三一高中教師群來說是一種如芒刺在背的存在，也影射耶穌被釘上十字架時所戴的荊棘王冠，可以看出亞奇對自己的看法。

畫當中的一環，按照正常的禮儀行動，好像他並不是禮堂當中唯一的一位學生。他必須表現得好像一切都正常進行。」

亞奇舉起雙手，掌心向下，像似要為慶典祝禱，但守夜會的人都明白他這姿勢是表示他要所有人立即閉嘴。瞬間，僵硬的氣息蔓延整個空間，彷彿群眾全都屏住了呼吸。歐比驚嘆亞奇在各種情況下都能夠掌控大局，彷彿他不費吹灰之力就能夠瞬間將聚光燈從邦亭那邊奪走，讓所有人的目光聚集到他自己身上。亞奇的眼睛瞇得更細了：他正在思索，全神貫注。也或許他只是假裝在思索和專注。歐比已經見過他這副模樣上千次了。難道這只是一種表演？

此刻倉庫裡的熱氣已經高漲到令人難以忍受的程度了，熱氣摻混著男孩們的體味。守夜會的會議向來很簡短，因為亞奇受不了汗臭味，他不能忍受看見冒著汗珠的燥紅皮膚。歐比偷偷地研究著那些男孩，他們正動也不動地端坐著，專心看著亞奇，連大氣也不敢喘一聲。沒有人希望被亞奇注意或單獨挑出來。唯獨邦亭一派輕鬆自在的樣子，他的黑色捲髮在那盞從天花板懸吊下的無罩燈泡的刺眼光線照耀下閃爍著光芒。他的樣子看起來很像才剛沖完澡：乾爽而清新。歐比突然一陣哆嗦。他明白了，亞奇正在培植邦亭成為新一任的「任務指派者」，在下一學年繼承亞奇的位置。雖然邦亭長得矮小、黝黑又粗壯，和金髮亞奇的修長優雅外表形成對比，但他們之間有某些共通點，那是某種歐比無法精確描述的東西。也許是冷酷無情吧。

「好吧！」亞奇說，結束冥想（不管那實際上是什麼）。聲音尖銳，藍眼珠閃爍著。「我們只需要再確認最後一點。確認誰是當天要來學校的學生。」他瞄一眼歐比。「我要一個新來的學生。某一個還沒涉入任何事情的人。」

反射動作般，歐比打開他的筆記本。他痛恨自己迅速地隨著亞奇的任何願望起舞。「有一個小子是第二學期才轉來三一高中的。他家是從鱈魚角那邊搬來這裡的。他的名字叫雷蒙．班尼斯特。二年級學生。平均成績是B⁻，不過化學成績只有D。他是一隻孤鳥。」

「我們之前怎麼沒聽說過這個人？」亞奇問，在使用**我們**這個報紙社論式用語時，他的聲音中有著輕微的訓斥，宛如他是教宗，吼，我的天。**我們**。

歐比聳聳肩當作回答。新學生向來是守夜會的玩物。亞奇最喜歡叫新學生去跳火圈了。

「你之前脫隊了喔，歐比？」亞奇問。用心照不宣的口氣，奚落著。

歐比感覺到臉上冒起一陣熱氣，彷彿是罪惡感的印記。這是亞奇的拿手好戲，當眾羞辱一個人。

「我不認為這種時刻適合玩這種心戰遊戲。」歐比回答。「雷．班尼斯特是一隻孤鳥，就像我剛說的。」他意有所指地看著亞奇，好奇亞奇是否能接收到他拋出的訊息。關於巧克力那件事的訊息。

亞奇的眼中閃爍著某種意涵，好像有一根隱形的樹枝剛抽打了他的臉。停頓。不過也只有一瞬間。「既然這樣，那或許他此刻正需要被人群包圍呢。」他說，直勾勾地回望歐比。

「去找到這個班尼斯特小鬼。如果他是一隻孤鳥，那麼他應該很喜歡獨自一人坐在那裡。就決定是他了。告訴他他必須扮演的角色。務必讓他明白這個角色的重要性。而且要讓他知道我們不容許失敗。」

守夜會的人喃喃附和著。

亞奇轉向邦亭，不再理會歐比，彷彿就這麼打發他了。

「做得不錯，邦亭。」

邦亭臉龐泛紅，而且忍不住又對歐比拋去勝利的一瞥。

「還有其他事嗎？」亞奇問，並沒有特別針對任何人。

沉默，亞奇環顧整間倉庫，輪流端詳著每一個人，以他那對冷酷而精明的眸子研究著，並且刻意露出一種優越感、統御大局的神情，一如往常。

「關於園遊會呢？」邦亭問。

亞奇的臉色籠罩上一抹陰影。歐比幸災樂禍地想道：邦亭的好運用光了。

「關於園遊會的什麼事呢？」亞奇的聲音中隱含著一股冷酷的嘲弄。

有一件事是邦亭不知道的：亞奇一點也不喜歡園遊會。事實上可以說是厭惡。園遊會是三一高中每年舉辦一次的家庭同樂會，是畢業典禮之前最後一個聯誼活動，在這一天裡，學校會充滿熱狗和漢堡、賣東西的攤位、旋轉木馬，以及各種遊樂設施，好讓三一高中學生的弟妹們可以來遊樂。在園遊會這一天，守夜會的成員通常都會保持低調不去惹麻煩，當然了，耍弄那隻「猴子」不算犯規。守夜會甚至有一項規定是禁止成員去惡搞園遊會晚上「話劇之夜」的表演（有些人把它叫做「滑稽之夜」）。照理說，邦亭應該知道這些的。不過，邦亭就是典型的二年級學生：嘴巴動得比腦筋快。

「我們先把前面的事情解決掉再說吧，」卡特伸伸懶腰，行使他作為守夜會主席的特權。他已經厭煩這一切狗屎了，只希望盡快結束會議。

亞奇咯咯笑了，帶著假裝惱怒的表情看向邦亭，就像父親正在逗弄他最喜愛的兒子。「慢慢來吧，邦亭。」他說。然後對著卡特點頭。

卡特敲下議事槌，並站起身來。氣氛瞬間變得緊繃，好像一根弦被扯到最緊繃的程度，即將斷掉。卡特從桌底下的櫃子裡拿出一只黑盒子。他手捧著這只盒子，彷彿裡面裝著歐洲所有皇冠的珠寶似的。

亞奇嘆氣，厭煩地，放棄掙扎。他轉向哈禮和康那屈，那兩位二年級生始終帶著敬畏和驚奇的神情，也許還有些恐懼，看著整場會議的進行。

「這是你們第一次參加會議，對吧？」亞奇問他們，一副和藹溫厚的模樣。他可真是個表演大師，歐比想道，依照目的隨時調整自己個性中的不同面向，展現給世人。

兩位二年級生不加思索地點點頭，動作整齊劃一，好像事前已經排練過該怎麼回應。

亞奇朝那只黑盒子點點頭。

「這是我每一次指派任務之後必須面對的，」亞奇說。然後挖苦道：「這是為了讓我保持公正不阿。」這一刻他緊盯著邦亭。「這是你必須付出的，邦亭，如果你繼承我的位置。」

二年級學生們戒慎恐懼地看著黑盒子。它是三一高中的傳奇之物，而且只有一次曾出現在公眾面前。

此刻，當卡特崇敬地將黑盒子高舉過頭頂時，亞奇說：「任何時候，當我指派出一項任務之後，我就必須面對這個盒子。盒子裡有六顆骰子，五顆是白色的，一顆是黑色的。如果我摸到了一顆白色的骰子，那就沒事。任務成立。如果我摸到了黑色的，那麼我就得自己去執行任務。這是許多年前設立的規矩。目的是讓擔任『任務指派者』的人不會胡亂出主意，搞得天下大亂。如果他知道任務有可能由他自己去執行的話。」

卡特和歐比走近亞奇的身邊，卡特遞出那只黑盒子，歐比拿著鑰匙。那只黑盒子是一個老舊的珠寶箱，許多年前由某個不知名學生從他媽媽那裡偷來的。

「以這次的例子來說，」——亞奇繼續對著那幾位二年級生解釋——「如果我摸到了黑色骰子，我就必須取代班尼斯特，成為坐在大禮堂裡的那個學生。這件事其實不算太糟。我曾經遇過更危險的情況。」

亞奇再次大笑，這次笑聲中帶著明顯的喜悅。一如往常地，歐比覺得很困惑，究竟亞奇的血管裡流的是哪種顏色的血。或者說，裡面流的是血嗎？

「看看歐比，」亞奇說。

歐比手上的鑰匙差一點就掉下去。他覺得毛毛的，彷彿亞奇可以看穿他的思緒。

「歐比巴不得這次會輪到黑骰子出現呢。以前他不會這麼想，不過這次他希望會這樣。」

他一面說著，一面伸長手探入黑盒子裡，迅速而毫不猶豫地。幾乎是同一時間，他的手縮回來，將一顆白色球珠拋上半空中，讓這顆見證物在燈泡的照耀下反射出光芒，然後等球珠墜落時輕鬆地攫住它。在亞奇擔任任務指派者的期間內，他從來沒有摸出過黑骰子。

「抱歉嘍，歐比。」他說，大笑著。

歐比明白了，由於某種未知緣故，他和亞奇已經變成了敵人。他不知道是為了什麼，又是從什麼時候開始的。他只知道，以前存在於他們之間的某種東西如今已經變質了。當卡特敲下議事槌，宣告會議結束的時候，歐比打了一個冷顫，儘管倉庫裡相當悶熱。他同時也發現了，他有五分鐘時間沒想到蘿莉·關德笙。

所有事情都進展得很平順，生活回歸了正常，恐怖與背叛的記憶逐漸模糊、消逝——然後，電話鈴聲響起。

他又開始跑步了，飛也似地越過每一條街道，上坡又下坡，輕鬆地奔馳，流線般優雅地滑過街道，清晨的冷空氣讓他神清氣爽，玻璃窗上反射的旭日光芒刺得他睜不開眼。雲杉街上有一隻狗老愛跟隨著他跑步，他也覺得跟這隻狗心意相通。通常在這時刻裡，整條街上只有他和那隻狗是活著的生物。

他父親很高興見到他再度跑步。「很好，羅南，這樣很好。」他的父親說，而且總是在他跑步的終點跟他碰面，然後再去上班。

他跑到父親身邊，深呼吸，甜美的空氣充滿他的肺，清晨的涼風吹乾他汗溼的身體，羅花生覺得這樣很棒。

「你瞧，羅南，時間終究會治癒一切，」他父親說，揮著午餐包，一面往街上走去。他父親是個古板的人。他不喜歡綽號或小名。也從不像別人一樣喊他兒子小羅或羅花生。羅花生望著父親沿街走路去上班，脊梁挺直，頭抬得高高的，他內心湧起一股說不上來的情緒。是愛？感動？他不是很確定那是什麼。或許那是一位兒子對於父親的感受，尤其是當父親幫助他度過一段生命中的低潮。時間會治癒一切……

羅花生家住在離三一高中八公里外的地方，若要跑步上學實在太遠了些，特別是他還得帶著書本以及其他一些用品。但他還是先晨跑過其中一段路，跳過離他家最近的公車站，再改搭鎮上圖書館附近的公車。這條路線的公車，不像其他路線的公車有那麼多三一高中學生搭乘，這對羅花生來說挺好的。他仍然打算在秋季轉學到典範高中去；他父親不贊同他在學期中轉學，所以要求他繼續留在三一直到六月學期結束。儘管這些日子來他對於三一高中的感覺有好轉了，但羅花生仍然不太跟其他學生來往。這點並不難：畢竟他還只是高一生，本來就沒認識幾個人。三一高中的學生不只有典範鎮本地人，還有鄰近地區的人，而且只有一小部分學生是來自羅花生的國中母校，聖猶大教區學校。不管怎樣，他已經打定主意，要低調過日子直到六月。十四歲的心靈是很奇妙的，他的父親說過。不管詩人怎麼說，心並不會完全破碎，只或許會有創傷。

羅花生不太確定，上學期在巧克力那件事的過程中，他的心是受傷了還是完全破碎了。他只知道，最後他全身瀰漫著一股麻木感，就好像他的靈魂被注射了麻醉藥。在經過了這段時間，以及跑步，都幫助他走出了那股麻木感。但不管怎樣，他依然覺得自己是一個叛徒，而且他會盡可能避開亞奇．柯斯特洛、歐比，以及其他守夜會成員。同樣的，他也會避開十九號教室，即使這意味著他有時必須繞遠路穿過大廳和樓梯。十九號教室和尤金修士。賣巧克力的日子和傑瑞．雷諾。現在他可以掌握一切了，他可以在學校度過一整天而不會有莫名的痛苦和憂鬱。當然了，他沒辦法避開雷恩修士，不過他已經學會忍受雷恩修士的存在。如今，雷恩不時會出現在教室裡，在羅花生沒有防備時，有時是代課，有時是站在教室後面監看老師和學生上課。最近羅花生覺得自己獲得一次小小的勝利：他在走廊上遇見雷恩修士，而且竟然能直視那對迷霧般的溼潤雙眼，而沒覺得胃部作噁。

然後，來了那通電話。

當電話響起的時候，他正獨自一人在家：他父親在上班，而他母親出門去買東西。他拿起話筒。

「羅南嗎？」

有一瞬間他以為那是他父親打來的。心裡微微恐慌。他父親從來不會在上班時間打電話回家。但其他人不會稱呼他羅南。

「是的，」他說，謹慎地，遲疑地。

「我是傑瑞．雷諾的父親。」

這句話在羅花生的耳中迴盪著，宛如有人正對他大聲叫喊，咆哮。

「喔，是，」羅花生聽見他自己回答。他曾經見過傑瑞的父親一次。就在他們送傑瑞去典範鎮立醫院的那一晚。由於那晚的意外，加上他的雙眼不斷湧現淚水，他對於那個男人的印象很模糊。「傑瑞怎麼樣了？」羅花生問道。強迫他自己問。也害怕答案。難道我再度成為一個叛徒了嗎？他納悶著。

「嗯，他回到家了，」雷諾先生說，聲音平靜而且音量壓低，彷彿他是在醫院病房裡講話，深怕會打擾到病人。

「喔，」羅花生說。感覺自己像個白痴，沒法多說些什麼。他感覺去年十一月時的痛楚再度發作，麻醉藥的藥效消退，疼痛的感覺回來了。

傑瑞．雷諾在典範鎮立醫院住了幾個星期，然後轉到波士頓的一家醫院。又過了幾個星期之後，雷諾先生打電話來說，他兒子已經出院，到加拿大的親戚家去療養。「我想換個環境會對他有幫助，」那時候雷諾先生說。接著他又補充，「我希望，」他的聲音中充滿著一種劫難即將來臨的感覺。羅花生最後一次看到傑瑞，是在他剛住院的那幾天。

「我想，如果讓傑瑞見見一些老朋友，應該會對他有幫助。」

「你的意思是說他現在不太好？」羅花生問。接著想道：別跟我說是這樣。他一點也不想聽見這樣的答案。

「我是想，在離開這麼久之後，他需要調整一下。他必須把生命的各個片段接起來。」感覺到他小心翼翼地措詞用字，是不是？「這就是為什麼我覺得像你這樣的一個朋友會對他有幫助。」

但我到底是什麼樣的朋友啊？

「什麼時候去看他比較好？」羅花生問，痛恨自己內心裡有某個部分期望雷諾先生會說，忘記吧，我說錯了，傑瑞不在家，他還在加拿大，他會待在那裡直到永遠。

「隨時都可以。我們才剛剛安頓好。明天下午好嗎？放學以後？」

「好啊，」小羅說。但感覺上好像是另一個人用他的聲音在說話。

直到傑瑞父親掛上電話之後許久，他仍然握著話筒，聽著嘟嘟聲不斷響著，宛如災難的警報聲。

梯形牌是一種魔術撲克牌，不過其中的祕密很簡單：整副撲克牌的其中一側邊緣有上膠。因此，若有其中一張牌被翻轉過來，並塞回整副牌中，那麼就可以憑著手指觸覺將它找出來，因為它和其他牌不一致。這項魔術的重點就在於要憑藉手指或指尖來找出那張被指定的牌。這就是所謂的「剝牌」。

當雷第一次練習這項魔術時，立刻覺得很挫敗。他抽牌的時機點老是沒抓對，不過，隨著他不斷地練習，重複洗牌，他指尖的觸覺變得越來越靈敏。再過幾個星期以後，他已經能夠毫不猶豫地找到那張被翻轉過來的牌了。梯形牌是殺時間的好東西，也讓他對自己的孤單變得無感。

當春天無預警地綻放出萬紫千紅時，雷第一次感受到內陸地區的春季之美。他之前完全沒注意過的垂柳發芽了，整株樹染上了一圈嫩黃的光暈。他逐漸理解到，典範鎮不全然像他第一眼看見的那樣灰撲撲和醜陋。甜甜的香氣滿溢在空氣中和典範鎮四周的山野林間，雖然有點缺乏音樂律動的聲音，但綿延的美景和耀眼的色彩卻也明媚動人。

此刻，雷就徜徉在三一高中校門口的那株楓樹下，一面呼吸著春風中飄散的香氣，一面熟練地耍弄著整副牌，等待校車到來。他看著路過的學生一如往常地忽視他的存在。去他們的，雷想道。

他將黑桃A從整副牌中抽出來，翻面，洗牌。當他朝指尖吹氣時，抬頭看見一位少年站在附近，雙手插腰，瞇著小眼睛注視他。

雷揮揮手打招呼。

那個少年沒理會他的招呼，但走近他，臉上毫無表情，既不是友善，也不是不友善。

「你是老千喔？」那個少年問，一面繞著他打轉。

雷瞬間起了防衛心，他站穩腳步。「沒有，我只是隨便玩玩。」他說。

「你說隨隨玩玩是什麼意思？」那少年問。雷改變了想法，那個少年的臉並非沒有表情。那雙小眼睛充滿戒心、挑釁。他的嘴唇很薄，抿嘴的模樣幾乎像是在冷笑。他並不特別高大或魁梧，可是給人一種充滿力量的感覺。或許，可以說是一種殘暴的力量。

「小把戲。我只是在玩一些小把戲而已。」雷說，把撲克牌放回口袋裡，不安地挪動腳步，眼睛瞥向別的地方，看遠方是否有校車的蹤影。

「玩一個，」那少年安靜地說。他的手仍插在腰上。說話的時候嘴皮幾乎沒動。很像是那種表演腹語術的人。

雷遲疑著，他以前只有對著鏡子表演的經驗。他知道自己若在觀眾面前剁牌肯定是會搞砸。尤其是這種充滿敵意的觀眾。

「呃，我還不是很會玩，」他僵硬地說，感覺心跳加速。「我現在還只在練習的階段。」

「玩一個，」那少年說，嘴皮仍然沒動，聲音依然平靜，只除了一點點堅持、一點點恐嚇隱藏於話語中。

「嘿，等我練好了以後，我會玩給你看。」雷盡量保持輕快的語氣。「事實上，要是哪天我登台演出了，一定會親自送你一張貴賓券……」

那個少年沒有回答，只除了他的存在所造成的一股威脅感。

「哈囉，愛彌兒！」

雷和那個少年同時轉過頭看向來人。

「嗨，歐比，」那少年說，聲音中顯露出厭惡，恐嚇的意味不見了。突然間，他變回一個只是有點過胖的少年。

「你在跟新同學作自我介紹啊？」那個名叫歐比的少年詢問。

他們之間好像交換了某種祕密訊號，一種無需言語的相互了解。雷瞥向別處，用腳將一顆石頭踢向草坪。有時候三一高中就是會給他這種詭異的感覺。某種從學生的姿態就可以看出的瀰漫在空氣中的東西；某種他說不上來，也管不著的東西。那是一種氛圍，一種對當下發生事情的神祕直覺。就比方現在好了：那個叫歐比的少年插進來，宛如他正在對那個名叫愛彌兒的少年挑釁。而那個愛彌兒撤退，讓步，雖然他看起來好像可以把歐比抓起來掄牆。

「見鬼了，我只是好奇而已，歐比。我看見他在玩牌，然後想說他或許可以秀個一兩招來瞧瞧。我想他或許是個魔術師……」尾音消逝。

歐比忽略他，轉過身去，好像根本沒聽見他說了什麼，或者說，就算聽見了什麼，也覺得那不值得注意。「你是雷．班尼斯特，對吧？」他問。宛如雷是他認識多年的老朋友。

「我是。」很驚訝，又努力不要顯露出來。

「我是歐比。」伸出手來。雷握住。

「改天我想瞧瞧你的小把戲，」愛彌兒喊著，踱步到一段距離之外，對著雷說，剛才的恐嚇意味又回到了他的聲音裡。雷感覺到他好像樹敵了。天哪，他想道，等大家沒注意的時候，我得閃遠點。

當愛彌兒終於走遠以後，歐比咯咯笑了。「你剛剛認識了獨一無二的愛彌兒．詹達，」他說。

「我很高興他是獨一無二的，」雷回答。「如果有兩個他就未免太多了。」

「他是個畜生，」歐比說。「老覺得這世界對他不好，所以他也對其他人不好。」話鋒一轉：「你都好嗎，雷？」

「你怎麼知道我的名字？」

歐比拿出一本已經磨損了的線圈小筆記本，翻了幾頁。「雷．班尼斯特。從鱈魚角的迦勒鎮搬過來的。身高，一百七十八公分。體重，六十五公斤。父親是保險從業人員。不太容易交朋友。喜歡玩牌。」

「看起來你知道不少我的事，」雷說，完全被嚇到了，彷彿這陣子有人一直在監視他。

「這所學校真奇怪。」

「也不盡然，」歐比說。突然間，開始痛恨自己正在做的事，希望自己能轉身離開三一高中和這裡所有人，讓所有一切都下地獄去吧。他太常像這樣去接近某個人了。都是為了亞奇。為了某項任務而事先布局。執行命令。就好像是……某隻走狗。以前他並不會有這種感覺：他通常都很享受亞奇的那些計謀和策畫的。可如今他有其他更重要的事物了。當然，這都是因為蘿莉的關係。但除了蘿莉之外還有別的。瞬間有個名字從他的腦海與記憶深處浮起。他揮去那個名字，專注地研究筆記本，然後抬頭看著雷．班尼斯特。但那個名字依然出現——雷諾。

「嘿，雷。其實三一高中不像表面上這麼奇怪。只是我們上個學期過得有點糟——老天，我們美式足球隊的敗績比勝績高，然後我們的拳擊社被解散了——以往看拳擊賽是這裡的大事。還有校長生病退休了，另外有個人接替他……」

「雷恩修士？」雷問。雷恩總是讓他覺得很緊張。

「沒錯。」歐比好像想說什麼關於雷恩的事，但最後沒說。他停頓了好半晌，說：「總之，這一年來滿難過的。但三一高中其實是個很讚的地方，很優秀的學校。」他努力在他的話語中注入更多熱誠和興奮，可是聽在他自己的耳朵好像不太有說服力，而他納悶著雷．班尼斯特是否聽出他聲音當中的偽裝。雷只是點點頭，似乎正想著別的事情。

「你在等校車嗎？」歐比問，明白自己不能繼續表現得像是三一高中的媒體公關，得開始辦正事了。

雷點頭。

「我載你回家吧。我的車停在停車場。」

疑心浮上雷的心頭，讓他起了一陣雞皮疙瘩。在被忽視了幾個星期之後，怎會突然這麼被關注。

「來嘛，」歐比說，臉上擺出最友善的微笑。像張貼紙，他感覺，一捆炸藥上的那個。

雷聳聳肩，並收好他的書本。管他的。他已經孤單太久了。也許他對這學校的想法太偏執了。其實他應該要歡迎這個名叫歐比的男孩才對。把難熬的日子拋到過去吧。他想念起迦勒鎮和鱈魚角，以及海浪就像一隻友善老狗的舌頭般拍打著的沙灘。這裡沒有海，沒有和煦的太陽。沒有在海灘上漫步的妹。他最好善用他目前所擁有的：眼下，有人要讓他搭便車回家，而這人說不定會變成朋友。

歐比完全被雷．班尼斯特的梯形牌表演給迷住了，他驚訝地看著他之前抽出來的牌，紅心Q，神奇地出現在他面前，儘管雷並不知道他選了哪張牌，卻能正確無誤地從一整副牌當中挑出了那一張。雷又表演了許多次——雖然他說魔術師不應該重複同一個把戲——包括三張方塊和一張梅花A，而歐比每一次都看呆了。

「套句老話，手要比眼睛更快。」雷說，大笑著，顯然歐比的反應讓他很開心。一開始，他有點遲疑是否該表演給歐比看，可是這個男孩好像真的對他的表演很有興趣，態度又這麼友善，所以雷就試試看了。等他開始洗牌之後，就不再緊張了。他既開心又驚訝地發現自己的手指表現得無比靈巧。

「哇嗚，」歐比說，真誠地發出讚美。不過他的腦筋也同時飛快地轉著。這個男孩很明顯是有才能的：該怎麼將他的才能運用在守夜會裡？「你還會別的東西嗎？」他問。

雷再度遲疑了。他還不太會玩杯子和球，不過那個技巧是比較簡單的。他皺著眉，端詳著歐比，試著判斷歐比是否真的有興趣，雷想道：何不試試看？

於是他就拿出杯子、球以及一張小桌子，結果他的表演又再度引起讚嘆：感覺上他可以隨心所欲讓紅球出現在他指定的杯子裡。他手握著一顆球，迅速地轉移到另一隻手心裡，然後從歐比的耳朵裡拿出那顆球。

歐比像是大吃了一驚，嘴巴張得好大。

「怎麼啦？」雷問，有些困惑。難道歐比以前從來沒見過魔術球表演？

「雷，你可以再做一次那個嗎？我的意思是說，讓那顆球從你的手上消失，然後出現在別的地方？」

「我不應該做第二次的，」雷說，不過他還是重做了一遍，因為他喜歡這種挑戰。歐比這一次應該會看得很仔細，而且他已經能預見雷接下來的每一項動作。預見對於幻術是個致命傷，這會讓雷比較困難去誤導觀眾的視線，而誤導視線通常都是魔術師最強有力的手法。他不知道該不該告訴歐比，關於斷頭台的事。

那顆紅球，跟一顆骰子差不多大小，它咻地憑空消失了，歐比這次看得很仔細。雷的手移動，手掌打開；手指擺動然後什麼也沒有——紅球消失了。雷伸直右手——歐比敢發誓那隻手是空的——然後紅球就突然出現在眼前，彷彿他是從歐比的襯衫口袋裡拿出來的。

歐比轉過臉去，眨著眼睛望向那斜照入臥室的陽光，他輕聲吹起口哨，想起了亞奇。難道說，這些年來亞奇都是靠著騙術從盒子裡拿出白骰子的？難道那就是他用來避免摸出黑骰子讓自己不必去執行任務的手法嗎？這種可能性讓歐比感到暈眩。沒什麼能超越亞奇。亞奇總是早別人一步設想到一切。守夜會的成員一直都很讚嘆亞奇的好運，事實上是憎恨他一次又一次拿到白骰子時臉上露出的那種嘲弄大笑。亞奇只有一次被驚嚇到，就是去年秋天在那場巧克力鬧劇時。那一次，亞奇同樣也摸出了白骰子，但他的額頭上冒出了汗水——亞奇，他從來不流汗的——而且當時他看起來很恐懼。

歐比再次端詳雷。「很厲害，雷，」他說，「簡直太厲害了。」然後，小心翼翼地問：「你花了多久學會這種球的魔術？」努力讓聲音顯得只是單純的興趣而已。

「沒太久。幾個星期。我很閒，」雷說，「說真的，歐比，三一高中實在稱不上全世界最友善的地方。」他把紅球繞在拇指與食指之間滾來滾去，讓歐比看得入迷。「事實上，整個學校好像有點詭異。是不是有哪裡不對勁？」

歐比突地跳出對那顆球的冥想，琢磨著應該讓雷．班尼斯特知道多少三一高中的事。

「就像我之前說的，這一年來大家都不好過，」他開始說。一項認知自動在他的腦子裡成形：雷．班尼斯特和他那雙靈巧的手（這是亞奇完全不知道的事）有可能是歐比將來可以運用的一項武器。也許他應該對雷開誠布公，讓他明瞭三一高中以前發生過的事。還有現在正在進行的……

「是這樣的，」歐比說，「去年秋天我們照往例舉辦了一場巧克力義賣。那是我們每年最盛大的一次募款活動。有一個小子叫傑瑞．雷諾，天哪他才高一而已，卻偏偏拒絕跟大家一起賣巧克力。還是學校裡唯一一個拒絕參加這活動的……」

雷．班尼斯特雙手一攤，做了個**那又怎樣？**的表情。

「問題是，一顆老鼠屎會毀了整鍋粥。那個小子變成了一個象徵。其他的小鬼也跟著學。本來大家就很痛恨那個義賣。於是搞得雷恩修士緊張兮兮的，幾乎都要崩潰了。那時候校長剛好又生病住院，整個學校都由雷恩負責……」

「就因為巧克力嗎？」

「那可有兩萬盒巧克力喔。」

雷吹了聲口哨。

「沒錯！」歐比繼續說，「雷恩用低價買下那些巧克力。是母親節特賣剩下的。他用每盒一塊美金的低價買下的。聽起來好像很划算，只不過他是挪用學校的公款去買那些巧克力的，兩萬美金，而且並沒有得到學校授權。最要命的是，他規定每個學生都必須賣出五十盒巧克力，而且是每盒兩塊美金。」

歐比並不想說太多，他已經有好幾個月避免去回憶那次的巧克力事件以及傑瑞．雷諾，現在他開始後悔把這件事告訴雷．班尼斯特了。可如今他怎麼也停不下來了。

「總之，整個學校亂鬨鬨的。學生們都跟著起鬨，而守夜會……」

「守夜會？」雷問：「什麼是『守夜會』？」

「喔，見鬼了，」歐比嘆了口氣，該怎麼解釋守夜會呢？這個名字是三一高中校園裡的禁忌，沒人敢大聲談論它。修士們很清楚這個組織的存在，卻寧可裝聾作啞，而且任由這個組織運作，因為這個組織有一項功能：維持三一高中的和平，從前有某一段時期，當全美國的高中和大學校園都捲入暴力和動亂的時候，是守夜會幫忙維持三一高中的校園秩序[5]。可是，該怎麼跟一個轉學生解釋這些，他根本不可能了解守夜會長久來的傳統。

「這麼說吧，守夜會就是，就像，三一高中裡的一個祕密組織。有一個名叫亞奇．柯斯特洛的學生是這組織的首腦。守夜會有一些幹部，就像一個社團，其中有一個名叫卡特的大塊頭擔任主席，而我是祕書，但最關鍵的人是『任務指派者』。事實上，『任務指派者』亞奇．柯斯特洛**就等於**守夜會。」

雷轉過身去，滿臉困惑。他不喜歡這類的事情。祕密組織。「任務指派者」……「見鬼了，這個任務指派者是在做什麼的？」他問。但同時也隱約感覺到，他壓根兒不想知道答案。

「是這樣的，他會指派某些學生去進行……嗯，某些任務，」歐比說，好像在繞口令似地，說得不清不楚，「那些被指派的學生必須完成某些事……」

「是不是像大學裡的兄弟會？叫你整晚待在樹林裡測試你的膽量之類的？惡整你？叫你做特技表演？」

歐比點點頭，同時想到，亞奇若知道他那些精心設計的任務被形容成兄弟會的整人遊戲，八成會火大到七竅生煙。不過他還是任由雷這麼去想像。他不能把守夜會所有的事情都告訴雷：事實上，他還擔心自己說得太多了。

「反正啊，那時候雷恩修士就來請求守夜會協助完成那次的巧克力義賣，」歐比繼續說，「那是雷恩修士和其他教職員們第一次承認這個組織的存在。而這也就是為什麼守夜會會蹚入那一趟渾水……」

「那，那個小子呢？叫傑瑞什麼的小子？」雷問。

「他姓雷諾。」歐比補充道。他怎麼可能忘記這個名字呢？「雷諾仍然拒絕賣巧克力。雖然……承受了壓力。」

5 本故事的時間設定約為一九七二年左右，而這裡指的是一九六〇年代因反越戰風潮使得美國各地爆發各種暴力事件。

「什麼樣的壓力？」

「就你懂的那種壓力。」歐比說。該怎麼描述亞奇對付異己的手段呢？「亞奇・柯斯特洛向來不用肢體暴力的。不過在那個事件裡——」

「還是使用了肢體暴力，對吧？」雷說，嚇呆了，腦筋一團混亂。幾個小時之前，他根本不了解三一高中，完全狀況外。如今這個名叫歐比的學生卻來到他家，告訴他關於這地方的各種瘋狂事跡。

歐比聳聳肩。「某種暴力。一場拳擊賽。傑瑞・雷諾和愛彌兒・詹達對打——」

「就是我剛在學校遇到的那個禽獸？」雷問。模仿詹達抿嘴的樣子說：「小鬼，秀個把戲來瞧瞧。」

「沒錯，」歐比說，眼裡閃過一抹戲謔。

「所以那個叫雷諾的小子就被海K了一頓，是吧？」雷問。

「沒錯，」歐比不情願地說。「跟你說，那小子雖然受了傷，卻還是挺了過來。事實上，他還真是個小硬漢。聽說他到加拿大去療傷。」歐比頓了頓，「反正，一切都過去了。最後，巧克力義賣還是很成功。校長退休了。雷恩修士變成了老大……」

「到頭來一切都皆大歡喜了，」雷・班尼斯特想，不知道歐比有沒有察覺到他語氣當中的嘲諷？

「是啊，」歐比精神抖擻地說，雙手拍拍大腿。然後又皺起眉來：「可是……」

「可是什麼？」雷追問。

「這件事還是影響了學校，」歐比說，用了許久以來他刻意迴避的一些字眼。「那個晚上。所有的人都像殺紅了眼似地。巧克力變得比什麼都重要，比一個學生所流的血還更重要……」

真希望我們依然住在迦勒鎮，雷．班尼斯特想著。

「如今，」歐比繼續說，「所有的一切都像是隨著那些巧克力在去年秋天爆炸了，而現在我們走路時都必須避開那些爆炸物的碎片。你懂我的意思吧？每個人都小心翼翼地，但表面又裝得很酷的樣子。」

「感覺上你們每個人內心裡都有些罪惡感是嗎？」雷幫忙補充。

「就是啊。」歐比同意，但現在卻有點不自在起來，納悶自己會不會說太多了。

「而那個組織呢——那個守夜會？他們還是很酷嗎？」

「喔，不完全是。」歐比說。

這讓他想起了他為什麼會來雷．班尼斯特的家。他要把雷帶入守夜會去，以及該怎麼進行他的計畫。

可憐的傑瑞．雷諾，歐比突然想著。

以及，可憐的雷．班尼斯特。即將要見識到三一高中守夜會的真面目。

在擂台的這一角[6]，雄據著亞奇．柯斯特洛，身高一百八十一公分，體重六十三公斤，他可是三一高中的霸主！稱霸哪裡呢？他放眼望去——審視著一間又一間的教室、一條接著一條的走廊、四周的校園，他的勢力甚至擴及雷恩修士與其他教職員所存在的空間。

而在另一角，擂台的對面，是雷恩修士，三一高中的前任副校長，如今已然扶正為校長，他統治著學校、教職員、教學課程和課外活動，他負責（也統治）三百八十七名年齡介於十三歲至十八歲的學生；只有李查．歐布萊恩例外，從今年四月四日起他就變成十九歲了。雷恩修士有著蒼白的臉龐，他在教室裡的行動以快狠準著稱，學生莫能與之匹敵，不論是他手中猛力揚起的教鞭，或者瞬間飛越教室的粉筆，無不讓學生應聲掛倒。雷恩修士啊。他的雙眼總是充滿惡意，迅速閃過的冷酷精光，其中絕未摻雜有半丁點兒的慈悲與憐憫。但最近雷恩修士的心情浮躁，總是行色匆匆。油亮亮的頭髮幾乎覆蓋了頸後的衣領，鬢髮也垂到了耳上。他佩戴著一條銀色十字架，樣式非常花稍，讓你必須瞇著眼睛才能確認那是一條十字架。亞奇有時會覺得雷恩修士有點可笑。不過這不能抹滅一個事實，雷恩修士也可以變得非常危險。

而現在，兩位對手，請到擂台的中央來……

當然啦，實際上並沒有擂台，一切只在亞奇腦中的小劇場上映。當他漫步在三一高中的校園時，總會想起雷恩修士。然後他就來到校園最遠端的停車場，從那裡他可以看見雷恩修士的宿舍後方。包括雷恩的書房，有時雷恩會把學生叫到那裡訓話，而從停車場的這個角落，就可以把一切瞧得一清二楚。亞奇非常喜歡站在這裡，他想像著雷恩就躲在那房子裡面，隔著窗櫺和硬挺筆直的白色窗簾，往外窺探。在亞奇的腦海中，他才是三一高中的君主，而雷恩只不過是個挑戰者而已，雖然在表面上，在眾人眼中雷恩才是當家作主的人，他是校長，而亞奇只是一個學生。不管是哪種對決，校長都可以取得壓倒性勝利，難道不是嗎？難道不是嗎？呵呵，對亞奇來說，才不是這樣。根據亞奇所寫的三一高中教義，事情完全不是這樣。

此刻他就在站在這一特定的瞭望點，遠眺著雷恩的宿舍，沒有特別期待會看見什麼，當然也不包括雷恩。亞奇非常清楚，他和雷恩已經有好幾個星期沒說過話了，也沒有碰過面。雷恩向來喜歡到各教室去突襲檢查，但他或者是刻意迴避或者恰巧沒去過亞奇的任何一課堂。偶爾，亞奇會從遠遠的地方看見雷恩，也許正穿過校園，也許正在大禮堂的講台上說話，也許正要搭車。可是他們一直沒有正面相遇。是碰巧或是刻意？亞奇不得而知，也不關

6 Corner 除指「角」、「角落」之外，也指拳擊台的四個場角，此處作者刻意使用這個字眼，讓人聯想起前集《巧克力戰爭》結尾中的那一場拳擊賽。

心。他把自己的情緒控制在一種冷冷的，淡定的狀態。他會適時讓自己享樂一下——例如，上回帶潔洛米女校那個妞兒去他的車裡——不過就算是在那種時候，他還是讓部分的自己保持超脫，從來不會全神貫注。他很享受其他學生看他的神情——恐懼、崇拜、憎恨——那也是他刻意引導他們的。他一直都知道別人對他的感受，不過坦白說，他不很在意，寧可不去想別人的情緒。總之，他覺得凡人都想太多了，或者說，他們都太愛說話了。

偶爾他也會說出他的想法，對歐比說。歐比是唯一一個他容許進入他私人領域的人。不過最近變了。他和歐比變得疏遠。他們被那個女孩，以及歐比荒謬的戀愛給拆開了。愛，真他媽見鬼了！什麼時候歐比也變成凡夫俗子了。雖然他痛恨對自己承認，但他頗為想念有歐比可以說說話的日子。他可以隨時拋出一堆點子給歐比，儘管歐比好像不太明白亞奇究竟想要幹麼。歐比實在太平庸，太正常，太像普通人了，就是典型的高中男生。藉由跟歐比親近，亞奇可以明白學校其他人在想什麼。沒錯，所以他就利用歐比。利用？人不都是這樣？歐比不也是這樣？絕對是的。歐比也在利用他，利用跟守夜會首腦的親近，讓自己也變得與眾不同，超越其他的學生。

午後的陽光逐漸消逝，將校園轉變成陰暗的走道、樹叢與灌木叢，光影環抱著校園內的建築物，也形成許多可以躲藏的地方。亞奇總愛揣想，在那道光影或建築物的轉角，潛伏著窺視者、守望者和掠奪者，他們從窗戶往外窺伺，或在掩蔽的門後守候著。這就是為何他總是繃緊神經站立著，隨時保持警戒，敏銳地感受，眼觀四方，守候著，儘管外表仍保持一副冷酷的模樣。這個世界爛透了，充斥著叛徒和邪惡，所以你必須保持警覺，隨時重裝防備，鬥智鬥狠鬥謀略，才能搶先把其他人撂倒。有一次亞奇在鎮上某條街道看見有人塗鴉說：

「己所欲，搶快閃。」[7]

背後的腳步聲和低語同時響起。

「你在等待什麼意外的訪客嗎，柯斯特洛？」

亞奇微微顫了一下，並沒有立刻轉身，他覺得羞辱，竟然被雷恩修士驚嚇到。他不喜歡被驚嚇，特別是被雷恩。他依然挺直身子，等待雷恩自己走到他面前來。終於，雷恩站在他面前了，臉上掛著滿足的表情，好似他剛才占了什麼便宜。雷恩穿著他的黑白套裝——黑色袍子搭配僵硬的白色衣領。

校園一片寂靜。只聽見一輛排氣管爆裂的汽車疾駛過遠方街道。

「這麼晚了，你怎麼還在這裡探頭探腦的，柯斯特洛，我沒說錯吧？」雷恩問。

探頭探腦的和**柯斯特洛**。雷恩可真會挑選字眼，而且他念起這幾個字的聲音也特別嘲諷，特別令人厭惡。好像用**探頭探腦的**這個詞就能判定亞奇在這裡做了什麼非法、骯髒、丟

---

7 這句話原文 Do Unto Others, Then Split，是對聖經格言「己所不欲勿施予人」（Do unto others as you would have others do unto you）的反諷，表現出亞奇的信念。這句話盛行於一九六〇年代，如今仍常見於某些服飾圖案和標語當中。

臉的事。還有，**柯斯特洛**。自從被任命為校長之後，雷恩修士就開始用姓來稱呼學生，嚴格維持著正式關係。他原本就不是那種會和學生打成一片的老師，如今更變本加厲了，對待學生的態度好像他們都是低等人類，只是他雷恩大帝高貴王國裡的奴僕。

亞奇聳聳肩，根本不想回答雷恩的問題，事實上，也不需要回答。對雷恩來說，問問題比較重要，回答了什麼根本無所謂。他所問的問題，以及他問的方式——令人膽顫心驚的譏諷、充滿暗示的上揚嘴角。不過這一套對亞奇不管用（而且雷恩也**明白**亞奇對他這一套手法瞭若指掌），所以亞奇刻意微笑地看著雷恩，這微笑正告訴雷恩說，他對這一切有什麼感想。然後，亞奇看出了這是一個讓他和雷恩平起平坐的機會，於是他決定回答。

「我只不過是來巡視環境的，有鄰居抱怨說這一帶有不良少年出沒，穿著白色衣領的小鬼。」

雷恩的眼中閃過一道光，一閃即逝，就像一束冰冷的日光輕觸了湖面。他面無表情，但亞奇可以從他泛紅的臉察覺到他的緊張。一直以來亞奇和雷恩都是以這種方式在互相較勁，嘲諷挖苦，像一場遊戲，但又不是。

雷恩揮揮右手，幾乎像是虛弱地回擊亞奇的諷刺，表示他知道亞奇在說什麼，並用言語回敬。

「這段時間以來校園很平靜，」雷恩說，此刻他的語氣變得比較親切了，好像前戲結束，如今可以開始進行手上的正事。「你把他們都管束得很好。」

亞奇知道他指的**他們**是誰。

「我必須讚許你，柯斯特洛。還有你的方法。我知道你那個怪異的課外活動還在繼續著，不過，你一直恪守本分。所以現在一切都算很不錯，不是嗎？」

幾個月前，他們曾有過協議，就在巧克力事件以及雷恩被任命為三一高中校長之後沒多久。「柯斯特洛，對我們兩人來說，三一高中的生活可以過得很稱心如意，」雷恩那時候說，「我的願望是繼續保持三一的優良傳統，讓它成為新英格蘭地區最優秀的預備學校[8]。這需要全體師生的共同努力。我們摯愛的前校長是一個很棒的人，可是他對學生太不了解了，柯斯特洛。他對於校園的保安太疏忽了。」**保安**。雷恩的口氣彷彿在愛撫那個詞，賦予它特殊意涵，以他的嘴脣、聲調吐出那詞語，讓它在空氣中跳躍著，持續迴盪著。亞奇點點頭，明白雷恩的意思。「我就不同了，我會致力於校園的維安工作，而且會一直這麼努力下去。我也知道，偶爾應該要放縱一下這些男學生去發展那些奇奇怪怪的嗜好，讓他們玩遊戲啊、運動啊什麼的。這些我都明白，我也都容許。可事情還是有個限度。不能對三一高中的遠大目標造成阻礙。還有三一的行政體系也不容干擾。」

好一套冠冕堂皇的話。屁啦！所謂的行政體系根本就嚴格掌控在雷恩修士的手中。事實

8 北美地區的預備學校（preparatory school）通常是昂貴的私立中學，以培育十四～十八歲青少年將來進入明星大學為辦學目標。

上，就是他一手安排了賈寂思修士的調職；賈寂思修士是教職員當中看起來唯一不被雷恩修士掌控的——去年秋天他曾經反對雷恩處理巧克力衝突事件的方式——沒多久，賈寂思修士就消失了。真受夠了雷恩的虛情假意。不過，就算雷恩說的全是屁話，對亞奇來說當中還是有一些道理。他和雷恩是同一種人，講同一國語言，這不是指日常生活的對話，而是某些含沙射影、充滿算計與謀略的話語。雷恩的意思就是說：亞奇，儘管去玩你那些把戲吧，儘管去指派學生進行什麼任務之類的我都沒關係，那只是你們守夜會的娛樂。可是，離我遠一點。別損及校長我的顏面，造成學校的困擾，不然就給我走著瞧……

「順便告訴你一個壞消息，柯斯特洛。」

根本不是順便，亞奇猜。現在他知道了，雷恩修士為什麼會來找他，而且特地挑選在太陽下山時刻來到校園的這個角落跟他碰面。**告訴你一個壞消息**。他可從沒聽雷恩說過什麼好消息。

「從大主教教區總部那邊傳來的。總部位於新罕布夏州的曼徹斯特市。」

快講重點啦，雷恩修士，少跟我上地理課。

「尤金修士——你還記得他吧？」雷恩問，神情一派正直、無辜。

亞奇點點頭，很慶幸自己的汗腺不發達，不管是面對壓力或高溫都不太流汗，他也很慶幸額頭上沒冒出汗珠洩漏情緒。

「尤金修士，他死了。昨天，死在曼徹斯特市的一家教會醫院。」

有那麼片刻，亞奇在暗影中看見尤金修士那溫柔滑稽的臉，重疊在雷恩修士的臉上，然後他甩掉了這個意象。

「從那件事之後他就一直沒復原。」雷恩說。

亞奇知道，雷恩正等著他問是哪件事。不過亞奇才不會中他的計謀。話說回來，他們兩人都心知肚明是哪件事。

「教團損失了一位優秀又敏感的老師，」雷恩說，「難道你沒有什麼話想說嗎，柯斯特洛？也許是表達你自己對他的感謝？你也曾經上過尤金修士的課，對吧？」

「歷史課，」亞奇說，「一個學期。」

「在十九號教室？」雷恩修士不懷好意地問，冷不防一個側身，讓背後的夕陽餘暉直射過來，亞奇眨了眨眼睛，才能看清楚景物。十九號教室和當時那間教室裡的美麗殘骸，如今都已成為三一高中的傳奇。

「我從來沒在十九號教室上過尤金修士的課。」亞奇說，努力保持平穩的聲調。「以前高一的時候，我在其他教室上過他的課。」他反擊，調整身體姿勢，好能再次直視雷恩的眼睛。

他們相互凝視了許久，這次是雷恩先移開視線。他目光下垂，說：「我們將會在大禮堂為尤金修士舉辦一個特別的追思彌撒。不過我想你應該另外自行去教堂禱告，以告慰他的靈魂。」

亞奇沒說什麼，他已經好多年都不作禱告了。在某些特定的日子裡他也會跟著大家在大禮拜堂望彌撒，但那也只是做做儀式而已。另外，如果他父母親堅持，他也會跟他們一起去教堂望彌撒，做一切儀式好讓他們開心。但其實他並不關心父母親開不開心，只不過是在扮演一個聽話盡責的兒子好讓家庭氣氛比較和諧罷了。

「你都沒什麼話要說嗎，柯斯特洛？」雷恩問，語調中開始顯示出怒氣。

「尤金修士是個好人，」亞奇說，「我喜歡他，」這些話不但是為了回答雷恩，也是他的真心話，真的。十九號教室那件任務從來就不是私人恩怨，亞奇所指派的所有任務，都不是針對個人的。

「我不喜歡抓著那些已經發生的事不放，柯斯特洛，」雷恩說。「可是，去禱告有助益於靈魂。譬如說，你的靈魂。」

亞奇依舊保持沉默，而雷恩似乎也把他的沉默當成他接受告誡的表現，因為雷恩舒了一大口氣，彷彿他剛完成了今天的善行，可以繼續去處理庶務了。他四下環顧如今已經變暗的校園，建築物都籠罩在寂靜中，只有校舍的白色牆壁泛著光芒，像極了恐龍的骨頭。

「我熱愛這間學校，柯斯特洛。」雷恩說。

就像一個罪犯熱愛他所犯下的罪行，亞奇想道。這就是這世界之所以受難的祕密，以及罪行（沒錯，就是罪惡）總是猖獗的理由。因為那些罪犯（不論是一個姦淫者或是一個竊盜犯）都熱愛他們的罪行。這也就註定了世界根本不可能恢復純真清淨。若要恢復，首先你必須去除掉愛和熱情。但這根本不可能發生。

雷恩再次看著亞奇，好像想說些什麼，然後改變了主意。

「記住我剛才提醒你的事，柯斯特洛。」他說，然後邁著優雅的小碎步離開。他走路的模樣很容易模仿，也經常被模仿。

看著雷恩逐漸消逝在黑暗中，亞奇放縱自己耽溺在厭惡的情緒裡。真是個偽君子。所有那些關心尤金修士的話根本就假掰到不行。雷恩從頭到尾都沒對十九號教室事件做過任何處理，他只是害怕自己的職位受到波及。亞奇一直都知道這點，所以有恃無恐。那件事是他跟雷恩修士結盟的原因。不過，亞奇也始終如芒刺在背，他不喜歡跟雷恩修士這樣的人結盟。然後他想起了他要給雷恩修士的驚喜：主教要來學校的那天。或許還不只這件事呢。

他走向停車場的中央，他車子的停放處。那是他選定的停車位，沒有旁人敢來停。亞奇感受到一陣志得意滿的情緒，通常這情緒是在他指派的任務被完成之後會出現的。

起風了，樹葉被搖曳著，校舍百葉窗被搖晃著，發出砰砰的聲響。亞奇突然開心起來，明白自己是如此與眾不同。這是一個黑暗的祕密，他絕對不跟別人分享。

他在他的座車旁停下腳步，轉身仰頭面朝向風，低聲說：「我是亞奇。」他聽著自己的聲音隨風散入黑暗中。沒人回答，沒有回聲。這正是他所要的：獨立蒼茫，與世隔絕，凡人無能觸及，只除了潔洛米女校那些妞兒的手和嘴巴。

「你越界了。」

「沒有啦，還沒有。」

「明明就有。」

「這次就好了啦，只要一次。」

「有了這次就會有下一次。」

「好嘛好嘛。」

「絕對不行。」

這是他們的遊戲，一個性感又刺激，讓人饑渴欲死又同時血脈賁張的遊戲。一個貓捉老鼠的遊戲。一個討價還價的遊戲。多取一些，同時又多給一些。這裡侵入一點，那裡撤退一點。一個香豔刺激，但又不容越過雷池的遊戲，吼，那個討厭的界線快把他搞瘋了。然而隨著他們多玩一次這個遊戲，他就多愛蘿莉·闞德笙一點。

這遊戲已經變成了一種儀式。他們總是開著車子奔馳到開岈山上，停在他們最愛的那個景點，那是從山腰凸出去的一塊平台。從那裡，可以看見典範鎮的萬家燈火在山腳下閃爍著，宛如閃著霓虹燈的螢火蟲。但此刻歐比才沒心思管什麼典範鎮、三一高中、守夜會之類的，他全心全意陷溺在蘿莉美妙的胴體上，此刻她就存在於他的車子裡，他的生命裡。

在他的親吻下，她發出輕微的呻吟，低吟的，沙啞的，身體些微顫抖洩漏出她正慾火中燒。喔不，不能說慾火，他不能用這個詞來褻瀆她。對他來說，她不只是個肉體，不只是一個讓他觸摸、愛撫的馬子。甚至這個遊戲也不僅是個遊戲，而是一個儀式，讓他們表達對彼此的愛和慾望，呵，這是多麼甜蜜又讓人多麼痛楚的渴望啊。可是蘿莉只肯讓他進展到這裡而已。只能這樣，不可越界。每次他都會退讓。必須退讓的，因為他很小心翼翼地發展和蘿莉的關係，擔心她隨時拂袖而去。另外也因為三一高中，因為某一件事。

他們是在一場舞會上認識的，第一眼就天雷勾動地火，在緩慢的節奏中彼此搭配得很美妙，直到了她知道他是三一高中的學生，身體立即變得緊繃，接著拉開距離。

「怎麼啦？」他問。

「你們學校很變態，」她說，皺皺鼻子。

「每一所學校都嘛很變態，」他輕鬆地反駁，試圖將她拉回來貼著他。

「我常聽說你們學校有些詭異的事情，」她說，落掉幾拍音樂，推開他的身體。

「那些只是謠傳。而且也不要用整個學校來評斷我，」他感覺自己正在背叛三一高中，可是瞬間又領悟到懷中的這個女孩比三一高中更加重要，「只要管我是什麼樣的人。」

「那你是什麼樣的人？」她問，直直地望入他的眼中。

「我是好人這邊的。」歐比說。

她聽著笑了。

可是，三一高中始終擋在他們中間。不只是三一高中，還有守夜會，當然。其實他們很少談論到彼此的學校，有時不小心擦到邊球，總是讓他們的對話瞬間停頓了一下。到最後，歐比就盡量遷就蘿莉，因為害怕失去她，也害怕做錯什麼，讓蘿莉不理他或疏遠他，就像他們初識那晚在舞池裡的情況。

如今，她還在他身邊，此刻就在他的車子裡，緊貼著他，和他玩著那甜蜜又刺激的遊戲，回應著他，身體興奮顫抖著，直到喘不過氣來才推開他。

「歐比，拜託……」

「再一分鐘就好……」他耳語著。

「你要乖，」她說，可是從她嘶啞的聲音中他可以聽出她的慾望正在背叛她。

「再給我六十秒。」

他的聲音數著，食指和拇指輕柔細微地擠壓著她，彷彿在彈奏一把珍稀的樂器。

過了好一會，她再度踩煞車，嘴脣從他的扭開，身體挪開：「你過頭了，而且衝太快了。」她說。真奇怪，他反倒鬆了一口氣。歐比一直很害怕蘿莉不阻止他。他有一種感覺，他終究會在最後一刻失敗，會把事情弄得一團糟，然後在她眼中看見屈辱的自己。他不能冒這個險。所以，儘管他激情難耐，他還是很感激蘿莉的理智，感謝她劃下的界線。

他溫柔地抱著她，低語著：「我愛妳……」她用雙手托著他的臉頰，這種表達愛戀的肢體動作幾乎讓他留下眼淚。

突然一道車頭燈照亮了他們的車子內部。歐比和蘿莉的頭本能地分開。這裡是典範鎮居民最喜愛的停車地點——男女在這裡擁吻、親熱、也或許只是靦腆地聊著天——同時，開峒山也是許多不良分子的目標，那些不良少年常飆車到這裡，藉著橫衝直撞來發洩精力，他們總愛故意用車頭燈胡亂掃射，讓輪胎發出尖銳聲響，嚇死所有人。歐比和蘿莉緊抱著對方，等著那些騷擾的車子呼嘯而過，任由他們的車頭燈將四周照得燈火通明。唯一的安慰是蘿莉再度貼緊他，她溫暖脈動的身子彷彿融化在他的懷裡。等到那些嘈雜的車子飛馳過後，黑暗再度籠罩著他們，他的嘴找到了她的。他的手也在黑暗中游移，撫觸著他所愛的那柔軟的肌膚。

性感的遊戲再度展開。

「停，歐比……」警告著。

「再一次就好。」

「歐比……」

「拜託啦，再十秒鐘……」

「歐比。」

天哪，他好愛她。想要她。**需要**她。

「不行。」她說，聲音很堅決，迅速地拍開他的手，動作中透出不耐煩。

就是像這樣的時刻，他會覺得很困惑。她真的愛他嗎？她真的是為他好才阻止他嗎？他們之間這場來勢洶洶的熱戀其實才四個星期，總共一起看過幾場電影、吃過幾次麥當勞的漢堡，當然還有幾次像這種的開岈山甜點之旅。可是他自己也明白，他對於蘿莉．關德笙的了解很有限。他從來沒見過她的父母親、也只認識她幾個朋友。彷彿他只是她生命中不可告人的部分。之前她說，反正往後還有很多時間可以自我介紹。但有沒有可能她其實是害怕將他帶入她的生活中？歐比安慰自己說，這一切都和別人無關，她需要他，僅是因為她自己。

他愛戀地凝視她，看著她整理襯衫，撫拍頭髮。謝謝上帝帶來了蘿莉。她讓他那狗屁倒灶的生活得到了安慰。就像他今天下午去拜訪雷．班尼斯特的事也是。當歐比告訴雷，亞奇指派了一道任務給他時，雷的臉瞬間垮了下來，宛如倒塌在狂風中的帳篷。

「時間很晚了。」蘿莉說，雙手交握在腿上。

「我知道。」他說，嘆了口氣。

前一刻她還熱情如火，下一刻又變得一本正經，而且實際。

他啟動汽車，但願他們可以就這麼在一起，一直開著車，永遠都不要停，遠離典範鎮和三一高中，亞奇．柯斯特洛和守夜會。

卡特用拳頭捶牆。赤手空拳，沒戴上他在拳擊台上所配戴的十九盎斯拳擊手套[9]。那一拳的反作用力之大，宛如地震般貫穿他全身，當他的拳頭擊向灰泥牆面時，連他的頭也跟著咯噔了一聲。然而，這痛楚卻讓他很爽很滿足。它讓卡特的打鬥慾望得到了發洩，不管打的是人還是物品都好。直到最近之前，卡特都跟守夜會的人廝混在一塊兒，但對於守夜會發生的事情袖手旁觀，不關他的事嘛，反正他還有拳擊和美式足球。長久以來他一直是這個態度，事實上，他還有點喜歡旁觀亞奇指派那些任務。不過也就只是這樣。在心底，他沒法原諒亞奇在巧克力事件裡的所作所為，因為那件事導致了雷恩修士下令解散拳擊社。而現在，亞奇竟然還想要在樞機主教來訪的那天搞鬼。

卡特環顧體育館，這是他熱愛的地方，包括拳擊社全體隊員的情誼、體育館裡的味道（融合治痛軟膏與汗臭運動服的甜酸味）以及那些運動器材（大沙包和各種美麗的運動器

9 拳擊運動員不論是在正式比賽或平常訓練時都會配戴填充手套，以保護手腕和手指關節，而手套的大小和重量是根據選手的體重而定。本文中提到卡特配戴十九盎斯（約五百三十九公克）的手套，應該是平常訓練時使用的手套，推估他的身形非常巨大，體重應在九十公斤左右。

具)。如今它們全不見了。他放眼望去，體育館空曠得好刺眼，兩邊球架上的籃球網鬆趴趴地垂下來，拳擊台也不見了——被拆撤，永遠沒了——卡特再度怒火上升，混雜著悲傷。這些東西全不見了，都怪亞奇．柯斯特洛！

他再度捶打牆壁，雖然這讓他的指頭挫傷，但捶打的感覺真好。他想打的人不只亞奇，而是整個世界，因為這個世界把他看成一個頭腦簡單、四肢發達的蠢貨，以身形粗壯取勝的美式足球哨鋒[10]、只擅長攻擊的拳擊手。不僅只是四周的人這麼看他，連達爾頓大學的入學審核官也這麼認為，達爾頓大學的體育學系很著名。很適合卡特這樣的人去申請。他申請獎學金，但失敗了，甚至連入學許可都沒拿到。這搞得他很憤怒很焦慮。是啦，他不算什麼絕頂聰明的學生，可是他的學業成績還可以，不時也會登上榮譽學生榜，但是根本沒有人願意了解粗壯外表背後的他。話說回來，在那背後有什麼嗎？有，絕對有。必須有。他必須跟大家證明，證明他不僅是個大塊頭運動員，事實上，該說是「前運動員」，閒閒沒事幹的前運動員。

「我必須打個電話給歐比。」他說，但並沒有講話的對象。此刻體育館裡根本沒其他人在，最近他越來越常這樣大聲自言自語，都快變成習慣了，尤其是在四周沒人的時候。

他走到一樓迴廊的公共電話亭去打電話，就在雷恩修士的辦公室對面。電話亭裡的電話簿早就遺失不見了，所以他必須先撥給查號台。電話亭的門也被拆掉了，而且一直沒補修。撥完號碼，電話鈴響起時，卡特瞄了走廊對面一眼，目光停留在大廳裡陳列獎盃的玻璃櫃上。每次看見那些獎盃，他的心情就會變得很爽。

歐比接電話了，他的聲音聽起來扁扁的、尖尖的。卡特以前並沒有打過電話給歐比。

「怎樣？」歐比問。

「主教要來的事。」卡特說，沒頭沒腦的，「歐比，我覺得這件事不好。」

電話的另一頭陷入沉默。

「這一次亞奇做得太過分了。」卡特繼續說，「這真是太過分了，歐比。」

「亞奇哪一件事不過分？」歐比說。「你到現在還沒習慣啊？」

「如果他只是把矛頭對準學校那也還好，可是這次的任務是牽涉到主教欸，我的天啊。加上我們鎮上的神父一向都會被邀請來參加。這件事不好，歐比。亞奇的計畫根本就是在羞辱主教。一定會引來大麻煩的，可怕的大大大麻煩。」

「那你想怎麼樣？」歐比問。

「我不知道。」

「你不可能讓亞奇改變主意的，這我很確定。」

卡特停頓了一下，深深吸了口氣，思索著他該跟歐比交心到什麼程度，不過，根據他的

10 卡特曾經是三一高中美式足球校隊的隊長，擔任進攻哨鋒（也稱護鋒），負責保衛四分衛，或者為跑鋒打開前進的道路。同時他也曾經是拳擊社的社長。

直覺，嗯，直覺告訴他，這些日子以來，歐比已經不再是亞奇的哥兒們。不像以前那樣。

卡特再度沒頭沒腦地說，「我並沒有打算讓**亞奇**改變主意。」

「那你想讓誰改變主意？」

「雷恩修士。」

他聽見歐比猛抽了口氣。同一時間，他快速地朝四周張望，彷彿提到雷恩的名字，就能召喚他出現。可是走廊上並沒有人影。

「我們得讓雷恩打電話給主教取消這次的行程。」卡特說。

這次電話線那頭沉默得更久了。最後歐比說，「那麼我們該怎麼做呢，卡特？」聲音中充滿著挖苦。

「這就是我要跟你討論的。我的意思是說，兩個人一起想總比一個人好吧，對吧？」

「有時候啦。」

「有時候？」卡特問，突然煩惱起來了。說不定他對歐比的判斷根本就錯了。畢竟，歐比對亞奇是最忠貞不過的。「我是不是說錯話了，歐比？你同意我的看法嗎？亞奇對主教來學校的計畫是錯的？」

「好啦好啦，」歐比失去耐心了，電話那頭的聲音中出現怒氣。「我承認，我現在對於亞奇・柯斯特洛還有他那些任務，都厭惡透頂了。可是要不要搞叛變，那又是另一件事了。」

「我又沒說要搞叛變，你很要命欸。」卡特說，「我說的只是一個小小的、安靜的計畫，讓主教別來我們學校。」

他聽見一聲長長的嘆息聲。

「我不知道欸，卡特，我才不想跟雷恩修士打交道。也許我們應該想別的方法……」

「考慮一下嘛。」卡特說。

「我會想想看。」停頓。「好啦，我得出門去了。晚一點再跟你說。」他迅速地掛斷電話，一副迫不及待的樣子。

卡特皺著眉頭掛上電話筒，注意聽有沒有多餘硬幣掉出來的聲音。運氣不好。現在他知道了，他不能依靠歐比。歐比有他自己的煩惱：他現在只在乎蘿莉．關德笙。卡特領悟到，他不能依靠任何人。只能靠自己。

步出電話亭，他感受來自四面八方的空寂，他喜歡這種孤單的感覺。卡特走向陳列獎盃的玻璃櫃，裡面放著金燦燦或銀閃閃的各種獎盃，那些獎盃見證了三一高中在美式足球和拳擊競賽中的勝利。更正確說，是他的勝利。

他在獎盃的光芒中被催眠著，那些獎盃閃閃發亮，簡直跟迴廊的燈光一樣亮，那光芒撫慰了他。就算他進不了大學，沒法再贏得另一場球賽或拳擊賽，那些獎盃仍然是他實現自我的標誌。他不容任何事、任何人將這些奪走。

就算是亞奇．柯斯特洛也一樣。

就是那雙眼睛，沒錯。主要是那雙眼睛。當他走進房間裡時，那雙眼睛緊隨著他，就像某一些名畫裡會抓住觀看者的肖像。傑瑞看起來就像是某幅繪畫裡的人物，臉上毫無表情，彷彿他被某位藝術家擒住，瞬間凍結在永恆裡。羅花生在傑瑞的對面坐下來，但隨即被房內的沉默和那雙恐怖的目光弄得極度不安，於是忍不住開始環顧四周，瞥了瞥窗外景物，彎腰繫好球鞋的鞋帶……等等，總之，做什麼都好就是避免去看那雙空洞的可怕的凝視。

但它其實一點也不空洞。差不多就介於兩種房間之間，一種房間有著緊閉的窗扉而且還被釘上了木條，另一種房間的窗簾後藏著人，等你不注意時就會從窗戶內窺伺你。我要瘋了！羅花生心想，一面蹲在地板上一面從球鞋往上仰望。他告訴自己要保持冷靜，放輕鬆，從頭再來一遍。這人是傑瑞．雷諾，他的朋友。以前他們一起踢足球，放學後還一同練習跑步，雖說羅花生如今已經不再參加田徑隊了。以前他和傑瑞曾一起經歷過許多事情，例如說巧克力事件。那個天殺的巧克力事件。

羅花生決心再試一次。

「加拿大還好吧？傑瑞，你在那裡一切都好吧？」這些問題連羅花生自己都覺得很蠢——畢竟，傑瑞是被送去加拿大療養的，他在那裡怎麼可能過得好？

「好。」傑瑞說。他的回答像一顆大石頭，沉甸甸地掉在兩人之間。

這就是問題所在。傑瑞不是完全不說話或徹底沉默，可是他給羅花生的回答卻只有單音節，像是費力擠出的一個單字，這讓羅花生不知所措。嗨，傑瑞，你好嗎？**好**。你很高興回到家對吧？**對**。而且傑瑞也沒回問羅花生好不好。好像他對羅花生一點興趣也沒有。事實上，看傑瑞的神情，彷彿羅花生根本只是個陌生人。羅花生最害怕的一點是，萬一傑瑞傾身向前問他：「不過，你他媽的到底是誰啊？」

他真希望方才傑瑞的父親能先告訴他大致的狀況。當羅花生詢問時（「他的情況怎麼樣？」）雷諾先生僅以聳肩回答，同時他的臉很緊繃，好像全身肌肉都被身後一雙隱形的手緊緊抓住。傑瑞的父親是一位長相親切語調柔和的人，感覺在跟人說話時常心不在焉。他的全身上下都充滿著憂傷，他們住的公寓也是。不僅是憂傷，那間公寓根本毫無生命力，就像一間博物館。羅花生敢肯定，他們家餐桌上的插花應該是人造花，很假的那種。他有一種感覺，傑瑞和他父親的臥房佈置應該很類似裝潢家具店裡的展示空間。

當傑瑞的父親領著他來到公寓最裡面的一間臥房時，羅花生強迫自己揮開種種不好的念頭。第一眼看見傑瑞時，感覺他有些畏縮。看起來毫無生氣、皮膚蒼白無瑕。他坐在一張搖椅裡，應該沒有殘障，但看起來很脆弱，坐姿僵硬，好像他一旦放鬆就會垮下來。

「嗨，傑瑞，很高興見到你。」羅花生說，希望傑瑞沒發現他的熱情是虛偽的。

傑瑞疏遠地笑了笑，沒說什麼。也沒多表示什麼。

就這樣，開始了這一場單向對話。在這場對話裡，羅花生就像一位審訊員，而傑瑞是那名不情願的證人，回答得很勉強，或者根本不作答。

現在，他就坐在傑瑞的對面，心裡想著：再試一次，然後我就要走了。其實他真希望立刻就能閃人，渴望脫離傑瑞的視線。他了解傑瑞不想跟他說話或溝通可能是因為去年秋天他背棄了傑瑞。他背棄了傑瑞，不是嗎？他讓傑瑞一個人孤身對抗亞奇．柯斯特洛、愛彌兒．詹達，以及整個守夜會。雖然最後他還是去了現場，試圖助他的朋友一臂之力，但一切都太晚了。傑瑞被打得不成人形，全身是血，他用痛苦的呻吟聲懇求羅花生不要跟守夜會或其他人對抗。別去撼動這個世界。傑瑞虛弱地吐出他的箴言。別去興風作浪。

好吧，再試最後一次：

「三一高中還是跟以前一樣爛，」羅花生說，話一說出口立刻就後悔了。他曾發誓絕不主動提到三一高中的，除非傑瑞特別問起。可是，他很絕望地發現自己很愚蠢地繼續叨念著一堆毫無意義的瑣事，例如校園啦、課程啦、成績單啦等等，為了避開某些話題而左閃右躲地進行獨白，就好像某個打赤腳的人打破了玻璃杯，只好踮著腳尖走路。

出乎他意料之外，傑瑞好像對這話題很有興趣，眼睛亮了起來些，頭也微微傾斜，修長手指抓著搖椅的扶手。

羅花生決定冒險一試，將自己忍了幾個月的話傾倒出來：

「我很抱歉，傑瑞，關於去年秋天。」他深吸一口氣，單刀直入繼續說：「我對不起你，竟然讓你自己一個人去面對亞奇．柯斯特洛、愛彌兒．詹達，以及整個守夜會。」

傑瑞的雙手亂揮，好像在奮力對抗疾病發作。他開始搖頭，眼神也變得狂亂，不再顯得空洞或呆滯，而是閃爍著——是什麼呢？憂傷嗎？不只是那個。還有憤怒，怨恨？

「別……」傑瑞說，他的聲音好似從體內很深的地方挖出來的。「我不想要談論這個……」

「我必須談這件事。」羅花生堅持。

傑瑞開始發狂地搖頭，彷彿痛得受不了般從搖椅中站起來，彷彿整棟公寓房子突然失火。同時他的眼淚迸流。

「我說夠了，」他說，「現在說這些對我又有什麼用？」他轉身離開，走到窗戶邊。羅花生可以感覺到他正奮力控制自己。終於傑瑞轉身重新面對羅花生，而羅花生再度被他的蒼白與脆弱給重擊了。

「我沒邀請你來這裡。」傑瑞說，再度壓抑著，眼中沒有明顯的淚水了，下巴略微揚起，挑釁說，「是我父親邀請你的。」顯然他很費力地組織句子，「我……」然後再度轉身背對羅花生，眼睛看出窗外。

「我還是要說我很抱歉。」羅花生說。他必須說完，就像是在告解，並沒有期待得到赦免，只是需要告解。「真是太可怕了，我去年秋天所做的。我只是希望你能明白。」

傑瑞點點頭，沒再轉身看他，依然注視著屋外的某個東西，依然拒人千里之外，依然顯得脆弱而容易受傷。這情景讓羅花生感受到更多的罪惡感。

「你最好現在就離開吧。」傑瑞說。聽起來很虛弱、精力耗竭。他轉過身來，看著羅花生，但避開了羅花生的眼睛。

「好吧。」羅花生說，「我也不希望讓你太累。」假裝一切都很正常。「我跟牙醫有約。」隨口說出最簡單的謊話——這是否又是一次背棄呢？「我下次再來看你。」一千年以後吧。

傑瑞的父親站在門外走道上，彷彿他聽見了羅花生按鈴召喚他似的。

「你要回去啦，羅花生？」他問，很不真實地，聲音拔高，顯得好虛假。

羅花生點點頭，轉過身去對傑瑞說掰掰，期待傑瑞也許會說：**再多留一會，小羅，要常來看我**。但又不是真的希望傑瑞說出這些話。他希望傑瑞能夠說：**你並沒有背叛我，羅花生**。甚至是，**雖然你那麼做了，但我可以了解你的苦衷。我仍然是你的朋友**。不過他也明白，傑瑞是不可能說這些了。

傑瑞什麼也沒做，他只是站在那裡，神情狂亂而絕望，彷彿受傷很深，雖然他表面上並沒有任何傷痕了。

「我預約了要去看牙醫。」羅花生聽見自己正在跟雷諾先生這麼說。

「喔當然當然，」雷諾先生溫柔地回答，善解人意地說，「我很抱歉……」

為了什麼事抱歉呢？

「再見，傑瑞。」羅花生說。

傑瑞舉起手來，做了個軟弱無力的致意，但仍迴避去看羅花生，他的眼睛彷彿正看著羅花生的後方。

羅花生迅速逃離那裡。

稍後他沿著典範鎮的街道奔跑，沉重的腳步砰砰地碾過人行道，不像以往的那種悠哉大跨步，而是一種狂暴的節奏。他也不像往常那樣邊跑邊哼著歌，此刻他的肺正激烈地喘著氣，充滿痛苦和憂傷，但又全然接受那痛苦與憂傷。就像一頭獻祭的牲口。就像他們有時在大合唱裡會唱到的讚美詩：獻晚祭的時候，我將自己奉獻給了上帝[11]。

幾個鐘頭之後，他安全地躺在自己的床上，將棉被拉高蓋住了肩膀，眼睛緊閉著，卻依然看見傑瑞的臉。他發誓絕對不要再靠近傑瑞了。可是他心中又明白，他必須。也許稍後吧，等一個星期，或一年之後吧。最後他終於睡著了，沉入一個奇怪的空白夢境中，彷彿他被全世界給抹掉。

隔天早上他到學校以後，聽到了尤金修士的死訊。這件事對他來說，比傑瑞．雷諾回到典範鎮更悲慘。

11 典故可能出自《舊約聖經．以斯拉記》第九章：「獻晚祭的時候我起來，心中愁苦，穿著撕裂的衣袍，雙膝跪下向耶和華我的神舉手。」

「她叫什麼名字？」

「蘿莉．關德笙。」

「念哪裡？」

「典範高中。高四學生，喜歡戲劇，在高四的戲劇課裡擔任主角之一。」邦亭頓了一下，然後補了一句：「她長得真不賴，身材好辣，果然名不虛傳。」

邦亭遲疑著，咳了幾聲，像是有點緊張。他正和亞奇站在校門口，而學校其他所有學生和教職員卻都在尤金修士的追思禮拜裡望彌撒。剛才，當學生們紛紛來到大禮堂時，邦亭走近亞奇，表示晚點有事情跟他說。而亞奇卻示意他離開大禮堂。

「現在嗎？」邦亭問，「在這種時刻？」

蠟燭燃燒的氣味瀰漫在空氣中。

「不行嗎？」亞奇問，聲音中有種挑釁意味。「又沒人會想念我們。」

於是邦亭就大搖大擺地跟著亞奇走出來了，一點也不想讓亞奇看出他擔憂脫隊的下場。此刻，他不安地坐在亞奇身邊，無法盡興地告訴亞奇關於歐比和那女孩的事情。

「哇，我們的老朋友歐比欸。」亞奇驚嘆著說，聲音中貌似有些溺愛：「我只知道他被某個馬子釣上了，沒想到陷得這麼深呢。」他沒再多說，僅快速打發邦亭，要他去挖掘出更多關於那女孩的細節來。這不僅是在考驗邦亭收集情報的效率，同時也是在滿足他的好奇心，對於那女孩的。

邦亭端詳著亞奇，希望自己表現出很酷的模樣：面對亞奇你一定得保持冷靜。亞奇是那種無法預期的人，所以邦亭總是隨時保持警覺，好提早預防。你從來都不知道亞奇究竟會開心還是在生氣，所以邦亭好像走在一條很細的鋼索上，不過當然了，這一切都很值得。他的未來都要靠亞奇了，至少是未來幾年在三一高中的日子。他熱切地希望自己能繼承亞奇，成為守夜會下一任的任務指派者，而且他已經默默踏上接班人的跑道了。以前亞奇從來都沒特別關注過哪個守夜會會員，可如今他已經越來越仰仗邦亭了。事實上，邦亭已經慢慢地、確實地取代了歐比的位置。

邦亭一直很忌妒歐比能夠那麼親近亞奇，那意味著接近權力的核心。如今，他還有另一件事也很忌妒歐比——竟然能把到蘿莉．關德笙。蘿莉實在太美麗了，像歐比這種貨色根本配不上她。有一晚，他和哈禮、康那屈一同去進行跟蹤時，就偷窺到歐比和蘿莉在車子裡親熱。瞬間邦亭感覺到情慾和忌妒。到目前為止，他還是處男，主要是因為在面對女孩時他總是顯得慌張而笨拙，他只能在私密的床鋪和衛浴間裡得到滿足。在他那些狂野的想像中，蘿莉正是他夢想的女孩，甚至有時他都被渴望和慾念弄得虛弱不堪。然而一旦面對真實的女孩時，他又不知該怎麼辦了。他會舌頭打結，滿臉通紅，手腳也不知道該往哪擺。所以他只能和女孩們保持距離，而且他也不想在朋友面前出糗，所以就盡可能擺出一副不屑的姿態，彷彿他早已是閱女無數的情場老手了。

邦亭看著走廊那頭——好像有人站在那裡，是不是？難道是某個正在查勤的修士？

「大家都正忙著禱告呢，」察覺到邦亭的目光，亞奇說：「別擔心，你很安全，現在大家都忙著為死人禱告。繼續說。多說一點關於蘿莉．關德笙的私事吧。」

所以邦亭就說了，模仿以前在守夜會開會時所觀察到歐比的動作，咻咻咻地迅速翻動筆記本。

「蘿莉．關德笙，每科成績都是A，拿過書卷獎，她是優等生聯會、辯論社，以及話劇社的成員。」

這情報夠了吧。邦亭抬起頭來，信心滿滿地補充一句，「她跟很多男生約會，不過我認為她是『只能遠觀不准碰』的那種女生。」邦亭口沫橫飛說著，腦中忍不住浮起蘿莉．關德笙的容貌。「而且她老愛端著架子。骨子裡其實是騷貨！」有一次在某個舞會上，邦亭很熱情地去跟她搭訕，那可是他猶豫了半小時才好不容易鼓足的勇氣，結果竟然被她當成透明人。這讓他的玻璃心碎了一地。「在甜美的外表和那些狗屎書卷獎底下，她根本就是個賤貨。」

「我只想聽事實，別說些五四三的。」亞奇冷淡地說。

「他媽的，任何人只要看她一眼，就知道她根本是個騷貨。一副淫蕩相卻老愛裝聖女，到底是想騙誰啊！可憐的歐比。」他咯咯尖笑，「她八成把他逗成熱鍋上的螞蟻了。」

亞奇對邦亭失去了興趣。雖然他並沒轉開視線或閃神什麼的，卻精確地表達出他的態度。亞奇就是有這種能力，只不過是輕微地側了下頭，立刻讓你明白他的厭煩、沒興趣和冷漠，就像一記大巴掌朝你臉上打來，叫你滾遠點。

邦亭明白亞奇已經賞了他閉門羹，一屁股將他踢得遠遠的，雖然眼前他還被晾在學校的階梯上。

「我們有一晚看到他們在約會，」邦亭說，急切地想抓回亞奇的注意力。「就在開岈山上。」

亞奇的眼中閃過了一絲興味。

「他們進展到什麼程度？」

邦亭聳聳肩。「我不知道。我只認出了歐比的車——那車髒得好像十年都沒洗過，上面都沾滿了灰塵汙垢。我們只看了一眼，他們身體貼得很近，應該有親嘴和抱抱吧。」

「就只這樣？」

「聽我說，這對蘿莉．關德笙這種騷貨來說，已經很不容易了。」

靜默了許久，亞奇思索著，眼睛看向遠方。

「你希望我們去修理一下歐比和那個妞嗎？」邦亭問。緩慢地，試探地。

「你會怎麼做？」亞奇問。

「就看你希望我怎麼做。」

亞奇咯咯笑了。聲音脆硬得就像顆滾動的骰子。

「你的提議很有意思。」他說，再次看向邦亭，笑著。

邦亭也微笑了。亞奇臉上是不是正露出欣賞的微笑？還是讚許？他希望亞奇明白他的忠誠，明白他可以為亞奇和守夜會拋頭顱灑熱血。

他們身後的門打開，人群蜂擁而出。三一高中的學生從來都不會靜靜地離開一間教室或一棟大樓：他們總是爭先恐後、橫衝直撞，用手臂和手肘、膝蓋和大腿，盡可能搶奪先機。此刻大伙兒就推擠著衝下階梯，經過亞奇和邦亭時，緊急停住腳步，一個側身繞過他們身邊。邦亭趕忙跳開，但亞奇卻一派輕鬆和鎮定地留在原地，讓人群像水流般繞過他。「再見，我再找你。」亞奇對邦亭喊著，用嘴型示意，好讓那個二年級生在嘈雜中明白他們散會了。

亞奇看著邦亭被人潮衝散，很高興終於擺脫他了。亞奇很討厭邦亭那種自以為了解一切的態度，他那種趾高氣昂卻又諂媚假笑的樣子，還有他那種急切表達願意執行任何任務的討好模樣。喔，邦亭是挺聰明的，就是欠缺點格調。他講起話來總是這麼粗鄙，毫不遮掩，又很膚淺。行事手段一點也不微妙。手法微妙是亞奇格外看重的特質，對於守夜會的任務指派者來說，這是超越一切的技巧。不過他才懶得告訴邦亭。

如果邦亭是個好學徒，也許亞奇就會樂意傳授他一些心法。譬如，他也許會告訴邦亭如何挑選執行任務的人，以及激發群眾熱情的祕密。只要能激發一個人的熱情，你就能將他玩弄於股掌中。只要能挖掘出一個人所愛、所恨，或者所恐懼的，你就能任意地擺弄他。只要能找出這個人所在意的人、在意的事，那他就會甘願為你做任何事。就這麼簡單、這麼明顯。可是有些人就是永遠搞不懂這點。特別是邦亭。邦亭也喜歡肢體行動所引起的刺激——像是策劃一場打鬥、糾結群眾、吆喝挑釁。他有一次，他媽的，竟然建議把三樓階梯上的一道欄杆弄鬆，好讓一個學生跌倒。那很危險。他亞奇．柯斯特洛才不會去冒這種險。守夜會也不會去冒這種險。一旦採用了肢體暴力，麻煩就會跟著來。巧克力那件事，舉例來說，雖然也有肢體暴力，但一切都在他的掌控之下。要不然就會變成一場災難。他應該提醒邦亭要永遠記住巧克力事件。但他沒有。他一點也不想提醒邦亭。

「你怎麼受得了那個混蛋？」

卡特直接站在亞奇背後對他說話。剛才望彌撒之前，他就看見亞奇和邦亭離開了禮堂，他絲毫不驚訝亞奇這種不尊重死者的行為，亞奇根本就沒有罪惡感。但卡特也明白不管他說什麼亞奇都不會理會，所以就把怒氣出在邦亭身上。尤金修士的事讓他滿腔鬱悶，總得有人讓他發洩怒火。

「邦亭的存在有其必要，」亞奇回答，沒轉過身來，卡特只好自己繞過去亞奇的面前，然後理所當然坐到了亞奇的身邊。

「你有好時巧克力嗎？」亞奇問。

卡特不耐煩地搖搖頭。有些哈巴狗似的學生身上總是帶著好時巧克力，好隨時供應亞奇的需要。真謝天謝地，亞奇沒嗑藥。

「像邦亭這種混蛋，」卡特說著，來回彎曲伸展手臂，拳頭也一開一握。「他就像另一個詹達，他媽的。或許稍微圓滑一點，不那麼狗眼看人，隨時準備幹架的樣子，但錯不了，他就是另一個詹達。」

亞奇沒說什麼，然後卡特用手托住下巴，思考著。

「我一直都對那種人很好奇，亞奇。像邦亭和詹達那種人。」他其實想加一句：還有你也是，亞奇。可是他沒說。痛恨自己的怯懦，不過也就接受了自己的弱點。「你知道是什麼讓我好奇嗎？他們明明就很混蛋，可是好像一點也無所謂。他們好像還很享受，甚至根本不覺得自己是混蛋。他們老做一些很差勁的事，還自以為很了不起。」

「你知道祕密是什麼嗎？」亞奇用他那高高在上的腔調問。

「說吧。」

「那就是：每個人都喜歡聞自己的臭屁。」亞奇說，轉開視線。

卡特皺起眉頭，看著四周那些學生奔跑去搭公車的樣子，還有汽車轟隆著駛離停車場，一路發出尖銳煞車聲與輪胎磨地聲，還有操場上一群人熱烈地即興玩起觸身美式足球。

「人生就是這樣，卡特，這就是為什麼他們會做那些事，會那麼做。」停頓。「你也喜歡聞自己的臭屁，不是嗎？」

「老天，亞奇……」卡特正想反駁，卻不知該用哪些詞語，也不知道該怎麼說這種事情。幾分鐘之前他才低頭對著尤金修士的靈魂禱告。不知為何有種罪惡感，雖然他並沒有參與十九號教室的那件任務。可是禱告一點用也沒有。他的心裡還是很鬱悶，有種空虛的感覺，迫不及待希望彌撒趕快結束，他就可以盡速逃離。但逃離了那裡又能去哪裡呢？結果是亞奇・柯斯特洛這裡，還有他可怕的話語。

「你自己想吧，卡特。」亞奇站起來，伸展著身體，打了個呵欠就離開。甚至沒說再見。亞奇從不跟人打招呼說「嗨」或「再見」。

亞奇跨越操場，大刺刺地穿過一群學生，他很明白學生們都會意識到他的出現，會自動退後一兩步，讓出一條路的空間給他。

每個人都喜歡聞自己的臭屁。

亞奇的話語在卡特的腦中迴盪。

你也喜歡聞自己的臭屁，不是嗎？

是啦是啦。

可是應該不只這樣。

應該。

只是卡特說不出來那是什麼。

大衛・卡羅尼一直等到了獨自一人在家的時候。此刻他父親還在上班，他父親是漢生運輸公司交通部門的主管，而他母親正帶著他弟弟安東尼去鎮上採購。安東尼想買支新球拍，他是個很優秀的網球運動員，天才型。而購物是他母親最熱愛的行程，所以她就留了張紙條說，趁安東尼逛運動用品店時，她自己也想去買一些日用品。他母親很喜歡寫紙條、列清單。總之，大衛知道這一來至少一個小時，甚至一個半小時內，家裡都不會有別人在。這時間夠久了。

今天早上當他被鬧鐘吵醒的時候，他還不知道這就是那一天。但此刻他正打算要做的事並不是一個衝動的決定。幾個星期甚至幾個月以來，他已經領悟到他的生命即將會在今年結束，或許是在暑假的時候。他不確定從什麼時候開始，這一想法在他心裡萌芽，究竟是哪個重要時刻，讓他明白了他必須結束這個絕望、毫無目標的人生。他只知道這件事必然會發生，他必須終結這個甚至不能稱之為人生的生命。要不然他又能怎麼辦呢？就像是個不見天日的、讓人無法呼吸的沙漠，他在其中虛弱地苟延殘喘著，而且毫無目標，就像一個從外星來的生物，水土不服，孤立無援，而且沒有任何求生的慾望。一片空白、攀緣不到任何事物、感受不到一絲友誼和愛。就只是一個荒唐可笑的存在。他領悟到，唯有結束這生命才能讓一切稍能忍受。他就只是在等待一個適當的時機，適當的時刻。那就是現在，這個下午，這一個小時。

當他走上樓時，似乎感覺到了一絲絲微風，讓他的心情些微雀躍了一下，他把書本整齊地放在靠近他床鋪的書桌上，戀戀不捨地看著它們，明白自己今天晚上已經不需要做功課了，不過這其實沒什麼差別。想到這裡，他忍不住笑了，不過這不是那種歡愉或溫暖的笑。在過去的這幾週裡，他每天做功課、吃飯、洗澡、洗頭髮、等校車、上課做筆記、跟他的同學與家人聊天，可是沒有人，沒有任何一個人發現他其實不存在**那裡**，他其實並沒有將自己投入那場對話中，或課堂中，或吃飯中，他把其中最核心的元素也就是他自己抽離了。我。大衛·卡羅尼，某人的兒子、哥哥，學生。可是那一點都不重要了，真的，那只不過是一丁點兒的玩樂，用不怎麼好玩的方式呈現而已，因為一切將很快結束。大衛感謝他的領悟，緊抱著那領悟。要不然他可能無法撐過以往那些單調枯燥的白天與夜晚。

然而還是有某些片刻帶來了表面的驚喜，讓他彷彿從深水底下浮上水面，觸及了些微光線，而且是在某一瞬間——時光中的停頓點——他可以看見自己的生命是如何地轉變成了一個笑話，變得毫無意義。就像「那個字母」也是沒有意義的。（當然，字母本身是沒有意義的，就連用「字母」這一個**詞彙**來代替真正的事物，也是一個狡猾又卑鄙的行為）。然後，乍現的陽光會消逝，他將會再度墜落入荒蕪、無趣的生活中，如今他已經知道這種生活是一個沒有陽光，沒有天空的虛無。無處可去，也無處可躲藏。

他最後一遍環視他的房間，想起了很久很久以前他曾經讀過的一首詩：

憐愛地最後看一眼你擁有的一切，
每個相處過的時刻。[12]

他的音響，一度是他很喜愛的，但如今只是做做樣子播放它，假裝欣賞音樂這件事還對他有某種意義。書架上那排書，以前他會像是有強迫症似地把喜愛的章節一讀再讀，但如今他已經好幾個星期都沒再打開來看了。他嘆口氣，想起他所做的一切偽裝，讓自己表現正常，讓他的家人不會知道，不會發現，所以他一如如往常地聊天，傾聽，**表演**。都可以得奧斯卡金像獎了，可是他又小心翼翼地守護著他的小祕密。他的眼睛如今注視著他貼在牆上的那些海報。蠢透了，那些海報，真的。**雨後，一道彩虹**。毫無意義的話語。只是在耍弄文字而已。字母。英文有二十六個字母。其中一個是致命的字母。然而他現在不願去想那個字母。**最後看一眼⋯⋯**

他開始脫衣服。先是襯衫，接著長褲。將它們整齊地折疊好放在床上，然後再脫掉襪子，皺眉地聞到了一陣腳臭味，他的腳很容易出汗，即使是在最冷的冬天裡。他脫掉藍格內褲，拉起T恤從頭頂脫掉，將襪子、內褲和T恤全丟入洗衣籃中。光溜溜地站著，感覺微微有些寒冷，並避免去看見衣櫥旁全身鏡子裡的自己。他已經有好幾個月都避免去照鏡子看見自己的影像，很高興自己還不需要刮鬍子。

他奇異地感覺平靜，而且幾乎是雀躍地踮起腳尖，感受那陣再度襲來的清風——在他**體內**而不是體外。他不只是感到平靜而已：那是一種夢遊般的感覺，漂浮著，彷彿他正被某道看不見的水流推擁著，去向某個無可避免的命運終點。他已經仔細盤算過別種行動，但最後全放棄了。他也去了圖書館閱讀過相關的書，研究過統計報表，看過百科全書裡圖示的方法，思索過報章裡的故事，既震驚又喜悅地了解到這一行動原來是如此頻繁地發生，而且他最後終於決定了最好的一種方法。對他來說。

他走向臥室的衣櫃，感覺像在滑行般，但仍避開了大鏡子，然後打開了櫥櫃最底下的抽屜。撥開一些服飾配件和鞋子，拿出那張白色的線格紙。他抽出兩個信封，有好一會時間，他兩手各自拿著一個信封，彷彿他的左右手就是天平的兩端。其中一個信封裡，裝了一封他寫給父母親與安東尼的信，解釋為什麼他必須這麼做。他已經掙扎和痛苦了好長一段時間，而且希望他們不要因此自責，或有罪惡感。這封信他反覆修改了幾百遍，而且他略感罪惡地發現，寫這信的行動是他前幾個月裡唯一的快樂來源。此刻，他把這封信放在衣櫃上，就在他家人幫他拍攝的照片旁邊，那是當他以最高榮譽從聖約翰教區學校畢業那一天拍攝的。整

12 取自英國詩人德・拉・馬雷（Walter de la Mare）一八七三年的一首詩〈告別〉（Fare Well）。

整八年裡，他的每一科成績都是**A**。他盯著那張照片，不禁想起了「那個字母」，然後撇開頭，毅然打開另一個信封。

另一個信封裡裝了一片單面鋒刃的鋼製刮鬍刀片。刀片被斜照的午後陽光映照出致命光芒。令人愉悅的致命光芒。這是他的朋友，他的送行者。他以右手的拇指和食指小心地捏著刀片，然後走進浴室裡，將刀片放在洗臉槽裡，打開浴缸上的水龍頭放水。幾分鐘後，熱騰騰的水流開始噴濺著浴缸，水面冒出了水蒸汽，附著整面瓷磚壁面，洗臉槽上的小鏡子起了霧。他看著奔騰的水流，感覺不出那究竟是熱還是冷，事實上他沒有任何感覺。他用右手觸碰水，然後加大了冷水的流量。他耐心地等候，意識到刀片就在旁邊。他再度測試了下水溫，感覺此刻的溫度剛剛好。他關掉水龍頭。

他把刀片放在浴缸邊緣，然後身子從水龍頭另一端滑入浴缸裡，任由溫暖的水淹沒全身。這一次他很開心自己的無感。沒有思想或情緒。彷彿他是透明的，沒有任何重量。他領悟到自己已經好幾年不曾浸泡在浴缸裡了，往往只是在早晨起床時淋浴了事。他嘆了口氣，感覺到溫暖的水從毛細孔滲入體內，水蒸汽形成水流，沿著他的額頭、臉頰、下巴淌下。此刻真是美妙。很快地，這個可怕、醜陋、絕望、卑劣的世界就會結束，連同他這個顯然無用的小宇宙也會一同毀滅。殺了你自己，也等於殺了這個世界，以前曾有人這麼說過。他永遠都不願傷害他的家人，可是他非常樂意抹煞三一高中和它所代表的一切。雷恩修士和「那個字母」。**最後看著……**

他伸手去拿刀片。

卻無法碰觸它。

注視著它，一片小小的，閃著光芒的長方形鋼片。

他的手指碰觸刀片，停留在那裡，彷彿要將那刀片插入浴缸裡。

他明白了，他做不到，無法執行這行動。不是此刻。不是今天。今天終究不是那一天。

他黑暗的腦海中閃起一絲亮光。亮光中出現了雷恩修士的臉龐。為什麼他得要獨自一人離開這世界呢，放任雷恩留在這世上呢？原諒他？

他的手離開了刀片。

虛弱、筋疲力竭地，他明白了自己還得多忍耐一會兒這個蒼白無望的存在。

他躺在浴缸裡，啜泣著，直到水變冷。

不管是在守夜會的會議上，或者站在學校的階梯上接受來自四面八方的注目，或者僅僅是漫步在校園中，亞奇都是那個發號司令、掌控一切的人。唯一一個他無法掌控的地方（雖然他絕不會向任何人承認）就是雷恩修士的辦公室。雷恩絕不會無緣無故就召喚亞奇會面，而亞奇每次去和雷恩會面時總是全神戒備，幾乎是神經緊繃地。但還不至於緊張：雷恩還沒那麼大能耐能讓他緊張。

此刻，當亞奇步入雷恩的辦公室時，他承認自己有那麼一絲猶疑，不過他是不可能表現出來的。事實上，他沒等雷恩邀請就自行坐下，懶散地窩進椅子裡，擺出一副老子才不鳥你的姿態。

雷恩嚴厲地看著他，不過並沒有說什麼。他們彼此端詳著對方，這是他們之間不得不表演的一套老把戲。這一次是雷恩先移開視線。他拉開書桌中間的抽屜，拿出一個白色信封。細長、精心修整過的手指從中抽出了一張折疊的信紙。他打開信紙，瞄了一眼亞奇。

「你知道這是什麼嗎？」

「是什麼？」亞奇問，警戒地。

雷恩將那張信紙遞給亞奇。亞奇慢吞吞地伸出手，接過那張信紙，動作刻意顯得不疾不徐。他壓抑住好奇心，用手掌心捧著那張紙，過了好一會，才開始讀上面的文字。

雷恩修士：

事態緊急，主教訪問三一高中的行程必須取消。如果他來了，災難必將降臨。這是一個友善的建議，並非警告。

信上的字是用藍色原子筆寫的。字體詭異，左右同時歪斜，彷彿寫信的人喝醉了酒，或者是手抖得太厲害無法克制。也或許是為了掩飾自己原來的字體。亞奇的眼睛讀著信中訊息，緩慢地將每個字重複讀了一遍，同時，一個名詞跳入了他腦海的最前方。

叛徒。

這是第一次，在他的三一高中生涯中出現了叛徒。喔，當然他碰過意料之外的敵人，包括那種頑固的小鬼頭（例如雷諾），或者那種禽獸（例如詹達）。那些不合作的傢伙、那些膽小如鼠的傢伙，那些愛唱反調的傢伙。但從來沒有過告密者，抓耙子，叛徒。從來沒有人膽敢走漏風聲，去向校長通風報信。這是最嚴重等級的背叛行為。因為即使是那些畏懼和討厭守夜會的學生們也知道守夜會是站在他們這一邊的。他們共同的敵人就是三一高中本身、那些教職員和校長，不管那個校長是雷恩修士或任何人。本質上來說，教職員和學生就是天敵。沒人會去結交敵人。這種事是任何學生所能犯下的最嚴重一件事、最不可饒恕的錯誤。

他一一想過所有一切情況，以及：這個人可能會是誰？而不僅是任何一位學生。大多數學生只盼著每天快點放學，他們才不去管地區主教或學校會不會受到羞辱。多數學生說不定還很**希望**能發生某些事呢，好讓這個無聊的學期趕快結束。所以，那人會是誰？

他抬起頭看見雷恩正在注視他。不僅是注視而已。而是充滿蔑視的惡意目光。

「這件事我絕不會坐視不管，亞奇。你在這個學校所做的那些惡作劇是一回事，還有你那些愚蠢的幼稚行為。就算你那些無知的小夥伴多麼崇拜你，我也不管。只要你的惡作劇是針對學生而不是針對我就沒事。」他傾身向前，從亞奇手中搶回那封信。「但是，如果你們那些惡作劇牽扯到主教……」他降低音量，但語氣中的那股嚴厲和尖銳卻迴盪在整個房間：「這是絕對不可饒恕的過錯，而且視同對學校的威脅。」

當亞奇遭受攻擊的時候，他總是使盡全力反擊。這時他的血液似乎就會沸騰起來，沿著每條血管全力往上衝；他身體的每條肌肉全部武裝起來，隨時準備向前衝；他的頭腦會變得格外清明和敏捷，不像在考試的時候偶爾腦筋會糊成一團（特別是在數學考試的時候）。此刻，面對雷恩的攻擊，亞奇感覺自己正迅速冷靜下來，變得平靜，放鬆，思緒飛快組織著，彷彿它們是一整營的士兵，各就各位，隨時可以應付敵人的攻擊。放輕鬆，慢慢地，冷靜下來。只要時機一到，你隨時可以出奇制勝。

「也難怪你會覺得沮喪，雷恩修士，」亞奇說，聲音顯得既理智又高高在上。絕對不可以顯露出半丁點兒的道歉語氣，因為那就意味著你有罪。「我一直都很小心地限制……」他思索著適當的詞語，不能使用「**任務**」這個詞。「……我們在學校的活動，在校園裡。」停頓，刻意看一眼雷恩——但又不是太刻意——總之就是務必保持冷酷但又帶有一點點個人怒氣和憤慨。「這就是我一再警告同學們絕對不可以犯的錯。可是難免會有一些充滿忌妒心的同學。這種忌妒心啊……」

沒錯，忌妒心就是那個關鍵字。這就是為什麼他要重複說。忌妒心是他要拋給雷恩的餌。而雷恩果然吃了。「忌妒心？」困惑地，短暫地放鬆了戒備。

「沒錯。我聽見傳聞說某些學生想要分裂學校。」他很清楚，這些字眼聽起來有點像是捏造的——確實是很假，這麼多年來，他在學校所製造的混亂比其他任何人都要多，不是嗎？——但他必須說服雷恩，讓雷恩相信他並沒有造假。「雷恩修士，守夜會一直都跟學校**合作**，從來沒跟學校對立過，從來沒搞過破壞。喔，或許我們有時會稍微玩過頭，但基本上都還是符合學校的精神和利益。」

亞奇敢肯定，他的話有發揮作用。

而且他知道是為什麼。

因為雷恩修士也**渴望**能相信他。

這就是亞奇出奇制勝的牌。

事實就是，他和雷恩必須結盟。如果雷恩不再信任亞奇，讓他管訓學生，那也會是雷恩災難的開始。

也因此，雷恩很專心地聽著亞奇說話，一面點點頭，而亞奇則小心地挑選每個字詞，刻意讓雷恩修士認為他是無辜的，並沒有策劃什麼不軌行動來羞辱主教或雷恩修士。他解釋說，他經常面臨一個問題，就是有些忌妒他的學生會刻意造謠抹黑他。當然啦，他也一直試著去維護校園的和平。守夜會的存在，就是為了這個目的，這點雷恩修士同意吧？不像別的學校，例如典範高中，就一直發生學生暴動，像是炸彈恐嚇啦、破壞學校公物等等。這些事情都沒在三一高中發生。因為這裡有守夜會。

雷恩傾聽著，面無表情，眼神深不可測，他的眼睛就像魚缸裡那些冷血生物的眼睛。他清了清喉嚨，並用食指指著那封信。「那這又代表什麼？我有幾個問題。首先，你認為那些圖謀不軌的人會在主教來訪的期間做什麼？其次，你認為誰有可能是那些圖謀不軌的人？你有沒有訊息知道接下來會發生什麼？」

最重要的就是讓雷恩確信他已經掌握全局了。「我知道他們是誰，雷恩修士。相信我，我會管好他們。」

雷恩似乎在衡量著亞奇的話是否可信。「你會小心地處理吧？我不希望校園裡發生什麼打鬥事件，也不希望有人報仇什麼的。」

「別擔心。這只不過是小事一樁。」

「那你知道他們目前進展到什麼程度了？當主教來學校的時候，他們打算用什麼方式來羞辱他？」

「我只聽說了一些模糊的訊息，還未經過證實。」亞奇說，語氣變得更加謹慎了。「好像是要在主教抵達的時候，公開示威。」他再補了些內容：「舉標語什麼的，就像那些罷工的人。」

「什麼樣的標語？」

亞奇知道他已經成功釣到雷恩了。這是他最愛的把戲了，臨時瞎掰、添油加醋。「要求縮短上課時數，放更多的假，這類的標語。」

「這根本就不可行。我們必須遵照政府的法律授課。」

「那些人也知道啊。他們的目的只是要製造紛亂而已。」

雷恩又起疑了，他再次研究著那張信。

「**災難必將降臨**。這句話聽起來不像只是在製造紛亂而已。聽起來比較像是一件有威脅性的事。」

「那些人沒那個膽。相信我，雷恩修士。」

事實上，雷恩修士也沒別的選擇，他只能相信亞奇。亞奇明白，不管雷恩採取什麼行動都只會羞辱到他自己。跟守夜會對抗，或者跟一群他認定的異議分子對抗，就像是一拳打在棉花糖上，根本抓不到也打不到要害。所以他必須倚靠亞奇，必須相信亞奇。

雷恩嘆了口氣，皺眉，搔著下巴。即使隔了約莫兩公尺遠，亞奇還是可以聞到他腐臭的口氣，令人作嘔的氣味。接著，雷恩的脣上露出虛偽的笑容。他緩慢地再次打開抽屜，抽出另一張紙，瞄一眼信紙，接著再看向亞奇。

「不過，不管那些圖謀不軌的人打算做什麼都沒用，」他說，「昨天我接到教區的信。主教已經決定取消今年來三一訪問的行程了。全國主教委員會即將在芝加哥召開重大會議。」他把信擱在桌面上，就放在所有文件的最上方，仔細地對折，小心翼翼地，他修長的手指就像昆蟲的足肢。

雷恩得意洋洋地看著亞奇，滿滿的笑容幾乎有些滑稽，或者根本可以說是諷刺。雷恩很不習慣笑。但仍有某些東西隱藏在那個微笑以及他那冰冷雙眼的後頭，如今他的雙眼已經變得冷硬了；那副笑容說明了，雷恩根本不相信亞奇說的任何一個字。不過亞奇才不在乎。重點是雷恩已經選擇了假裝相信他所說的。

「讓我再次申明，亞奇，」雷恩說，他的笑容如今已經消失了，消失得如此迅速，彷彿從來不曾存在過。「我不希望發生任何蠢事，也不准有暴力、意外在這個校園裡發生。剩下兩個月不到就要舉行畢業典禮了。這一年來發生了很多事。這是榮耀的一年——最值得慶賀的就是有史以來最成功的巧克力義賣，舉例來說——不過這也是充滿變化和不確定的一年。我希望這一年是以榮耀作為結束。」

亞奇決定要離開了，片刻都不想繼續留在這裡，天曉得雷恩的袖子裡還藏著什麼乾坤。

「你可以走了。」雷恩說，身子往後靠，臉上掛著沾沾自喜的表情，一手拿起地區主教團寄來的信，搧著自己的臉。

亞奇片刻沒浪費就離開了，他毫不猶豫地起身走向門口。沒說再見，也沒說謝謝您，雷恩修士。謝個屁。

走到了門外，亞奇在走廊上停住了腳步，彷彿正在深吸一口氣，但其實他並沒有呼吸不順暢，是別的事，**別的人**。他的思緒飛快地奔騰，閃電般越過所有地方。

是誰寫那封信的？

誰是那個叛徒？

開峒山上他們最喜歡去的停車處被其他車子占了，所以歐比就繼續開著車子往陌生的地區去，直到終於在一株大楓樹底下找到停車位，那株楓樹有些年歲了，茂密低垂的樹枝都擦刮到車頂。他煞住引擎，轉身面向蘿莉。

她坐在副駕駛座的最遠端，縮著身子，手臂抱住胸，不住地顫抖。她感冒了。鼻頭紅通通的。眼睛也是。昨晚她無預警地感染了早春的風寒。

「我很抱歉。」他說。

「為了什麼？」打了個噴嚏，鼻塞的聲音。

「都怪我今晚約妳出來，還帶妳來這裡。」可是他已經連續三個晚上都沒見著她了：她一直忙著排練一齣戲、忙著寫作業，以及陪她母親去採購。也或者這些都只是藉口，其實她是因為某個理由避著不肯見他？

她用一張舒潔衛生紙擤了擤鼻子，看著他，眼睛水汪汪的。「別傻了，歐比。不過，你搞不好會被我傳染感冒。」

我才不介意，他想著，因為快樂而臉漲得通紅。雖然她看起來很可憐的樣子，但他仍然感覺到慾念蠢蠢欲動，渴望能親吻她，撫摸她，即使她因為發燒而滿臉通紅。老天爺，我真是個性變態，他想著。不過，當你在戀愛的時候，應該就不會是性變態，不是嗎？

他伸出手去，觸碰著她的手，卻被她閃開了。「別啦，歐比……」她說。

嘿，只是握個手又不會傳染感冒，歐比想道，不過他並沒有說出口。他就像所有戀愛中的人，被可怕的愛情症候群折磨著：不斷猜疑著，忌妒著，心裡有疑問卻不敢開口問，例如：你真的愛我嗎？

相反的，他問了另一個問題：「怎麼啦？」

「我感冒了。」她回答，語氣中透露出一絲不耐煩。

直覺告訴他還有別的事情。他痛恨他敏銳的直覺。「妳確定不是跟別的事有關？」

「好多事。因為這個感冒，我有一科成績只拿到 C⁺，榮譽獎飛了……」

「以前從沒聽妳提過學校的事——」

「還有三一高中，」她說，那個名詞像個炸彈在歐比眼前炸開……「我最近不斷聽到關於三一高中的事。我所有的朋友都說——」

「妳的朋友說什麼？」他問，努力想表現得像在開玩笑卻失敗了，他的聲音突然變粗了。

「好吧，就是一件事，」她說，「聽說在三一高中有個怪物掌控著學校。他的名字好像叫亞奇什麼來著。據說他是某個地下幫派的首領，他的身邊有一群……呃，走狗。甚至比走狗還糟：他們幫他跑腿，做各種骯髒狗屁倒灶的事……」她一股腦兒倒出所有那些骯髒事，彷彿她已經積壓了那些垃圾太久，恨不得趕緊倒掉。

歐比完全驚呆了，答不出話來。

她轉頭看向歐比：「你認識這個傢伙嗎？那個首腦？叫亞奇什麼的……」

他有一種感覺，蘿莉其實知道亞奇的姓。她是不是還知道別的事？

「柯斯特洛，」他說。「他的全名叫亞奇·柯斯特洛。而且我認識他。見鬼了，三一高中很小。」

「聽說他掌控著三一高中，就像黑手黨那種黑幫。這是真的嗎，歐比？」她擦拭著眼睛，彷彿剛剛哭了。不過她並不是在哭。她的語氣比較像是法庭上的律師，吼，我的老天爺！

「三一高中並沒有黑手黨。」他說。

「不過那裡確實有個祕密幫派對吧？」

幹！他一直小心翼翼地伺候著蘿莉·關德笙，總是陷入甜蜜的折磨中，從來不敢確定她的感情。為什麼今天她非得提到三一高中？就因為她覺得很悲慘？因為感冒嗎？難道她也是那種自己不開心就要拖別人下水的人？

「有嗎？」蘿莉問，繼續用舒潔衛生紙瘋狂地擤著鼻涕。

「好吧我跟妳說，」他回答，嘆了口氣，「是的，三一高中裡確實有個祕密幫派——」

「那你也是黑幫的一員嗎？也是其中一個……你知道我的意思……」

他很想否認她的話。轉頭看著她，他渴望告訴她所有的事情。他很想告訴她，他早已經脫離守夜會——至少在精神上——很想告訴她，這些日子以來他只是貌合神離地參加活動；想告訴她，他和亞奇不再是朋友了。事實上，他們從來就不是朋友。可是他明白，這些話他都不能說。他怎麼能對她說這些呢，一旦說出口，她會怎樣呢？

他伸出手握住她的手。她的手很冰冷，毫無溫度，就像是商店櫃台上的一件物品。「聽我說，蘿莉，每個學校都有他們自己的傳統——有一些很正常，有一些很瘋狂。不論在哪個時代都一樣。典範高中也差不多。我敢打賭，他們那裡也有某些怪異的傳統。三一高中有守夜會。但它並不是全然的壞。」他捏捏她的手，以強調他的意思，但沒有得到回應：有可能她是戴了外科手術用的那種透明手套。「現在對我來說，全世界最重要的人是妳。認識妳是我生命當中最美妙的事。」他聽見自己的聲音粗嘎，好像以前他還是八年級學生時的聲音，當時他正在變聲。「我愛妳，蘿莉。妳才是最重要的。我一點也不關心守夜會，三一高中，沒有任何事情……」

突然，一道光線照向他以及蘿莉，照亮了整個車子的前座。蘿莉的臉在強烈燈光的映照下顯得十分蒼白。「鎖上妳那邊的車門，」他對她大叫，同時迅速地去鎖他這邊的車門。但慢了一步。蘿莉那一側的車門砰地被打開，然後一陣猥褻的笑聲從那道燈光後面的黑暗中響起。歐比瞇著眼睛，試圖透過強烈的光線去看清楚黑暗中是誰，感覺那裡不只有一個人，他覺得他和蘿莉被包圍了。他祈禱他們只是在鬧著玩，一場惡作劇。一場病態的惡作劇，但仍只是惡作劇。

「全部給我出來，」一個聲音叫喊。矇著嘴巴的聲音，他不認得。

「這妞好辣，對吧？」另一個聲音說。「我先上可以嗎？」

歐比立即明白，這不是惡作劇。他身旁的車門被打開，同一時間，蘿莉開始尖叫，那尖叫聲像一把尖銳的刀子刺向他的心臟。好幾隻手粗暴地抓住他，將他拉出車子。蘿莉的尖叫聲突然中斷，彷彿有人啪地關上收音機。

這突來的靜默甚至比尖叫更糟。

第二部

那其實不能算是強暴，真的。

事實上，完全不構成強暴。

當邦亭再次敘述細節的時候，坦白說，亞奇開始覺得厭煩了。他明白邦亭會習慣性一再重複自己的話，他會陳述一個觀點，然後又再度陳述一遍，甚至有時還會再說第三遍，好像你很笨，沒辦法立即聽懂他在說什麼似的。

不過當亞奇聽見邦亭誇張地反覆述說事件過程，還是暗自偷笑。他之所以開心是因為看見了邦亭完全符合他所規劃的未來。真他媽的無腦：強暴欸。而且還混亂收場。真是完美極了。

亞奇幸災樂禍看著邦亭不自在地敘述細節。不過當然了，邦亭不會真的合盤托出所有細節。有些事情只有邦亭自己心知肚明，不會跟亞奇·柯斯特洛分享的。他跟亞奇說了哈禮和康那屈的部分。包括康那屈是怎麼狠狠修理歐比的：抓住他，將他拖出車子，用雙臂猛力困住他，強迫他跪在地上，將他的頭壓到車子底下，這樣他就看不見所有一切，以及所有人。這一點很重要。康那屈做得非常好。哈禮的部分也比預期執行得好。他猛力拉開副駕駛座旁的車門，抓著那個女孩，然後彷彿是本能或經過長久練習，他一把扯住女孩的毛衣往上拉，蓋住她的臉，遮住她的視線，讓她無法看見是誰和周遭一切，她的雙臂則被禁錮在頭上。

接下來的部分他沒告訴亞奇：毛衣往上拉，露出她的胸罩。白色的，全罩的，波濤洶湧。就像電影和雜誌裡的那樣。超越邦亭最狂野的夢境。他這才知道蘿莉．關德笙的胸部原來這麼大，以前都被罩衫和毛衣給遮住了。邦亭喘息著靠近她，渴望能讓自己充滿她，渴望讓**她**充滿自己，他全身被慾望灼痛了，情慾高漲，渴望抓住她，緊緊地擁住她，愛撫她美麗胴體的所有一切。他用身體壓制她，她掙扎並蠕動著，被毛衣遮住的臉發出小小的嗚咽反抗聲。有那麼一個片刻間，甜蜜、激動的片刻裡，他抓著她的右乳，就在他的手中，那尼龍胸罩裡豐滿而堅實的乳房，同時又柔軟有彈性。他以前從沒摸過女孩的胸部，在狂喜與悸動下，他急促地喘息著。好爽。無預警的，蘿莉．關德笙狠狠一踢，她的腿彎曲，使勁往外踢，同時她張口尖叫，聲音洪亮淒厲。邦亭的命根子劇烈疼痛。慾望瞬間遠離，他站不住腳了。在劇烈的疼痛中，他鬆開了她。然後在一陣清明中他突然領悟到，剛剛他們——**他**做了什麼。這是強暴欸，我的媽啊。怎麼這麼變態。他一陣反胃。他對哈禮大叫：「幹，我們快點離開這裡。」謝天謝地，此刻他的聲音非常沙啞，幾乎是粗嘎的，連他自己都辨認不出來，所以，他希望，她也認不出來。

他們火速且慌張地逃離現場，一如他們的突襲，沒有任何逗留就撤退，留下那個女孩兀自啜泣，臉還被毛衣蓋住，而歐比的頭還在車子底下，雙腿以一種詭異的角度暴露在車外。當他們開車轟隆離開時，哈禮發了瘋似地不斷狂笑，而邦亭則死命地設法讓自己恢復鎮定。

放輕鬆。當他們的車子疾速駛離開屻山時，邦亭的腦筋也迅速轉動，回想剛才的一切，確認他們沒有遺留任何可以指認他們的線索在現場。確定他們沒有。幾乎可以確定。但是，萬一那個女孩或歐比不小心瞄到了他們的臉，那該怎麼辦？三個人和兩個人對質。那對情侶的話會對他們不利。所以他們最好還是快找一個不在場證明比較好。而邦亭立刻想到，誰可以提供他們不在場證明。

「好啦，好啦，」亞奇說，終於顯露出他的嫌惡和不耐煩。「你幹麼告訴我這些？」

此刻他們正坐在亞奇的車子裡，就在學校停車場，上課的前半小時。今天一大早邦亭就把他吵醒了。換成往常，亞奇一定會發飆——對他來說，學校和家是兩個截然劃分的世界——可是邦亭聲音中那種急切讓他決定先不算這筆帳。還有另一件事：昨晚他做了一個惡夢，典範鎮的上空飄起大雪，每一片雪花都像一張信紙那麼大。而在那些雪花上塗滿了潦草的字，密密麻麻地，覆蓋了全世界。電話鈴聲讓亞奇從夢中跳起來，他很高興擺脫那個惡夢。

「我必須找個人說，亞奇，我的意思是說，你處理過守夜會大大小小的事情——」

「從來沒有過強暴案。」亞奇譏諷地說，聲音中有著怒氣。「從來沒發生過類似的事。」

「我們沒有強暴她。」邦亭辯護。「我甚至根本沒有碰觸到她。」他知道他必須一口咬定這點。

「襲擊，」亞奇說，「我會說用最致命的武器去襲擊。」他往下看著邦亭，「不過我猜你的武器不夠致命……」

邦亭臉漲紅了，不過他沒回嘴，寧願忍受這番羞辱，只要能從亞奇那裡得到他所需要的。

「重點是，」邦亭頓了一下又說，他知道自己捅了一個馬蜂窩：「我們可以用不在場證明——」

「不在場證明，」亞奇嘲笑：「你現在在演哪一齣啊？《週末午夜場電影》嗎？」

「我的意思是說，萬一他們看見了我們，哪怕只是匆忙間瞄了一眼。我想守夜會應該會罩我們……」

「你剛剛不是說他們沒看到你們嗎？或者我聽錯了？那個女孩不是被毛衣遮住了臉，而歐比被塞在車子底下，而且你們並沒有碰到她——」

「只是萬一……我是想說最好先做預防，」邦亭笨拙地說著。然後使出殺手鐧：「事實上……」他故意讓話懸在那裡。

「事實上什麼？」亞奇問，立刻狐疑起來。到目前為止，他其實有大半時間被邦亭的故事逗得很樂。

「我只是在想，」邦亭說，小心翼翼地選擇用字。「也許歐比會認為這是一次守夜會的任務。」

「你瘋了嗎，邦亭？歐比是守夜會的一分子。我們一向都會保護自己人。從來不會去碰他們的。他還參加了所有的會議……」

邦亭嘆了一口氣，然後展開攻擊。

「那天當我告訴你關於歐比和那個女孩去開岄山的事——記得嗎？」

「我記得。」

「我問你是不是要對他們做點什麼。」

「我又沒叫你去做點什麼。」

「你沒告訴我**不要**去做什麼，」邦亭說，刻意地說著每個字。

「見鬼了，邦亭，你在說什麼？」

「我是認為你**希望**我們去做點什麼。因為你的態度很……微妙。」微妙：哇，這字眼不錯，邦亭想道，決定以後要好好運用這個字。

「我沒有必要態度微妙，」亞奇回答，聲音變得冷酷。「當我希望做某件事的時候我就會說：去做。」

「可是你一直都是一個很微妙的人，亞奇，」邦亭說，繼續施壓，他明白只要能把亞奇拖下水，讓亞奇變成昨晚那件事的一分子，他的麻煩就解決了。「昨晚我們開車四處兜風，然後去了開岄山，看見了歐比的車也在那裡。於是我想起了我們先前的談話。感覺上你希望能對歐比做點什麼。還有那個女孩。所以我們就想說應該給他們來一點小小的教訓。然後……」

「然後什麼？」亞奇問，理解到了這個小混蛋有多危險。他必須小心這個人。這件事根本不是守夜會任務，或者校園裡的玩鬧或遊戲什麼的。這是襲擊事件。強暴未遂。假如那個女孩跑去報警呢？

「然後……」邦亭準備說。然後又頓住。因為他原本想做的只是一次挑釁、威嚇、外加搜身什麼的，沒想到當他走近歐比車子看見蘿莉．關德笙的那一瞬間，事情就走樣了。「然後……就變成那樣，那樣。」他有點狼狽地說，「不過，這件事本來不會發生的，亞奇，如果我認為你不想要這件事發生。」

亞奇急速地深吸了一口氣。然後讓空氣沉入他的體內，這是他的習慣動作，每一回當他需要冷卻一下思緒、想清楚事情的來龍去脈、釐清眼前狀況，並做決定時，他就會這麼做。這個邦亭比他所想像的更加機伶狡詐，竟然會設法讓亞奇成為事前事後的共犯。歐比，當然是其中關鍵的人物。這一切都取決於歐比和那個女孩在被襲擊之後採取了什麼行動，他們是決定保持沉默，還是去警察局報案。基本上亞奇不認為他們有去警察局報案。如果有，消息很快就會傳開了，可是這個早上三一高中校園好像還滿平靜的：沒有警察巡邏車來，沒有任何不尋常的活動跡象。只要警察沒有介入，那這件事就簡單很多。首先，這個襲擊事件，並沒有烙上守夜會的標誌。歐比很清楚，亞奇不會去策動這種沒水準的襲擊和強暴。不過，這種愚蠢的意外有可能還是會留下後遺症。問題在於他不知道這件事對於歐比有什麼影響，此刻歐比在想什麼，他又會做什麼樣的推測。所以亞奇決定第一步應該要當面看一下歐比。對亞奇來說，歐比是個透明人，根本藏不了什麼祕密。

「邦亭，」他說，聲調尖銳而冷酷。「我們這麼辦吧。今天召開守夜會會議。時間一如往常……」

邦亭疑惑地皺起眉頭。

「研究一下你的筆記本，找一個可以進行任務的對象。就從上次我給你的名單上挑個名字。」

「可是歐比也會來參加會議，」邦亭說。此刻他最不希望發生的事情就是和歐比面對面。

「那正好。」

就讓邦亭繼續在熱鍋上待一會吧。讓他去煩惱個一整天。

「拖延永遠解決不了問題，」亞奇擺出他最佳的訓話聲調，很享受地看著邦亭越來越難受的樣子。「既然我們現在有了問題，那麼最好就是採取行動去解決它。所以我們就在今天開會。召集所有的人。一切都要跟往常一樣。這就是為什麼我們需要找一個小鬼來進行任務。所有過程都必須跟往常一樣進行。然後我再來研判狀況。」這就是亞奇最喜歡的事。攤牌，進行西部片裡那種黃昏大決鬥，跟敵人面對面。好判斷現在的情勢，評估後續的可能發展，或者，如果萬一後續沒有什麼發展，底下又可能潛藏了什麼情感衝突。

無論如何，還有一個更重要的理由必須召開這次會議。歐比和邦亭的攤牌其實只是個煙幕彈，掩護了亞奇的真正目的——揪出那個叛徒。他懷疑那個叛徒就是守夜會其中一個成員。其實不光只是懷疑而已。守夜會以外的學生並不知道蹺課日和主教來訪恰巧是同一天。可是那封寄給雷恩的信卻特別強調主教來訪的那一天。所以，會議正是一個很好的場合，可以讓他展開緝捕叛徒的計畫，而他的本能指出——他的本能從未失手過——他將會在會議上揪出那個叛徒。

他再度轉頭看向邦亭，看見他露出愁苦的模樣，大顆汗珠在他的上脣抖動著。

「還有，邦亭……」

「怎樣？」

「忘掉那個不在場證明。守夜會才不會提供不在場證明。」亞奇說。語氣表示對談結束，就像被關上的汽車天窗。

守夜會的開會通知總是貼在一樓走廊的大佈告欄上，直接就面向校長辦公室。亞奇很喜歡這個張貼佈告的位置，它象徵著守夜會開會通知就直接貼在雷恩的鼻子底下。開會通知很簡單，只要把佈告欄最上方貼著的字「三一高中 TRINITY HIGH SCHOOL」動個手腳。每當開會那天，TRINITY 這個英文字當中的那個 Y 會被倒過來，變成：⅄。它看起來就像一根豎直的指頭，亞奇說。因此，每當守夜會開會的時候，就像是在對全世界伸出指頭。這就是那個倒過來的 Y 字所代表的意義：那根手指頭。

邦亭趁著上課鐘響起之前快速地將那個 Y 字倒過來。然後立刻離開佈告欄。他琢磨著接下來要完成的事：必須在神不知鬼不覺的情況下發出邀請函，給即將執行任務的那個學生，也就是今天守夜會開會時的苦主。通常邀請函都是以潦草字跡寫的小紙條，或者放在那個人班級教室的座位抽屜裡，或者放在他的儲物櫃裡，有時也不一定非得趕在上課之前，全天任何時間都可以放。不過這一次邦亭在幾分鐘後就很輕鬆地達成了任務——那位苦主的班級教室空著，所以他就迅速地將紙條塞入那人的抽屜裡，當然也沒有被人看見的風險。

隨後當邦亭走去上第一堂課時，腦海裡塞滿了疑惑和不祥的預感。他開始想自己是不是做錯了，或許這個早上去找亞奇告解是一個錯誤的行動。他知道自己可以控制哈禮和康那屈。可是亞奇就不同了，非常不同，所以有時候邦亭會半夜做惡夢，全身冒冷汗地驚醒過來，幾乎要後悔他幹麼跟亞奇還有守夜會攪和在一起。

自從邦亭來了以後，歐比已經養成了習慣，隨時去檢查佈告欄上是不是有守夜會的開會通知。以前（其實才在不久之前），歐比是那個負責將Y字倒轉的人。但這幾個星期以來，亞奇已經逕自去發展和邦亭的關係，很明顯他是要培植邦亭接班成為新的「任務指派者」，而歐比也接受了這種情況。因為對他來說蘿莉已經比召開守夜會的會議更重要了。

感謝亞奇，如今他幾乎跟其他守夜會成員沒什麼兩樣了，無法自行規劃下課後的活動，必須等到確定當天守夜會是否要開會才行。這個早晨，就像每一個早晨，他先去察看大佈告欄，接著才去置物櫃。這幾乎是反射性的行動。他根本還沒從昨晚的事件恢復過來，頭腦還昏昏的，腳步虛弱地穿過走廊，感覺遲鈍，眼睛也因為睡眠不足而紅腫，內心裡有著他之前不曾體會過的憤怒啃噬著他，讓他毫無食慾，也睡不著，怒火盤據了他全部的思緒——而他的思緒裡不斷反覆重演昨晚的事件，這讓他痛苦不堪。

蘿莉。她的哭泣。那個對她身體的侵犯。對她的蹂躪——對她這個**人**。彷彿他們所糟蹋的是形成她作為一個人、一個女孩、一個女人的事物。當他終於能站起身來，來到她面前時，那輛汽車遠去的引擎聲大得幾乎震聾他的耳朵，而她看著他，表情——該怎麼形容呢？

恐懼、厭煩、嫌惡。她的眼睛睜得大大的，充滿痛苦、受創，以及最可怕的——她的眼神中有著指責。彷彿他就是那個襲擊的人。

經過了短暫而歇斯底里的情緒爆發之後，她告訴他，當他無助地被壓制在汽車底下時，她發生了什麼事。她並沒有被強暴。她費了很長時間才終於說出這個字，而當歐比看見她是多麼困難才說出口時，他的心揪了一下。她就像個小孩子般在黑夜裡哭泣。沒有被強暴，沒有，可是他，不管那個人是誰，他摸了她。**摸了**。當她說出那個字的時候，又開始哭了起來。歐比完全安撫不了她。在她訴說發生了什麼事情的過程中，她一直躲著他遠遠的，身體瑟縮著，可憐巴巴地抵著車門。接著是一陣沉默，抽噎，不時地嘆氣。經歷了第一次情緒失控之後，她拒絕講話，只是靜止不動、沉默地坐著，任由歐比開車載她回家。這讓歐比覺得很無助，很無助。

歐比忍不住想安撫她，於是他伸手想碰她，握著她的手，撫摸著她的肩膀。結果她卻畏縮地閃開他，甚至微微顫抖。他試著說抱歉，對所有發生的一切，覺得自己有責任，內疚，明白自己沒有盡到保護她的責任。老天啊，他一面小心翼翼地開著車，穿過黑暗的街道，一面想道。如果他長得高壯一點就好了，會空手道就好，那麼他就可以力抗強敵，而不是那麼輕易地，無招架之力地被制服。

由於那個歹徒把他的手扭在背後，扭成一個奇怪姿勢，導致他到現在手臂還在痛。搞不好會痛一輩子。不過這種疼痛還遠遠比不上他靈魂裡所感受到的那種痛，或許是他的心在痛，不管那是他身體內的哪個部位，總之他突然間感受它的存在，因為痛得要命。

此刻，當他站在學校的走廊裡，震驚地看見大佈告欄上的那根「指頭」。今天他哪還有心情參加會議啊？他唯一想做的事，就是盡快上完課，然後下午開車去蘿莉的家。

「妳還好嗎？」他問，皺著眉頭，情緒還沒平復，很想**說些什麼**，某些正確的事，可是他又很茫然，不知道該做什麼或該說什麼。

「還好。」她回答。可是那聲**好**一點也不肯定。

「確定？」

「我確定。」

他們商量過不去對這次的襲擊事件採取什麼行動，決定不去警察局報案。畢竟，蘿莉並沒有被強暴，也沒有被打傷；他們也沒有看清楚歹徒，沒有證據，也沒有任何線索可以找出那些人。最重要的，蘿莉說她不願意再提起這次的襲擊，不想對警察說，也不想對任何人說。

「只要說起當時的事，就會讓我覺得很髒，」她說。沉默了很久才又說，「我覺得自己不再乾淨了。」

他輕柔地親吻她的臉頰，完全不敢碰別的部位。她沒有退縮，但也沒有回應。「明天下課之後，我打電話給妳。」他耳語著。她沒有回答。然後就走進屋子裡去了，步伐很慢，失魂落魄像個機器人似地。看著她走上階梯，他恐懼他很可能從此失去她了，恐懼某些事情再也不一樣了。然後他對自己說：明天，所有事情將會改變，會變好。他緊抓著這個念頭。這是他僅有的。

如今，他首先要面對的，卻是守夜會的會議。這是全世界他最不想要的。

卡特看見那根手指，然後罵了聲髒話。

今天早上他一直設法避開亞奇，很害怕亞奇會看著他的眼睛，然後立刻明白他寫了一封信給雷恩修士。卡特很明白自己的優點和弱點，清楚自己擅長什麼又欠缺什麼。他對於自己作為一個運動員的本事很有自信，但面對亞奇的專長時，他卻是懦夫：亞奇擅長恐嚇別人、和人鬥智，猜測別人的心思，評估別人下一步要做什麼。亞奇總是搶先別人一步。

他皺眉看著佈告欄，彷彿只要他瞪得夠久，那個Ⅹ字就會從佈告欄上消失，同時他也開始懷疑，自己是不是犯了天大的錯誤。當他決定去跟雷恩修士密告有關主教來訪的事時，其實是冒了一個很大的風險。他從未做過類似的事。於是他利用第四節自習課時寫那封信，刻意用左手寫，而且費了很大心思。把信送去給雷恩時反倒是比較簡單的——只要把信丟進雷恩辦公室的信箱就好了。可是信一旦丟出去，苦惱就接踵而來。他開始理解到自己做了什麼。搞不好雷恩會神通廣大地查出信是誰寫的。而且會通知亞奇。當他離開學校以後，一直不斷往後瞧，感覺好像有個看不見的探子正跟蹤他，卡特實在後悔死了。他應該只要管好自己的事就好，就讓那個主教來，讓天塌下來就好。可惡！他開始做倒立，運動全身肌肉，用運動員的方式——運動總是可以把惱人的人群掃離他的視線之外——卡特開始進行數個小時的苦練。但還是沒辦法專心寫作業。吃晚餐的時候也沒有食慾。最後乾脆滾去睡覺，一夜無夢。可是等他醒來時發現還是好累，一點元氣也沒有。

他轉身離開佈告欄，真希望多眨幾下眼睛就可以把視覺殘影中的那個倒立的**Y**字從他的腦海中抹去。這時突然看見亞奇．柯斯特洛一如往常地朝他這邊走來。他慌張地四處張望，看見有一道門通往工友儲藏室。他立刻閃進那間儲藏室裡，輕輕地關起身後的門，連燈也不敢打開。他聽著自己急促的心跳聲，等待著，想像著亞奇正用大搖大擺而且狂妄的姿態走過。我到底怎麼啦？他想道。

啊，他確實知道自己怎麼啦。知道為什麼他會躲在這間儲藏室裡，身旁堆滿了拖把、掃帚和水桶。

寫那封信就是一個鼠輩的行為。

一個通風報信的。

一個叛徒。

他已經成為他一向痛恨的敗類之一，一個躲藏在黑暗中的敗類，害怕將臉孔暴露在世人眼前。

而這一切都是因為亞奇．柯斯特洛。

一隻德國牧羊犬蹲在那裡，安靜而挺直地坐在一株枝葉雜亂的樹下，憂傷的黃色眼珠子盯著羅花生走過，在牠身後是海爾街那棟有著黑色屋頂的白色別墅。他以前就看過這隻牧羊犬，可總是匆匆經過。以前他老覺得那隻狗會突然狂性大作，沒任何吠叫或警告，就迅雷不及掩耳地兇猛攻擊他。

但這個早上，他有著比那隻牧羊犬更煩心的事。當他走過海爾街，經過那隻狗，右轉入喬治街時，覺得自己好像在逃離一個鬼魂，尤金修士的鬼魂，而清晨的空氣讓他冷得打哆嗦，儘管他全身正奮力地依照節奏跑步著。他迄今都還沒能完全消化尤金修士死亡的事實，雖然學校已經廣播過那個噩耗了，而且追思彌撒也已經在幾天前舉辦過了。雷恩修士宣布噩耗時的廣播聲音言猶在耳。**逝世，在經歷了長久的病痛之後**。那是多長？是不是從去年秋天十九號教室被破壞之後尤金修士就一直生病直到他嚥下最後一口氣？

停，別再想了，他對自己說，差一點他就被一塊稍微突出地面的人行道磚絆倒、扭傷腳踝。你對尤金修士的死亡無能為力。那只是個意外，沒別的。好吧，那是個很可怕的意外，可是仍然就只是個意外。過去幾天來，他已經不斷在腦中對自己咆哮著**意外**這個字，咆哮了上千遍。但是，尤金修士和十九號教室的情景，仍然深深烙印在羅花生的腦海中，黑板和桌子、椅子紛紛垮了下來，而尤金修士就站立在那堆混亂之中，眼淚流下他的臉頰，他的下巴顫抖得就像個小嬰孩。

羅花生就是當時被指派去把尤金修士的教室搞垮的學生。亞奇．柯斯特洛的指令是：把那間教室裡每一張桌椅的每一根螺絲都扭鬆——包括尤金修士的桌椅——要扭鬆到最後只要輕輕一碰，那些桌椅就會垮下來。一整個晚上他都在那間教室進行這個任務，在幾位蒙面的守夜會會員的協助下完成。隔天早上，他親眼目睹了尤金修士的崩潰，而他是那麼羞怯而敏感的一位教師，他經常利用上課的最後幾分鐘大聲朗誦詩歌給學生聽，雖然這偶爾也會引來學生的竊笑和嘲笑。那天早上，尤金修士站在教室的那堆殘骸之中，完全被擊垮了，不敢置信他心愛的教室竟然被襲擊了。他震驚，哭泣——羅花生以前從沒見過一個成年男人哭泣——他搖頭不敢置信，可是眼睛告訴他所見的應該是事實。後來尤金修士很快就請了病假。而且自從大混亂的那天之後，他就沒再回到三一高中教書。上個星期，他病逝於新罕布夏州[13]，可是羅花生知道，他真正的死亡之日是在去年秋天。而且羅花生必須為這件事負責，他就像是拿了一把槍對準這位教師的聖殿掃射。不，不是這樣的，他腦海中有另一個小小的聲音抗議。只不過是一間教室被解體罷了，哪有這麼嚴重，怎麼可能因為這樣就造成他心臟病發作，或其他什麼會導致尤金修士死亡的疾病。不過誰曉得呢？此刻羅花生重複著這幾個字，緊抓著它們，好把自己從罪惡感和絕望的深淵中拉出來，就像他這一整個早上努力在做的。**誰曉得呢？**

我曉得。我應該要拒絕守夜會的那個任務。可是，沒有任何人敢拒絕守夜會的任務，沒有任何人膽敢違逆亞奇．柯斯特洛的徵召。

他發現自己已經跑到了商店街，面對著一排排林立的高樓大廈與公寓。他並不是無意間跑來這裡的。是因為傑瑞．雷諾就住在這裡的一間公寓大廈裡。羅花生拒絕抬頭往上看向公寓樓上，保持眼睛視線盯著人行道。光是尤金修士的鬼魂跟著他就夠了，不想再有另一個鬼魂加入。當然，傑瑞．雷諾還活著。只不過，他身上有某種東西已經死掉了。雖然表面上看起來他還是去年秋天認識的那個朋友，可是那個傑瑞．雷諾已經不在了。那一天他看見的那個人已經完全被打敗了，而且和人群疏離，那已經是另一個人了。這對羅花生來說真是受夠了。他背叛了另外那個傑瑞．雷諾。就像他背叛了尤金修士……

他看向街道上傑瑞家的公寓。目光搜尋著公寓門、一排排的窗戶，最後終於找到第四樓。心想著不知道此刻傑瑞是否正站在窗簾邊，往窗外看。

噢，傑瑞，他想道。為什麼事情會變得這麼糟糕呢？原本三一高中的生活可以很美妙的。傑瑞和他都參加了美式足球校隊，四分衛和後衛，傑瑞美妙的傳球聯繫了他們，甚至他們之間還建立了哥兒們的情誼。如今這一切都沒了。尤金修士死了，傑瑞．雷諾傷殘了。而

13新罕布夏（New Hampshire）位於麻州東北方的一個小州，有「花崗岩之州」稱號，是著名的秋天賞楓景點。

他，羅南・古博，綽號羅花生的他，被罪惡感啃噬著，害怕看見自己的手，害怕會看見手上有著血跡。

真蠢，他對自己說。你真蠢。當羅花生來的時候你竟然表現成那樣。蠢。這個字就像一曲旋律縈繞著他的思想，然後他從椅子上站起身，把雜誌丟開，他已經拿著那本雜誌看了十分鐘，卻什麼也沒讀進去，然後他走到窗戶邊。拉開窗簾，往外看著街道。外面灰撲撲的一片：車子、建築物、樹木都是。回頭看向房間，單調的褐色牆壁和沒有任何特色的家具，他納悶著，這一切會不會是自己的問題，是他色盲了，所以眼中的世界永遠都只是單一色調。

當然了，這樣就可以迴避那個問題。

什麼問題？

那問題就是羅花生，以及為什麼當羅花生來拜訪他時他要表現得那麼愚蠢。

我應該要留在加拿大的，他想道，從窗邊轉身走回房內。我不應該回來的。

在波士頓醫院度過了痛苦與孤寂的幾個星期之後，他接受了父親的決定，被送到加拿大，跟歐塔夫舅舅、奧莉薇舅媽住了幾個月，沒有任何異議或情緒反彈。他們住在黎賽琉河岸一個叫聖安東尼的小教區，那是他母親童年的故鄉。他在加拿大的小世界裡只有三個生活重點：他舅舅舅媽經營的那個簡樸農場、那個小村莊（僅有幾家小商店、一間郵局和一家加油站），以及那間老教堂，那是一間小小的，有著白色牆框的小房子，可以俯瞰河水漫無目標地奔流。他經常去那裡，雖然一開始的時候他感覺那裡有些陰森，很破舊，好像隨時會被河岸強風給吹倒。強風挾帶著氣息灌入那棟破舊的建築裡，讓地板發出吱嘎聲，牆壁搖晃，窗戶也砰砰作響。他並沒有祈禱，至少一開始沒有。他只是單純坐在那裡。以加拿大人的標準來說，那個冬天的氣候算舒適了，可總是刮著強猛的風，將幾乎日日降落的雪吹跑。他每天都會從農莊走路到村子裡去，因此那座教堂就成為很好的休息地點。他總是去採買幾樣日常用品，並去郵局收信（他父親每週至少會寫一封信來，信很簡短，就是「我們保持連絡」的那種，其實沒什麼內容），然後他就會前往教堂。

川流不息的風讓教堂轟隆震鳴，好像有人在說話。會說話的教堂。暖氣爐傳來了細微的嗡鳴，像似暖氣管正在發出噓聲。牆壁和窗戶正說著悄悄話，而嘎吱響的地板也不時加入談話。他微笑著傾聽這些細微的耳語聲，聊天的聲音。這是他好久以來第一次笑了。而教堂好像也感應到了他的微笑。過了許久，他跪下來，以古法語念著禱告詞——「*Notre Père*」、「*Je Vous Salue, Marie*」[14]，那是很久以前他母親教他的。他不辨其義地念誦著，卻莫名地感覺被撫慰了，彷彿他和教堂彼此融合為一，以某種形式相依相伴。

他舅舅和舅媽以笨拙的溫柔與同情照顧著他。他們沒有小孩，又是農夫，堅信恆久忍耐與慈悲是萬物法則，在這樣信念下，他們成為堅忍與沉靜的人。他舅舅唯一的墮落就是電視，當他沒出門去農田或穀倉工作時，就只會窩在電視機前，對著螢光幕上所有播出的節目嘖嘖稱奇，不管是以法語播出的肥皂劇，或者是有他摯愛老鄉（從加拿大蒙特婁遷來的法裔移民）所參賽的冰上曲棍球賽，他都照單全收，看得津津有味。而他舅媽則是一個精力充沛的嬌小女人，她的手上從來沒空閒過，手指更是動個不停，不是在編織，就是在打毛線、縫衣服、煮食物、擦拭，或掃地，每天從早到晚總是在那間簡樸的農舍裡團團轉。但是當她做這些事的時候，總是十分安靜。他們的生活中只聽得見電視頻道發出的聲音。

傑瑞可以講一點法文，足以跟當地人交談，可是他太享受這種不必說話的生活了，他也很適應電視裡發出的聲音。他讓自己融入一成不變的日常打雜裡，白天走路去村子和教堂，晚上則讀書到深夜，完全封鎖自己的思緒，不去想到典範鎮和三一高中，彷彿他已練就了某種魔法，能憑著意念就將大腦轉成空白螢幕。

隨著去教堂的次數越來越多，越來越頻繁，他發現自己在那裡很自在，雖然那裡的氣氛有些陰森。他以前讀過關於冥想的事，教士或修士或僧侶常日以繼夜地閉關獨居，進行禱告、沉思與冥想，而傑瑞完全可以理解這些人當下所獲得的平靜。午後的陽光失去了溫度，教堂裡變冷了，暖氣管咻咻作響，然後傑瑞就會打著哆嗦走路回到溫暖的農莊。

就在這樣的平靜中，白天接替著黑夜，他度過了冬天，典範鎮和三一高中好似存在於另

14 意指「我們的天父」和「萬福瑪利亞」。

一個世界，另一個時空中，跟他一點關係也沒有。直到他父親打電話告訴他該回家了。「我想念你，傑瑞。」他說。而傑瑞瞬間感覺淚水刺痛了他的眼睛。**我想念你，傑瑞**。雖然他很不情願離開祥和又寧靜的聖安東尼，但父親的那句話仍然帶給了他一絲歡躍。

可是，等他回到了典範鎮之後，他卻渴望回到加拿大，渴望能看見春天在那裡的原野上綻放，他想像著此刻那間教堂的窗戶敞開著，朝向外面的世界，不知正在進行著什麼樣的談話？可是他也知道那是不可能的。他必須重建他在典範鎮這裡的生活。他在典範高中註冊了，預計秋天後就開始上學。他會按照巧克力事件之後他所規劃的準則去過活。絕對不會去惹是生非，跟著潮流走。假裝這世界高掛著「勿干擾！」[15]，就像旅館房間門把上會掛的那種指示牌。可是羅花生的來訪卻打亂了他的平靜，令他措手不及。

「今天下午我實在表現得太愚蠢了。是不是，爸爸？」那天晚餐的時候他問他父親。

「我不會用愚蠢來形容。」他的父親回答。「而且，這件事是我的錯。我不知道你還沒準備好面對這類的事……」

飯廳裡陷入了沉默。他們的生活一直都是這般寂靜，但並不像是在聖安東尼那個農舍裡的那種舒適的沉靜。由於他父親生性淡漠寡言，所以他們從來都不會深入談心，大多只是簡短地交談幾句就卡住了。一年以前傑瑞的母親過世，這件事震驚了他們，讓他們陷入了更深的靜默，他父親從早到晚失魂落魄地過活，而同時傑瑞也捲入了他自己的麻煩中。他進入三一高中就學。加入美式足球隊，成為校隊的一員。還有賣巧克力的那件事。然後所有事情接踵而來。加拿大曾幫助他忘記的那些事。直到羅花生出現。

「我是不是該打電話給他？」傑瑞問。

「兒子，如果這麼做會讓你受傷就不用勉強。最重要是照顧好你自己。反正羅花生可以等……」

餐桌上再度陷入沉默。沉默中，傑瑞很開心聽見他父親那麼說。就讓羅花生等吧。他覺得對不起老朋友，可是他必須確定自己已經恢復正常了，元氣如舊而且康復了，然後他才能煩惱別的事。

現在他還沒有，還沒有。

過後，當他父親上班之後，傑瑞發現自己站在電話旁，看著底下的電話簿。他還能記得羅花生家的電話號碼，只是不太確定最末一個號碼是6還是7？他伸手去觸碰電話簿，可是，最終，他還是沒能拿起電話簿。改天吧。

他走到窗戶邊，往外看著黑暗的街道，然後退回他的房間。他明白自己必須走出這間公寓，將生命的每一片碎片撿回來。去踏遍鎮上的每一條街道，走進圖書館裡，唱片行裡，讓他的肺吸入春天的氣息。並且打電話給羅花生。

15「勿干擾」（Do Not Disturb）是此時傑瑞的人生準則，和前集《巧克力戰爭》故事裡傑瑞問自己「你敢不敢撼動這世界？」（Do you dare to disturb the world）形成強烈對比。

也許明天吧。
或者改天。
也或許他永遠都不會那麼做。

小胖．楷思柏曾發誓再也不交女朋友了。可是這項決定最後卻讓他痛不欲生。在和芮妲分手的時候，他還不明瞭事情會演變成這樣，所以當下他在暴怒和絕望以及——好吧，痛苦——的情緒下，就發狠地對她說永遠都別再見了，然後拂袖而去。可惡，他沒想到之後會這麼痛苦。他的心還有他的屌都好痛。他感覺受傷慘重，彷彿在壕溝中經歷了戰爭的洗禮，就像那些第一次世界大戰的士兵——第一次世界大戰是為了幫助世界能平和地邁向民主，社會課本是這麼說的——而今他像那些士兵們，拖著受傷的身心，艱苦地熬過每一日每一夜，盡力麻木自己的感覺，當然了，這是不可能的。最糟的是，他像發了瘋似地拚命吃東西，然後胖了快五公斤，這表示他如今已經過重了二十公斤。他發現自己現在爬樓梯時都快喘不過氣來了，隨時在冒汗，身上永遠溼答答的，永遠都在分泌液體。

此刻他就處於全身是汗的情況下，站在體育館後方的那間小倉庫裡。他必須不斷眨著眼睛，好把流淌進眼睛裡的汗水眨去。他知道這樣會讓他看起來很像是在哭。不過他不是。他真的很不希望有任何人以為他是個愛哭鬼。儘管外表這麼狼狽，連他也自我嫌惡，而且又無法擺脫這種形象，但在這種外表下他其實是個勇敢、強壯，而且抗壓性十足的人。於是當他站在守夜會成員面前時，他決定要表現得很有氣魄，就算有著滿身肥肉與汗水也一樣。他就著室內昏暗的光線，可以辨認出其中幾個人，知道他們的名字，雖然從來沒交談過。小胖就像別的高一學生，一向都盡可能避開高年級學生。他搜尋著那個名叫歐比的學生，可是沒看見他在現場。歐比是唯一一個他曾經交談過的守夜會成員，不過他寧可不去想起他們之間的關連，因為那會讓他想起芮妲，以及賣巧克力的那件事。

整間倉庫裡瀰漫著一股等待的氛圍，那些傢伙彼此低聲交談著，表現得好像小胖根本不存在似的。小胖知道他們正在等誰。亞奇・柯斯特洛。他憂慮亞奇・柯斯特洛的到來。他知道所有關於亞奇・柯斯特洛的事蹟，他的勢力，以及他指派的那些任務。

房門敞開，一道光線照入。看都不用看，小胖就明白偉大的亞奇・柯斯特洛已經現身了。現場所有交談聲嘎然而止，那些傢伙全變得警戒起來，緊繃的氣氛蔓延開來，彷彿有人點燃了引信，而所有人都在等待著火藥爆炸。

「哈囉，恩尼斯特。」亞奇說。

聽見他的本名時，小胖卸下了防衛（他真的很討厭被叫做「小胖」，可是被叫習慣了也只好接受），他轉身面對亞奇。

亞奇的臉上露出微笑，像是同情地看著小胖。小胖並沒有完全放鬆防備，可是那種來接受審判和厄運臨頭的感覺削弱不少。

「關於芮妲的事情，我很遺憾。」在停頓了半晌之後，亞奇以閒話家常的語氣說，彷彿他們只是在接續著稍早前還沒聊完的話題。

小胖再度卸下了防備。首先，他突然被召喚來守夜會的會議，接受指令。其次，應該沒有人知道芮妲以及那件事。不過，那個名叫歐比的傢伙知道她的事。**關於芮妲的事情，我很遺憾**。小胖的心臟開始猛烈跳動著。

「還記得芮妲吧？」亞奇提醒著，那抹微笑仍掛在他臉上，虛偽的笑容。這一刻小胖理解了，明白那抹微笑就像是小丑臉上所畫出來的笑容。只不過，亞奇並不是小丑。

「是的，我記得，」小胖說，他的聲音細細的，尖尖的。他痛恨他的聲音，卻無法自我控制，他從來無法預期自己何時會發出高而尖銳的聲音，或是低而嘶啞的聲音。就像他沒法控制打嗝或者放屁。而這兩種情況都讓他尷尬不堪。

「很漂亮的女生，我是說芮妲。」亞奇說，微微傾斜了一下頭，聲音放得更柔了，彷彿他認識芮妲，而且回憶裡充滿了愉悅和喜樂。

震驚之餘，小胖點點頭。究竟亞奇知道多少關於芮妲的事？芮妲，他的榮耀以及他的苦難，讓他悸動的愛戀，也是傷他最深的背叛者。見鬼了，他差點就因為她而被抓去關了。好吧，可能還不至於被抓去關，但至少會被送去地區法庭審判。這是那個歐比曾經威脅他的。小胖曾經愛過芮妲，當然，現在是恨她，但仍然渴望她，仍然狂戀著她，她的身體，那是他唯一觸摸過的女孩，愛撫過的、握住過的。那兩粒乳房。他可以為那一對乳房而死。為了它們，他甘願去賣那些愚蠢的巧克力好把錢存下來。那不是偷竊，不是像歐比所控訴他的那樣。他只是把錢先借來用一下而已。借來買芮妲的生日禮物，她所愛的那條項鍊。美金十九塊五毛二，含稅。那個數字烙印在他的心裡，他深深的腦海中。

「你還相信愛情嗎，恩尼斯特？」

從某一方面來說，亞奇表現得並不像小胖所預期的那種混蛋。或許是因為他柔和的聲音吧，他說著**恩尼斯特**時的聲調，他充滿同情的眼神。

「你還相信嗎？」亞奇溫和地問。

彷彿他們獨處在這間小房間裡，只有他們兩人，守夜會的其他成員都退到了布幕後方，此刻他的心臟幾乎可以正常地跳動了。

「是的，」小胖說。即使到了現在，他還是相信愛情，相信芮妲。在他過重而且滿身大汗的身體裡，在一個小小的、祕密的角落裡，他仍然保存著希望，可能是什麼地方弄錯了，而且芮妲會重新回到他的生命裡，跟他道歉，說她愛他，將她自己獻給他。

就在這時候，歐比加入了會議。

歐比遲到了，因為他一直不斷試著連絡蘿莉・關德笙，但並沒成功。她的電話一直通話中。他用走廊上的那只公共電話，等了好久，不斷反覆撥電話、將話筒放回去，聽著電話那頭傳來電話忙線的訊號，這訊號像嘲笑般更加刺痛了他的心。他懷疑她的電話根本不是在通話中。蘿莉曾經對他坦承過，她經常將電話筒拿起來，好避開某些特定人士的電話。現在她是不是也想避開他呢？這種可能性讓他更加痛苦。

一開始他衝動得想當天一放學就立刻開車衝去她家找她。可是佈告欄上那個倒立的Y硬生生把他擋了下來。守夜會的會議。他直覺這個會議可能跟昨晚那場襲擊行動有某種關連。他並不想參加今天的會議，也不知道亞奇幹麼突然召開這場會議。他也明白這種事應該會很快就傳遍三一高中這種小學校。不知道如今這件事是不是人盡皆知了？他再次把銅板放進投幣孔裡，撥號，然後聽著電話那頭傳來電話占線的嘟嘟聲，一遍又一遍地響著，歐比將電話掛回去，然後在自覺悲慘又困惑的情緒中下樓去。他對吉米·索尼爾點頭打招呼，吉米是負責在倉庫外面把風的，然後他走進倉庫，發現小胖·楷思柏是今天的主角。可憐的小胖孩，他看起來很像隨時都會昏倒在舞台上。一看見小胖，歐比心中立即湧現一股罪惡感，為這個生命中最鳥的日子又增添了一樁鳥事。

歐比眨了眨眼睛，不敢置信地聽著亞奇和小胖的對話。

「大聲點，你說什麼？」

「我說，我相信愛情，」小胖說，聲音像粗嘎的呢喃。

歐比暗自咒罵著。他真希望亞奇能忘了小胖·楷思柏的事。不過他早就該知道的：亞奇從來都不會忘記的。事實上，就在今年一月的時候，歐比就在亞奇的刺激之下而把小胖的事告訴他，天哪，那差不多是半輩子以前的事了。那天亞奇譏諷歐比說他傳來的受難者名單不足。**存貨都見底啦，歐比？你現在是不是反應變遲鈍了？**當場讓歐比很怒，因為亞奇是當著邦亭、卡特以及其他許多守夜會成員的面前這麼說的，而且當時他們就站在人來人往的校門口。**或者你現在已經失去想像力了？**歐比頓時氣得七竅生煙，臉頰漲紅。**你已經好幾個星期都沒通報半個名字了。**名字就意味著受難者，意味著某個可以讓亞奇指派來進行任務的人。

例如小胖。

歐比是在去年秋天認識小胖．楷思柏的，就在巧克力義賣截止日的最後幾天。當他檢查巧克力銷售不力的名冊時（名冊上登記了那些沒賣出巧克力的人名），他看見小胖的名字底下註明他賣出了兩盒巧克力。帳目不符。歐比花了三天追查這件事。小胖使出脫逃大法，每次總是搶先歐比幾步溜走，不得不說他的身手不錯，特別是考慮到他身子那麼胖。好像他總在歐比來找他的前幾秒鐘恰好離開教室。或者及時跳上一輛正好要開走的公車。最後歐比終於在某一天傍晚逮到小胖．楷思柏。他在卡格公園看見小胖和一個女孩約會，女孩全身攀附在小胖的身上，姿態就像三一高中南側圍牆上的那些長春藤。歐比立刻了解事情是怎麼回事，小胖一直有去賣巧克力，但他沒把賣得的錢繳回來，顯然是把錢花在女孩身上：唉，真老套的劇情。於是歐比就坐在車子裡，觀看小胖和那個女孩一面打情罵俏一面在公園裡散步，不時餵食鴿子，偶爾停下腳步在公園的椅凳上歇息。那個女孩的手一直黏在小胖身上。不時用她的胸部磨蹭小胖。那妞長得真不賴，還穿著緊身上衣和緊身牛仔褲。歐比感覺自己被忌妒和情慾弄得情緒高漲（當然，這是在認識蘿莉之前），而且當下明白他抓到小胖．楷思柏的小辮子了。

那天晚上他守在小胖家門口堵他。

「可是芮妲怎麼辦？」小胖大叫：「她很愛那條項鍊。」

「你說到重點了，」歐比對他說，「她愛的是那條項鍊。不是你。假設你把它當成一項測試呢。明天早上你就把錢還給學校。然後你看芮妲會怎樣。如果她愛你，那一切都不會變，不管你有沒有買項鍊給她……」

在滿心困惑與罪惡感，加上昨晚沒怎麼睡的情況下，歐比躲到倉庫室內的暗處，沉浸在自己的思緒裡：見鬼了我到底在這裡幹麼？可是他又明白他不能離開，現在還不行，在搞清楚今天會議的目的之前他還不能閃人。

「你知道我們這裡的規矩吧？」亞奇問小胖。

歐比看見小胖．楷思柏急切地點點頭。他從來沒想要提名小胖來出任務的：那個小子已經有夠多麻煩了，不光是他的體重、芮妲的事，還有青春期的性慾不滿足。芮妲因為小胖沒買那條項鍊而跟他分手。幾天過後歐比曾在街上巧遇過小胖。「你怎麼啦？」他問小胖。

而小胖，一副落敗的公雞樣，肥滿的臉突然蒼老了許多，他說：「你知道發生了什麼。」他的聲音裡沒有任何的怨恨，沒有怒氣，只是沉重而委靡地接受了生命就是如此。

「事情往往就是這樣，小子。」歐比說，然後走開，壓下一股衝動想對那個少年說：嘿，快樂一點嘛，以後我絕不會把你列在出任務名單上。看我對你不錯吧？但最後他還是把小胖．楷思柏放上了受難者名單，雖然他是被亞奇逼的——也可以說是「操縱」——以挽救自己作為受難名單挑選者的地位。

亞奇的聲音再次吸引了他的注意力。

「你知道嗎，這裡所發生的事情，無關乎個人恩怨。」

小胖點點頭，嘆了口氣，只希望能趕快離開這裡。

「好。」亞奇說，停頓了一下。

接下來是守夜會成員最興奮的時刻，每次當亞奇揭露最新一項任務（最新的惡作劇）時，最讓他們開心的其中一個因素是：受難者不是他們。這就像你偶然撞見了一場災難，或者別人發生了某件倒楣事時，你會鬆了口氣又略帶罪惡感地告訴你自己：幸好不是我。

「你多重，恩尼斯特？」亞奇問。

小胖扭動身子，痛恨必須當眾說自己的體重。可是他知道他不可以拖延任何亞奇想知道的資訊。

「八十公斤。」

「真的？」

小胖自我嫌惡地點點頭說，「我今天早上才量過。」

「其實沒多胖啊，恩尼斯特。」亞奇說。

再一次地，小胖有種錯覺，他和亞奇兩人正單獨相處在這個地方，而亞奇是他的朋友。

「事實上，」亞奇說，「我覺得你可以再更重一點。譬如說，再重個十公斤。你會……嗯，更有氣勢。給人一種威武不凡的感覺……。」

「十公斤？」小胖說，不敢置信讓他的聲音拔尖了。

「沒錯。」

有人嘆了口氣，那種因為理解而發出的嘆息，而一陣微微的惡寒蔓延整間倉庫。

「這就是你的任務，恩尼斯特。讓你自己增加十公斤，就在，嗯，就定在四個星期以後吧。那時我們差不多學期要結束了。你想吃什麼就去吃吧，恩尼斯特。你喜歡吃東西，是吧？然後四個星期以後，你再回來這裡開會。我們會準備一個磅秤。」

小胖嘴巴張得好大。卻又不知自己為何要張大嘴巴。顯然不是為了抗議。沒有任何人膽敢抗議亞奇的任務。他張大嘴巴站在那裡，被腦海中更巨大的自己的影像給震驚住了。他一直努力試著減重，但由於他一直很飢餓，一直很渴望吃東西，所以他每次都減肥失敗。沒想到現在卻要刻意增加體重？

「閉上你的嘴巴，小胖，然後離開這裡。」亞奇說，不再是那個溫和的亞奇，那個親切的任務分派者。

小胖立刻遵命。迅速地移動著他肥胖的身軀逃離這個可怕的地方，甚至在推擠向門口時，不小心踩到了幾個人的腳掌。

「太妙了！」有人大聲喝采。不過這當然不是歐比，他觀看著小胖跌跌撞撞逃離倉庫時，感覺到一種渺小而廉價的情緒。

亞奇彈指讓人拿出那個黑盒子，接著迅速將手伸入盒子內，拿出一顆白色的骰子，他得意洋洋地看著它，然後將骰子丟回黑盒子裡去。

守夜會的成員們在座位上鼓譟著，準備要離開了。可是亞奇舉起手來。

「我要宣布一件事。」他說，語氣冷硬得像冷盤裡的冰塊。

他瞥視卡特，等待著卡特敲下議事槌。

敲下議事槌，是守夜會會議上很重要的一個程序。

而卡特是使用這個議事槌的專家。

卡特往往大力搥擊議事槌，好強調亞奇的指示和接下的行動，就像鼓手敲鼓來幫舞台上的雜耍或魔術表演伴音那樣。他總是大力搥打桌子來威嚇那些顫抖的可憐孩子，迫使他們乖乖聽話。或者他會用擊槌來強調亞奇話中的重點，讓亞奇的話更具有震撼力。

亞奇等待眾人都安靜下來，再次將焦點完全集中在他身上。卡特開始緊張起來。

「我收到一個消息，」亞奇說，「關於主教要來三一高中參訪的事情，已經取消了。」

卡特手中的議事槌滑落。

亞奇輕蔑地看著卡特，等待卡特將槌子撿起來，然後他繼續說話。

「這表示那天大家不必蹺課了。行動取消。」

迅速的抽氣聲，有一些守夜會成員開始騷動，某個人低聲說，「**喔，混蛋。**」

亞奇巡視全場，冰冷無情的雙眼估量著他這席話所帶來的衝擊。

歐比捕捉到亞奇以質疑的眼神搜尋著什麼，那眼神緊繃。他知道偉大的亞奇．柯斯特洛非常敏銳，必然是有什麼事情不對勁。

卡特感覺手握不太住槌子似的。他的臉漲得通紅，好像血液全湧上皮膚表面來。

「但這也意味著另一件事情，」亞奇說，緩慢地吐出每一個字，而且目光緊盯著他的群眾，看著他們，好像這之前從未看過他們似的。

歐比皺起眉來，困惑地，很高興此刻自己正站在陰暗的角落，事實上幾乎可以說是隱身的。

可是亞奇無所不見，而且此刻他就轉頭直勾勾看著歐比。

「你想另一件事情會是什麼，歐比？」

困窘地，歐比聳聳肩。

「我不知道。」

「邦亭呢？」

邦亭驚跳了一下，彷彿有人剛剛戳了他的屁股，這個惡作劇在以前三一高中裡還滿常見的。看見歐比出現在同一房間裡讓邦亭感覺很不自在，所以他始終把注意力放在亞奇和小胖·楷思柏的對話。現在聽見了歐比的聲音，讓他重新又有了自信。歐比應該不知道昨天晚上襲擊他和他女友的人就在這房間裡，否則他不可能語氣這麼正常地回答亞奇的問題。

「我也不知道。」邦亭說。

「卡特？」

卡特臉上的紅暈更深了，不過他竭盡全力控制自己的外表如常。

「你考倒我了，」他說，設法讓自己的聲音露出適度的嘲諷。表現得好像完全不在意這個問題。

可實際上他非常在意。他嚇死了亞奇下面會有什麼行動。會不會說出有人去跟雷恩修士通風報信。

亞奇再度巡視全場，底下鴉雀無聲。他莫測高深的眼神並未洩漏出任何情緒，也沒有說出任何祕密。他的眼睛是不是在我身上停留得比在其他人身上都要更久一些？卡特憂慮著，知道「另一件事情」的祕密是什麼。當邦亭打斷了亞奇的巡視時，卡特鬆了一口氣。

「難道我們就不能維持蹺課行動嗎？」邦亭問。「每個人都已經準備好那天要……閃人，」他差一點就說**尿遁**，這個詞肯定又會為他帶來麻煩的，「我們已經花了很多人力去安排這件事了。」

「計畫取消，」亞奇斷然地說。「主教不來，這個行動一點意義也沒有。」

卡特拿著那根蠢槌子，不知道該做什麼。亞奇有打算要結束會議了嗎？

「有沒有人知道另外一件事是什麼？」亞奇問，毫無挑釁的意味，似乎只是單純好奇大家的反應而已。

沒人有反應。大家都只想趕快離開這裡。

亞奇瞄了一眼卡特。

「槌子，卡特，」亞奇提醒著，「會議結束。」

木槌敲擊桌子，就像用一隻鐵鎚敲擊一根鐵釘，穿透木頭，釘入某人的血肉中。

雖然他一向痛恨這間倉庫的味道（融合了男孩們的汗臭味、溼熱襪子和髒球鞋的臭味），但亞奇一直等到大家都離開了，仍然留在小小的空間裡。

享受著自己的勝利。

他並沒有計劃讓歐比和邦亭單挑，不過這件事似乎也沒有必要。他太了解歐比了，幾乎可以讀出他心裡在想什麼，可以毫無遺漏地讀出他臉上每一道表情，歐比的臉就像是一張攤開的地圖，什麼都瞞不過亞奇。他剛剛看見了一個失魂落魄、毫無殺傷力的歐比，顯然還被昨天晚上的襲擊事件弄得心神不寧，警戒心全失，無法在面對挑戰時立刻反擊。歐比只是單純地瞄一眼倉庫裡有誰，並沒有特意去找邦亭。亞奇敢賭上自己的聲譽，歐比根本不知道究竟是誰襲擊了他和他的女朋友。

這場會議的另一項測試結果，對亞奇來說更明顯了。也給予他更大的滿足感。

卡特就是那個叛徒，沒錯。卡特，從一開始他對於主教來訪的計畫就很不積極。很明顯地，卡特痛恨當那個敲槌定案的人。整個會議中卡特一直出錯，好像恍神了，還錯過好幾次亞奇傳遞給他的敲槌暗示。天啊，他甚至還失手掉落了木槌。罪惡感寫滿了他整張臉，簡直就像是畫上去了。整張臉畫了血色。卡特根本是個頭腦簡單四肢發達的大塊頭，除了那些愚蠢的運動之外，其餘的都很失敗。卡特，竟然開始良心發現了。打從會議一開始，亞奇就注意到卡特那雙驚嚇的眼睛、蒼白的臉龐，呵呵，沒想到一個大塊頭竟然變成了小嬲種，變成了去告密的探子。

卡特就是那個叛徒。

當然，他還需要更多的證據，好消除一切的疑慮。可是亞奇會得到所有的證據的。

他站在那間充滿腐敗、惡臭的倉庫中思忖著。

可憐的卡特。

卡特的生命將會改變。

蘿莉不在家。

也可能她只是沒來應門而已，就像她有時候也拒絕接電話。

他再次按了門鈴，聽見震耳的門鈴回聲從屋內傳來——叮咚，叮咚，叮咚。可是沒有任何動靜。不知為何，那棟房子**感覺**像是空的。對他來說，蘿莉太過耀眼了，每次只要她一出現，周圍的空氣就通上了電流似的，而場景也會立刻改變。可現在：什麼也沒有。車道上也沒看見她母親的福斯汽車。

他敲擊房門，不過現在已經不期望有什麼回應了，他只是感覺不能什麼都不做。可惡。他好想見她想得心都痛了。還有愧疚、寂寞和渴望也漲滿心頭。感覺煩透了，他的思緒凌亂，就像壁爐上一顆被搖晃過的雪花球，玻璃內的雪片紛飛。

他轉身走下階梯，步伐沉重地邁向他的車子，感覺自己好像在一場戰役中吃了敗仗，正準備撤退。周圍的早春景色彷彿正在嘲笑他。那耀眼的陽光、在空氣中飄動的紫丁香氣味，不知為何，所有這一切美景都讓他感覺更加空虛。

這是他這個下午第二次來蘿莉的家了。一從三一高中放學之後，他立刻直奔這裡，可是沒找到人，接著他就開車前往典範高中。學生也都放學回家了。他緊盯著學校的前門，看見有個守衛正拿著一支拖把清掃走廊。對她的學校來說，他只是個局外人。當他走回自己的車子時，突然理解到，原來他對於她的生活、她的日常作息了解得這麼少。曾有幾次她提過她的一些女性朋友，他也見過幾個，可是她們的臉對他來說完全是空白的，而對於她們的名字他也只模糊地記得叫黛比和唐娜什麼的。

他鬱悶不樂地把下巴擱在方向盤上，然後再次開車前往蘿莉家。他的守望看起來完全沒有指望，感覺那間屋子空蕩蕩的，根本沒有住人。

他的思緒轉回守夜會的會議上，以及亞奇的奇怪表現。若是在正常的情況下，歐比應該很快就能從各種角度把事情拼湊出來，也能大致猜出亞奇這些行為可能代表什麼意義。可是現在他沒辦法全神去關注亞奇。蘿莉以及他自己的苦惱已經占據了他所有的生活。

十五分鐘很快過去。他感覺更加挫敗了，他用力嘆氣，幾乎像是在大口喘氣——每當他遇到困難的時候，常常沒辦法深呼吸——他發動車子，加速前進。再不去**做點什麼**，他就要瘋了。

今天只有一件事讓他比較開心，其實也不算是開心，但至少不像其他事情那麼令人沮喪、反感、挫敗：雷．班尼斯特將可以從他的任務中解脫了。既然主教來三一高中參訪的行程已經取消，而那件任務也跟著取消了，那麼雷在當中扮演的角色也就沒了。

至少他今天可以帶給某人一個好消息，在這個諸事皆鳥的鳥日子裡。

雷・班尼斯特的母親對他指指地下室。

「他在那裡進行他的祕密計畫，所以他可能不會讓你進去。」她和藹可親地說。她的皮膚是歐比所見過最驚人的古銅色。很深很亮，就像是融化的焦糖。他在她的指引下，穿過屋子的內部，走下階梯，來到地下室。「記得要敲門喔。」她在他身後喊著。

樓梯底下有道門關閉著。祕密計畫？他敲了門。

「誰呀？」雷的聲音從門後方模糊地傳來。

「歐比。」

過了一會，歐比看見了那個祕密計畫。它看起來，哇嗚，就像一座斷頭台。它，確實是一座斷頭台。雷・班尼斯特說。然後他又解釋說，「其實，它也不算是個斷頭台。它只是個魔術道具。卻是最好的那種。」

「這都是你一個人做的？」歐比問，一方面被那台機械吸引了，同時又覺得有些排斥，感覺它的存在充滿威脅，特別是在地下室的昏暗燈光下。

雷突然顯得有點害羞。「我就是喜歡做些手工的東西。」他的手撫摸著鍘刀的兩側鋒刃，說：「我才要開始進行測試。你可以幫我嗎？」

歐比直覺地退後了幾步，一點也不想碰觸這個致命的機械。不過他必須承認，他完全被這台機械迷住了。他的眼睛不由自主地盯著那塊被雕刻成弧形交叉閉鎖的砧木，理論上那裡就是讓受害者把脖子放上去的地方。當然啦，受害者這個詞不是很正確，畢竟這只是一台道具，取樂和遊戲用的。魔術道具，就像雷・班尼斯特所說的。

雷走到工作台，拿起一袋東西。邪惡地衝著歐比笑了笑，然後從袋子裡拿出一顆包心菜。「看好，歐比。我來做個展示給你看，就像一位魔術師。這是一顆真的包心菜——我媽媽從超級市場買來的，花了四十九毛錢。我媽媽很疼我，連問都沒問我要用這顆包心菜幹麼。」

雷・班尼斯特把那顆包心菜放置在斷頭台的那個弧形交叉閉鎖上，而在它上方差不多一公尺的位置，就懸掛著鍘刀。那把鍘刀看起來很具有威脅感，刀鋒極度危險地朝向包心菜。假如這不是一顆包心菜而是一顆真的人頭呢？歐比畏縮地推開這個念頭。

「看——」雷・班尼斯特說，刻意拉長音，讓它更戲劇性。他按下按鈕，差不多是在斷頭台頂的位置。鍘刀筆直掉落，有那麼一瞬間，刀鋒在天花板燈泡的映照下發出耀眼的閃光，接著鍘刀擊向包心菜，將包心菜鍘碎成好幾百片鮮綠與黃色的葉子。

「不像切某人脖子那麼乾淨俐落，不過你可以想像得出來那個畫面，對吧？歐比？」雷問，一面咯咯笑著。

「一團亂。」歐比說，隱藏住他的疑問。真是可怕的一天。而用斷頭台來鍘碎一顆包心菜，還真是其中之最。「現在，」雷說，誇張地揮舞著手臂，朝著斷頭台做出一個敬禮的動作，好像他現在是魔術大師班尼斯特。「容我邀請你來測試一下。」

「別開玩笑了。」歐比說。

「難道你不信任我？」

信任？歐比想到亞奇、邦亭、他在開屻山被襲擊的事，以及如今他一直連絡不上的蘿莉。「我不相信任何人。」歐比說。

「嘿，這只不過是個魔術，一個騙術而已。」雷說，皺著眉頭。說真的他對於這個處女秀有點小焦慮。雖然他知道裡面有安全裝置，不用擔心會出錯，不過還是有點焦慮。自從認識歐比以後他就有點焦慮，歐比接近他，帶他進入三一高中那個詭異的世界裡。「好吧，我自己來當祭品。」他的聲音保持輕鬆，「我會把我的脖子放上祭台。表面上。然後**你**來按下按鈕。」

歐比看著那個致命的鍘刀，以及那堆被鍘碎的蔬菜渣。空氣中充斥著生鮮蔬菜的菜腥味。「我想還是不要。」歐比說。然後他試著讓語氣顯得輕鬆，免得雷．班尼斯特認為他是個懦夫。「萬一有什麼意外，我看報紙恐怕要下個標題說：〈魔術玩過頭，學生玩掉頭〉。」

「好嘛！」雷說，敏捷地站到斷頭台邊。他跪下來，俯身將脖子放置在那個交叉閉鎖裡，然後面朝地板趴著。「你唯一需要做的，歐比，就是按下按鈕。」

「我不幹。」歐比拒絕。

雷抬起脖子看著歐比。「這一點危險也沒有。難道你認為我會瘋狂到拿自己的命開玩笑嗎？」

歐比思忖著，他是不是有點荒謬和偏執狂。

「現在行動。」雷命令，再次將自己的脖子擺好，微微地蠕動身體。「這裡真是全世界最舒服的位置了。」

「你真的確定有安全裝置？」歐比問。

「這世界有絕對安全的事嗎？」雷問。然後迅速地說：「只是跟你開玩笑的，歐比。快點啦，按下按鈕。」

歐比嘆口氣，接受他的命運，明白今天就是個鳥日子，沒有一件事是正常運作的，而如果這個魔術失敗了，那麼地獄也就在眼前了。一切厄運的地獄。

「好吧，反正是你的脖子不是我的。」歐比說，走向斷頭台。「而且我不是在說笑。」他低頭瞄了雷一眼，然後說，「準備好了？」

「準備好了。」聲音悶悶的。他的聲音中是不是有一點點顫抖？

歐比按下按鈕。

什麼事也沒發生。焦慮僅維持了一瞬間，然後他看見鍘刀仍然在原來的地方，危險地懸吊著，當然，不過它並沒有移動。然後當歐比鬆了一口氣時，突然無預警地，一聲「**咻**」響起，歐比被驚嚇得後退幾步。鍘刀掉落，快得他根本沒來得及看清楚。最可怕的是鍘刀穿過雷的脖子——或者說，**看起來像是**穿過他的脖子——但事實上並沒有。雷的脖子還是很完整的，沒有可怕的碎肉骨頭，沒有血。鍘刀現在正落在弧形砧木底下，好像它剛剛穿過了雷的血肉。

「我的老天！」歐比說，敬畏地。

雷從剛剛蹲伏的位置跳起來，勝利地微笑，其實可以說是得意洋洋地笑，完全沉浸在他自己的喜悅當中。「*Voilà*」他用法文喊著「這裡」，朝斷頭台揮揮手，然後以誇張的姿勢鞠躬，手臂揮舞著，好像正用手摘下頭上的禮帽致意。

歐比讚嘆地連連搖頭。「你他媽的這是怎麼做的？」事實上他心裡正激動得發抖，明白剛剛有某個恐怖的一瞬間他真的希望那個鍘刀切過某個人的脖子，而且想像在那閉鎖上的就是那個侵犯蘿莉的傢伙，不管那個人是誰。

「魔術師是不會說出他的祕密的。」雷．班尼斯特說，有點喘不過氣來。

歐比瞇著眼睛端詳著雷。雷自己是不是也有點不確定，只是一點點，但確實被那個魔術的效果嚇到了呢？萬一這個魔術出了差錯呢？

當然，他無法得知，因為這是一個不可能證實的問題。無論如何，雷．班尼斯特現在沉浸在他的勝利中，他興奮地用雙手撫摸斷頭台上的胡桃色交叉閉鎖和閃耀的鍘刀。

想起了他來班尼斯特家的目的，歐比說：「跟你說一件事，雷，還記得我上次跟你說的任務嗎？關於主教要來參訪的事？」

雷點點頭，想起來了，他的臉皺起來，做了個噁心的表情。

「好消息，那件事情取消了。主教那天不會來學校了。所以你已經逃過一劫了。」

雷做了一個解套的動作。「太棒了！我實在不想跟你說的那些守夜會任務攪和在一塊兒。」

歐比沒有回答，感覺有一點點同情班尼斯特。他明白亞奇絕對不會忘記的，而遲早班尼斯特必定會捲入守夜會的任務裡的。

雷．班尼斯特的注意力再次轉到那座斷頭台上，雙眼充滿情感地看著它。歐比斜眼瞄了那台機械，然後又轉頭看著地板上的那堆包心菜渣。沒來由地打了個寒顫。

半個小時之後，等他回到家時，發現母親留了一張紙條給他。

我去美髮沙龍。蘿莉的母親來過電話。她和蘿莉去拜訪春田市的親戚，要過幾天才回來。

歐比的思緒像那些發了瘋似地互相追逐的蟲子。為什麼蘿莉不自己打電話來？為什麼是她媽媽打的？她們去春田市的哪裡？他將紙條揉皺，丟進垃圾桶裡。但過不久他又將紙條撿起來，攤平，重新讀著每一個字。裡面的訊息讓他有不祥的預感。

當天晚上他惡夢連連。那些真的是夢嗎？或者只是念頭和情感，當他不安地躺在床上，翻來覆去，從床這頭滾到另一頭時，那些念頭和情感就在他思想的底層奔騰？影像在他的腦海中翻攪。裡面有蘿莉，當然了，她很漂亮，豐滿的嘴唇，嘴角有一滴番茄醬，他們在車子裡。斷頭台的鍘刀掉落，鍘爛了包心菜，突然間，那不是包心菜，而是某個人的脖子，血像洪水蔓延整個房間，取代了原先的包心菜渣。血的腥味充塞他的鼻腔。血真的有味道嗎？那些影像不停湧現，而他只能無助地看著，車燈閃爍，蘿莉緊張地喘氣，然後放聲尖叫，粗暴的手將他推擠到車底下，他像個囚犯般被壓制著，有著鬆脫鞋扣的破舊樂福鞋。

樂福鞋？

他直覺地盯著那雙樂福鞋看。泛舊的咖啡色，鞋面皮革有些裂開了或者是已經磨損了，足背的位置好像被人用刀子割過。

而鬆脫的鞋扣，僅靠著一條線連繫著，扣環的黃銅髒汙暗沉，像是從來沒擦拭過。

他驚醒過來，彷彿坐在翹翹板的某一頭，當另一頭被人猛力向下踩時，他被彈上雲霄。他從床上坐起，頭好痛，瞇眼看著電子時鐘。兩點三十一分。他把棉被推開，揉著額頭，彷彿藉由這個動作就可以將疼痛像黑板上的字擦掉。他剛剛真的在做夢嗎？可是那雙樂福鞋不像只是夢境中的影像而已，夢境的影像往往會隨著清醒而模糊褪去。可那雙樂福鞋非常逼真，不像是他的虛弱和挫敗以及失望所捏造出來的，而是從一個真實的記憶裡湧現的。

這一個記憶：

當那個無名攻擊者將他強押在地上時，另外有一個人在車子裡侵犯蘿莉，他盯著他生命中那個突然出現的恐怖事件仔細看，然後他看見了，就在距離他眼睛幾公分之外，那個強制壓著他的混蛋就穿著那雙破舊的樂福鞋。

此刻在深夜裡，他的眼睛大大睜著，彷彿被人用牙籤撐著——他曾經在功夫電影裡看過的那種景象——他被大腦潛意識所揭露的認知給震驚住了。

一道線索。

不只是一道線索。

那是一項證據，可以讓他毫無懸念地辨認出那晚在開岈山上襲擊他們的其中一個歹徒。他可以看見自己揪出那個混蛋，強迫他自白，供出其他參與的同夥，所有的這一切，他會讓蘿莉知道，而蘿莉將會睜大眼睛，眼中將會閃耀著崇拜與愛慕。

他躺回床上，深深呼吸著，放鬆地，彷彿他剛剛已經完成了一項危險的任務，躲開了槍林彈雨，活生生地歸來……然後他沉沉睡去，夢中有一隊士兵穿著破舊的樂福鞋，踐踏過他的身體，一整晚。

電話鈴響起，卡特立刻伸出手，將電話筒接起來。在過去這幾天裡，他變得神經兮兮的，容易被驚嚇，時不時就要回頭去察看後面有沒有人在跟蹤他（這當然是有點被害妄想症了）。平常卡特不會這麼神經質。以前他神經很大條，甚至在大型球賽開賽前幾分鐘他都還可以先打個盹再來比賽，每天晚上他只要頭一沾到枕頭就能夠迅速入睡。然而，這幾天卻不同了，一切都變了。他總是焦慮地踱步，好像頭頂上有一朵超大烏雲，而且隨時都會掉下來打到他的頭。因此，當電話鈴響起的時候，他表現得好像那是一通傳令。要傳喚他上法庭去受審。

「哈囉，」他說，咬牙切齒地，這是硬漢派運動員的說話風格。

沉默。可是可以感覺出來電話線另一頭有人。安靜呼吸聲暗示著另一頭有人。

「哈囉。」他再次說，聲音中可以聽出他努力保持小心謹慎。「你是不是打錯電話了，嗯？」漂亮：就繼續保持輕鬆的樣子吧。可是一滴汗水從卡特的鼠蹊部一路滑落，沿著冰冷的肌膚流淌到他的腿上。

對方依然沉默著。

卡特想，去死吧！跟自己壯膽。他決定掛上電話。

打電話來的人時間算得很準，正當卡特準備要把話筒從耳邊移開時，那人開口了。

「你為什麼要那麼做，卡特？」

「我做了什麼？」他問，完全是直覺反應，可是他的心裡在呻吟著。亞奇知道了。知道他做了什麼。

「你知道的……」

「不，我不知道。」拖延，什麼都不要承認。而且看在老天的分上千萬要控制好你的聲音。連他都覺得自己的聲音聽起來很滑稽。

「我想我不需要一一說清楚。」那個聲音說道。

咦，那是亞奇的聲音嗎？他不太確定。亞奇是個一流的演員而且非常擅長模仿。卡特曾經見識過他的演技，在成千上百場的守夜會會議上。

「聽著，我根本不知道你在說什麼——」

「你還是趁早承認，下場會比較好一點，卡特。」

「承認什麼？」

電話線那頭停頓了一下。然後那人咯咯笑了。是那種無所不知、下流的竊笑，是那種打色情電話時會發出的猥褻笑聲。

「事實上，我們並不需要你承認。可是坦白會讓你的良心比較舒坦一些。會讓你覺得比較好過。讓你晚上比較容易入睡。」

卡特畏縮了，他跟自己說千萬要鎮定。他太清楚亞奇的招式了。他知道亞奇很自豪自己洞悉人性的能力，總是藏在暗處伺機攻擊，而且總是贏。譬如現在。他猜出卡特晚上睡不好。所以，得小心對付。別讓他給惚弄了。

「你還在嗎，卡特？還在思考啊，卡特？」

「思考什麼？」他現在稍微挽回了一點主導權，也冷靜下來，感覺自己準備好了，可以應付這通電話。就像是在拳擊場[16]裡。虛張聲勢和佯裝攻擊。估量對手。當你評估對手的時候，首先就是攻擊，然後前進，然後後退。

「喔，卡特，喔，卡特……」突然間，那個聲音變柔了，變得善體人意。

「喔，現在是在幹麼，少來這種**喔，卡特**的狗屁招式。」聲音變強硬了，毫不妥協。漂亮，就是這樣。

「你還不知道嗎，你就是可憐的狗屎蛋。要是你沒做，你就會立刻掛上電話。甚至把電話摔掉。幹，看你滿臉就寫著罪惡感。」

卡特知道，光是拿著電話筒繼續聽，就是掉進陷阱裡了。他應該馬上掛上電話。現在就掛上。可是他做不到。

16 拳擊場（Ring）和電話同字異意的雙關語。

「聽著，」卡特說，「我知道你是誰。我也知道你想幹麼。你在恐嚇。我已經見過你用這招上千遍了，亞奇。可是，這次沒用的。那封信不是我寫的。你沒有任何證據可以證明，你找不到證據的，因為我沒寫。」

電話那頭陷入沉默。

然後一陣大笑聲。

卡特跟自己說。掛上。現在就掛上，趁你還能夠的時候。

可是他做不到。他被那陣笑聲給困住了，無法動彈。在那陣笑聲裡有某種東西讓他無法離開。讓他被逮住了。

「你還真容易上當欸，可憐的卡特。沒有人提過什麼信件啊。沒有人知道信件的事……」

卡特拚命回想著，他的思緒狂亂翻攪，他知道自己犯下了一個致命的錯誤。不管怎樣，他必須趕快退回防禦線。

「在守夜會的會議上，當你說主教參訪的事情取消時……」他開始說。

「從來都沒提過信的事。沒有人知道那封信，卡特。除了雷恩修士、亞奇．柯斯特洛，還有那個寫信的傢伙。就是你，卡特。」

卡特努力克制住悲鳴聲不讓它從自己的嘴脣逸出。

「你將會付出代價的，卡特。」卡特知道那個充滿威脅的聲音一定是亞奇．柯斯特洛。「可悲的叛徒。可悲的你，卡特。」

卡特張開嘴，正準備回應對方的攻擊，去否認對方的控訴，去聲明自己的無辜，去譴責亞奇——

可是電話卻斷了。

而在斷線的嘟嘟聲之上，他只聽見那個恐怖的、語帶威脅的聲音迴盪著：

可悲的你，卡特。

雷恩修士伸手去拿那個包裹，那是不久前寄來——由專人送達的。耀眼的午後陽光照射入他的辦公室。

雷恩修士審慎地檢視那只包裹，小心翼翼地觸摸著。包裹的大小看來像是個鞋盒，被一張牛皮紙包裝著，然後用一條白色繩子綁起來。包裝紙上寫著他的姓名和三一高中的住址。字是用藍色簽字筆寫的。在包裹的左上方寫著寄件人的姓名：**大衛・卡羅尼**。

這很重要，雷恩修士必須知道這是大衛・卡羅尼寄的；這是整個計畫的核心。

雷恩修士皺著眉頭，有些困惑但是相當愉悅的疑惑，在他的記憶中，卡羅尼是一個安靜而敏感的學生，從來不跟別人的眼神作接觸，他從口袋裡抽出隨身攜帶的紅色瑞士刀。割掉綁著包裹的繩子，繩子像一條受重傷的蛇掉落。他輕巧地撕開包裝紙，盡量不去毀損包裝紙。雷恩修士是一個有潔癖的人，他的每一個動作都很精準，從來不浪費時間。

他打開蓋子。

巨大的爆炸。炸掉了雷恩的頭，他的身體被炸碎成千百塊碎片，而血肉和內臟噴濺在整間辦公室的牆壁與地板上。

他的頭在地板上彈跳了幾下，劃下一道血的軌跡……

或者：

雷恩修士站在大禮堂的講台上，對著全體學生演講。他正在斥罵學生。批評某些教職員。他從不滿足，從未開心過，也從未滿意過學生的表現，他只看得見缺點。

突然，他額頭的正中央出現了一個鮮紅色的洞。血從這個洞裡湧出，從他的兩個鼻孔中冒出來，就像兩道溪流似地，順著鼻翼兩側流淌下他的臉頰。黝暗的、醜陋的血。

雷恩修士向前傾倒，彷彿試圖躲開他背後某些不可名狀的恐怖。可是又好像被某道看不見的石牆給撞擊回來。狙擊手槍擊的回聲從禮堂牆壁彈回來，在一片目瞪口呆的寂靜中被驚人地放大了。

當然了，那位狙擊手是大衛．卡羅尼，他微笑地看著雷恩的身體撲向講台地板，碰地發出一聲巨響。

又或者：

可是卡羅尼已經厭倦了各種暗殺雷恩修士的遊戲了。他也厭倦了他自己。厭倦了這個他賴以為生的想像遊戲。他渴望真正的行動，渴望那個做決定的瞬間到來，可是他必須等待。等待什麼呢？他也不知道，必須等到那個時刻到來他才會明白，到了那時，他必然會看見指示。什麼樣的指示呢？呃，他也不知道，他只知道會是一個指示。而且他知道自己有責任必須等待。他容許自己沉溺在想像和幻境當中——雷恩修士被炸成碎片或被來福槍擊殺——可是這些都只不過是一些小小的消遣，好讓他有耐心，能打發時間，等待聖令的到來。

他坐在廚房的椅子上，身體保持端正，背脊挺直，下巴微縮，意識專注。他必須隨時保持警覺。必須保持沉默和寧靜。只有在必要時才發言。這樣他才能夠準備好，等待指示的到來。

我可以喝一杯水嗎？他問著，並沒有特定問誰。（當然，他知道自己在問**誰**，可是他不能說那人是誰。現在還不行。）

可以。喝水吧。

他從水龍頭取水，機械地喝著，他並不是真的口渴，只是在這段等待暗殺時機到來的時間裡，必須用一些具體行動來填塞生命的分分秒秒。這就是祕密。保持外在的活動，移動，吃東西，談話，跟漂浮的慾望對抗，跟委靡的慾望對抗。他必須扮演著此刻生命中要求他扮演的那些角色。必須去做所有該做的事情，以免讓別人知道了他的祕密。別人就是：他的母親、父親和安東尼。別人就是：他的同學、老師、搭同一輛公車的人、進同一家商店的人、走在同一條人行道上的人。他必須對這個世界隱藏他自己，他必須要表現得很聰明。用最好的方式隱藏，他一向都知道自己很聰明，懂得偽裝自己，使用保護色。嘿，媽媽，一切都很好。學校今天很好。今天很美好，媽媽。他沒說的是：今天我站在火車鐵軌上方的天橋護欄上，但我沒跳下去。我很想要跳下去但沒跳。我跳不下去。因為那個指示還沒到來。到底那個指示什麼時候會到來？

他離開廚房，走入餐廳裡，對自己的每一個肢體行動保持知覺，他的手腳同時邁動，然後他停在要前往起居室的法式玻璃門前。經過短暫的遲疑，他打開那道玻璃門走了進去，對他來說，這短暫的一瞬好像是從上個世紀進入下一個世紀似的，起居室裡殘留的體味彷若古代的香味吞沒了他。

這間起居室很少使用，只偶爾會在大節日時使用，還有家族聚會時（例如他們義大利親戚來拜訪的時候）、慶祝孩子們畢業、第一次領聖禮，諸如此類的場合才使用。起居室裡有著厚重的地毯、閃閃發亮的家具（雖然罕少使用，但他母親仍不時擦拭保持晶亮）、有著琴蓋的直立式鋼琴。自從一年前他祖母過世之後就沒有人用過那架鋼琴了。大衛在聖約翰教區中學的時候曾經跟著一位嚴格、音盲的修女上過幾堂鋼琴課，每當大衛彈錯的時候，她就會用戒尺打他的手指。而他的母親喜歡「憑聽覺」彈鋼琴——於是總是彈出可怕的和絃、每個旋律都是C大調。

此刻他掀開琴蓋，就像在打開一副棺木的棺蓋，注視著笑嘻嘻的鍵盤，猙獰的笑容，而且牙齒已經變黃了。他的手指按下中央C那個琴鍵，出乎意料的低沉樂音充滿整個房間。他被那個樂音給震懾住了。

C。這可以表示一個鋼琴的樂音，同時也可以表示其他意思，例如那個毀滅了他生命的字母。雷恩修士的字母。

大衛闔上鋼琴蓋，彷彿可以藉此封住那個恐怖的琴鍵笑容。然後在鋼琴邊佇立了好一會。那個指示會不會從一個靜物發出來呢？例如一套家具或者一架鋼琴，或者從一個人嘴巴裡發出呢？他不知道。目前他只知道，一旦那個指示發出來，他立刻就能辨認出來。那麼他就會去做他該做的事。對他自己。對雷恩修士。

他小心地關上那道法式玻璃門，然後走到餐廳窗戶邊，看著外頭的庭院。一隻鳥淒厲地鳴叫，好像受了傷似的。庭園裡的泥土被他父親翻整過，正準備來種植一些花木，所以整個庭園很凌亂，好像一座新墳。

問題是：怎麼在茫茫人海中，找到一隻鞋面上有裂痕、鞋扣鬆脫的棕色樂福鞋？這真要命，典範鎮上到處都嘛是被人穿到磨損的鞋子，少說也有上千雙。這根本是不可能的任務。可是他必須將不可能化為可能。他必須採取行動。開始找。從某個地方找起——那就是三一高中。然後從那裡再擴大到其他地方。

三一高中的制服規定並沒有十分嚴格。只要求學生穿襯衫、打領帶、穿外套，以及西裝褲，顏色不拘。但不可以穿球鞋（體育課例外）、靴子或牛仔褲。因此三一高中校園裡最常見的鞋子，就是樂福鞋和有鞋扣的皮鞋。

要樂觀一點，歐比對自己說，一面整裝準備上學，一如往常的，他總是沒法把領帶打好。他不容許自己太悲觀。些許的徒勞無功和沮喪是可以的，但最後，挫敗。他絕對不允許挫敗。他感覺到自己整個生活已經瀕臨崩潰的邊緣，而他絕不能坐視這件事發生。

在某個地方，就在當下這一刻，也許某個人正套上那雙破鞋準備出門呢，歐比一面穿上自己的鞋子，一面跟自己說。

歐比看著鏡子裡自己的影像。他的模樣好可怕。充滿血絲的雙眼。眼角有著黃色的斑點，每當他疲累的時候這些徵兆就會出現。下巴冒出新的粉刺。頭髮毛燥枯黃，就像乾枯的稻草。彷彿他的身體——甚至他的頭髮，吼我的媽呀——都已經放棄了，放棄了。這是絕對不可以的事，他絕對不容許這種事發生。

看見自己的嘴角下垂，他好想哭嚎。是該給自己打打氣的時候了。歐比，你得到了一個線索了呀。跟著線索去追。找到那隻鞋，和那個小子。然後從那裡繼續追緝。這至少比什麼都不做要來得好，至少比空等蘿莉回來，卻沒辦法在她回到家時給她什麼要來得好。

今早他一醒來就擬定好了計畫。他決定今天不開車上學，而要搭公車。搭公車讓他有機會碰見其他的學生，不管是在人行道上，或者公車上，然後他就可以趁機尋找那隻樂福鞋。一想到要搭公車他就厭惡——難道我非得當平庸的公車族不成？但他知道，尋找那隻鞋比自己開車上學重要多了。他必須混在人群當中，罩子放亮，鼻子拉尖。

他迅速離開家門，可是腳步卻緩慢得像個老男人，雙腿沉重，彷彿穿著冬日的靴子雙腳拖行著。等來到了街上的公車站時，他獨自站在一角，離一群等公車的學生遠遠的。在清晨的空氣中，那些學生一副嬉鬧而焦躁地等待著，雙腳不時重踏步，不時擠眉弄眼、用身體彼此推擠。歐比的視線看向他們的鞋子。有三個小鬼穿著褪色、破舊的球鞋，他們是典範高中的學生，典範高中沒有規定制服。其他有一些人穿著皮鞋；有兩個穿樂福鞋，一雙黑色一雙棕色的，鞋扣都牢牢固定著；有一雙黑色高筒靴；兩雙繫帶的皮鞋。

歐比感覺自己像個流浪漢，垂頭喪氣地穿越大街小巷，低頭尋找著被丟棄的錢幣、沒抽完的菸屁股，反正就是那種遊手好閒只能在地面討生活的流浪漢。

接下來的幾個鐘頭裡——不管是在公車上、在校園裡、在教室裡、在走廊上——歐比眼花撩亂地穿梭在鞋子叢林當中，雙眼看盡了各式各樣、讓人大開眼界的鞋子樣式和穿著狀況。有乾淨的鞋、腳跟磨損的鞋、沾滿泥土的鞋。棕色的鞋、黑色的鞋、麻灰色的鞋。各式各樣的鞋扣。花稍的、簡單的、黃銅的、銀的。銀的？喔不不不，不是真正的銀扣，而是鍍上一層銀色的金屬。從這些鞋子的狀況你就可以斷定學期快要結束了。沒有一雙鞋是閃閃發亮的，大家的衣著都已經不再簇新。相反地，大家穿著褪色的上衣、不整齊的領帶、因為長期坐著而磨損、已經洗薄的長褲。還有經過長久時日走路的鞋子也不是靠鞋油打亮就可以變回新鞋。偶爾他會看見一雙破舊的鞋，或者鞋扣脫落，或者腳跟歪斜的鞋，這時，他的心頭總會一緊，幾乎要跳上喉頭，但接著他的目光搜尋鞋面，卻總沒看見那道割痕。錯誤的警鈴。他這一天已經被錯誤警鳴過無數次了，已經變得很挫敗、很委靡不振。

一整天的課結束以後，他來到公車站等公車，希望亞奇或他任何一位朋友不會看見他孤獨地站在這裡，他再次理解到，這種搜尋根本就是不可能的任務。難不成他能檢查遍全鎮的每一雙鞋嗎？這還是假設說那些攻擊者就是這個城鎮裡的人。

他垂頭喪氣。

挫敗的眼淚在他的眼眶裡打轉。他羞愧地抹掉眼淚，不希望被其他人看見他此刻的模樣。他離開公車站，只希望能一個人獨處。這場搜索，他明白，完全失敗了。不僅是這場搜尋，還有他的生命也是。失敗了，一場空，完全沒有任何意義。

亞奇最喜歡莫頓的一點，就是她既聰明又愚蠢。更重要的是，她很漂亮。修長的身材、纖瘦，而且金髮。聽話。她總是順從亞奇的要求，柔順得就像柳枝。因此，亞奇常常去找莫頓，她是潔洛米女校裡他最喜歡的一位女朋友。而她從未拒絕過亞奇。

他告訴她所有的事情。但也什麼都沒說。她總是傾聽著。但又不只是傾聽。她會配合他的情緒和需求，所有他不會對其他任何人承認的需求，她的撫摸靈巧、嫻熟，而且專業。他也可以告訴她想要什麼。再上來一點，當然。不過通常，他只會用打啞謎的方式告訴她，而不知為何，她總能夠明白。不是那些啞謎的內容，而是為何他需要用啞謎的方式表達。莫頓很好。有時她也會惹惱他，不過大多數時候，她都讓他很滿意。

就像此刻，在他的車子裡，在這個黝暗寂靜的角落裡，莫頓無比樂意地取悅著他，而且是以各種她知道的方式來取悅他，這讓亞奇放鬆、迷濛地，放縱自己享受她撫摸所帶來的快感。

「你喜歡這樣嗎，亞奇？」莫頓問，她的聲調暗示出她早就知道答案了。

亞奇含糊地呢喃著，不需要說什麼，對於她的服侍，他的反應已經清楚地說明了一切。

「你好久沒來找我了，」莫頓說，在他的耳邊吹著氣，氣息溫熱。

「我在忙，」他說，碰觸她的頭髮，撫摸著她的臉頰。他聞著她身上幽微的香水，像似紫丁香，不過他更希望她完全沒有味道。

「有多忙呀？」莫頓問。不過動作並沒有停下來，讓亞奇知道什麼事情優先。

他思忖著可不可以或者該不該告訴她，這讓他想念歐比，想念以前他隨時可以把腦中跳出的那些點子告訴歐比，而且可以從歐比的反應估算下一步行動。歐比是唯一一個理解亞奇腦子如何運作的人，他見過亞奇是如何想出那些任務的，是如何在最後一刻從帽子裡抓出兔子的，是如何在高空中走鋼索的，是如何冒著一切風險卻從未失手過的。同時，他擁有莫頓。她所給予他的，是歐比無法給予的，而此刻他就正在回應她給予的撫觸。並且回應了她的問題。

「校園裡有一個小子，」亞奇說，感覺鬆了一口氣可以談論卡特，每當他說出口的時候，思緒總是特別清明。「他是美式足球校隊的英雄。那種大塊頭。贏過很多獎盃。很高，皮膚黝黑，而且很英俊……」

「我可以認識這個人嗎？」莫頓問，聲音沙啞，每當她努力表現性感的時候就會變得很不性感，而亞奇略過了這個問題，明白這只是莫頓的反射性問題：直覺反應。

「這個傢伙還有一種榮譽感。一種社會良知。」亞奇說，想起了雷恩修士在他眼前揮舞的那封信。「認為應該尊敬長輩，權威。為了堅持信念，他甚至願意冒險。」他的聲音乾澀得好像在寒冬中碎裂的木頭。

「聽起來很像是美國最後僅存的完美先生。」莫頓說。

「妳這麼想就錯了，莫頓，」亞奇說，「沒有人是完美的。」想起了卡特的聲音如何在電話那頭顫抖。

「吉兒，」她說。「大家都叫我吉兒。只有老師才會喊我的姓，莫頓。而且是莫頓女士。」

「好吧，吉兒，」他說，故意捲舌地念出她的名字，好讓她寧可他喊她莫頓。「不過回到我剛說的事。重點是沒有人完美。總會有缺點。會有祕密。某些狗屁倒灶的事。每個人都會有掩藏起來不讓別人知道的事。妳隔壁家那個和善的人說不定會性侵兒童。教堂唱詩班的那人說不定是個強暴犯。看看這世界上有多少沒被抓到的殺人犯。這表示說，當妳排隊買東西的時候，排在後面的人說不定就是個殺人犯。沒有人是純真無辜的。」

她抽開他的手。「我的天啊，亞奇，你實在很厲害欸，知道嗎？你總是能讓人感覺自己就像一坨狗屎……」

「這不能怪我，」他說，很驚訝她的反應。「妳應該要去怪人的本性。這世界又不是我創造的。」

莫頓推開亞奇，而他也任由她離開，仍然沉浸在他自己的思緒中，並且琢磨著卡特的性格，想找出其中的弱點。卡特有許多弱點是非常明顯的。舉例來說，他對於他在運動場上的成就非常自豪，每天他都會頻頻去檢視他所獲得的那些獎盃，次數頻繁到不下數十次，他在校園中趾高氣昂行走的樣子，雙肩擺動、邁著大步，凡此總總都在宣告著他的鐵漢形象。榮譽和驕傲，這就是卡特性格中的兩面，同時也是卡特盔甲上的裂縫。當然了，問題是怎麼去擊破這些裂縫。

他伸出手去觸摸著莫頓，她正凝視著黑夜，觀看著高速公路上來來往往的車頭燈，它們在黑夜中投射出光束，而光束與光束彼此撞擊。她痛恨有一部分的自己總不由自主就會去回應亞奇・柯斯特洛。她很美麗，很受歡迎，而且很聰明。從七年級開始，她就未曾錯過任何一場班級舞會或週末夜舞會。她個性很獨立，行事也很冷靜。只有亞奇是她的罩門，總是不由自主地回應著他的所有要求，每次聽見他電話裡的聲音，她整個人就會感覺特別興奮。所以或許他說得沒錯，每個人的生命裡都有個腐敗的缺陷。亞奇・柯斯特洛就是她的缺陷。她絕對不會跟他一起去參加舞會（話說回來，他也從未邀請她去參加任何一場舞會），但她又無法抗拒他帶給她的歡愉，不管多有罪惡感，只要他們在一起，她就會不斷不斷發現快感。當她和別人在一起的時候，從不會讓自己變成這樣。此刻，她再度不由自主地回應了他的愛撫。

她投降了……而在接下來的短暫片刻裡，就在一輛老舊的雪佛蘭汽車裡，亞奇・柯斯特洛和吉兒・莫頓完全陷入小小的情慾世界，直到那快速的衝刺，甜蜜的迸發，以及一場美麗與猛烈的爆炸，讓他們兩人在狂喜中顫抖著，在某一瞬間他們快速墜落，快得他們過了許久仍然沒有自己存在的記憶。

過了好半晌，他們迷濛而睏乏地坐著，兩人都筋疲力竭了。亞奇任由自己陷入迷濛中，享受著這些少數的安靜片刻，因為他知道不久莫頓免不了要開始交談。她總是喜歡在事後交談。亞奇隱藏起他的惱怒和不耐煩，明白她渴望交談，就像她幾分鐘之前對其他事物的欲望一樣強烈。

「那個全美英雄為什麼會惹惱你？」她慵懶地問道。

亞奇退縮，躲回去。「我並沒有被惹惱。」他說。

「那你幹麼談論他？」

亞奇敏銳地理解到他為何疏離人群。他只允許別人觸及他的一小部分，一旦他們靠太近了，就會帶走他太多的自由。

「忘了這件事吧，」他說，轉動鑰匙發動汽車，引擎開始運轉。

「嘿，你別生氣嘛，」她說。「是你提起這件事的，又不是我。」她伸手抓住鑰匙，將引擎轉熄火。

亞奇沒回答，明白莫頓說得沒錯。卡特是讓他很惱火。而且他知道為什麼。他必須採取特別的行動來對付卡特，而不僅是某種無傷大雅的任務而已，那只會造成短暫或快速的效果而已。他將要針對卡特的榮譽展開攻擊，而且必須終結在別處，某個會持續比較長久的東西上。

莫頓再次占據了他的思緒，莫頓和她的善體人意、嫻熟的觸摸、忙碌的巧手，嘴巴張開，舌頭宛如一條小小的、甜蜜的、靈巧的蛇。於是亞奇放任自己被吸入她的世界裡，忘記卡特和所有其他事物，將自己交給莫頓，不斷地漂浮在情慾的浪潮中，他明白那終將會爆炸成一束幽深黑暗的狂喜之花，幾乎就像是幸福之花，幾乎，但永遠不會是。

他撥完羅花生的電話號碼，這是第三次嘗試了，前兩次他的手指都不小心滑落——這是某種弗洛伊德式的失誤嗎？他疑惑著，並自嘲地笑了，不過也很高興自己在這種時刻還能自嘲——然後他傾聽著電話那頭的鈴聲。

他為自己打氣，強迫自己的腳必須黏在地板上不能動，免得被一場強烈颶風連根拔起，吹到房間的另一頭去。瘋了！只不過是在打電話給昔日的好哥們而已。

鈴響了三聲，四聲，那個鈴聲聽起來就像是一捆隱形的線，連結了他所在的這個房間，以及羅花生家的起居室。很顯然，羅花生那邊並沒人接聽電話。

七聲……八聲。

好吧，他想道，沒人在家，但至少我做了我的部分，改天再繼續吧。他鬆了一口氣，正打算掛上電話時，卻聽見有人說：「哈囉。」上氣不接下氣的聲音，吐出兩個字來。對方又說了一遍：「哈囉。」

傑瑞吞嚥下口水，我該從哪裡開始？

「哈囉？」那個聲音再次說，仍然在喘氣，語尾有著疑問，並帶著不耐煩的暗示。

傑瑞倉促地說話了。

「哈囉，羅花生嗎？你好嗎？我是傑瑞．雷諾，只是想說打個電話……」他說得太多也太快了，像機關槍似地。「你剛出去跑步了嗎？」我的媽啊。這麼久以來始終沉默不語地活著，如今我卻沒法閉上嘴。

「真的是你嗎，傑瑞？」羅花生問，深吸了一口氣，也許他才剛結束一場跑步，傑瑞好忌妒他，也好渴望自己能去跑步、去跳躍，在春天的氣息裡四處蹓躂。他突然了解到，自從他回來以後，一直窩著的這間公寓有多麼沉悶，而且單調得要命。

「真的是我。」傑瑞說，努力讓自己的聲音聽起來很自然，就像羅花生認識的以及記憶中的那個傑瑞．雷諾。

「聽見你的聲音真好，」羅花生說，略帶一絲警戒，他的話語很好很正常，但聲音卻有些緊繃。

讓我們盡快結束這種對話的方式吧，傑瑞想道。然後他再次橫衝直撞了：快把球還有那個該死的訊號傳遞給我。

「聽著，羅花生。我可以跟你說一件事嗎？事實上是好幾件事。首先，我很抱歉那天的事。我是說你來我家的時候。那時我還沒準備好吧，我想。我是真的很開心見到你，但我還沒有準備好要接受其他的事。我的意思是說，我還沒準備好面對典範鎮的生活。那天我八成表現得像個瘋子……」

羅花生笑了起來，幾乎是很開心地笑著。「好啦，雖然這跟你以前每天說的那種『你好嗎』不一樣，不過，傑瑞，你現在聽起來很好欸。」他停頓了一下，又接著說，「你很好對吧？」

「我想是。沒錯。」他必須說得更清楚些。「我很好。真的。」

「太棒了。所以傑瑞，我們可以再多聊一點，好嗎？有一件事我必須先跟你說——」

「聽著，羅花生，我知道你想要說什麼……而且你不用再說了。你是我的朋友。」

「可是我就是要說這件事，傑瑞，你必須聽我說，並且做一個決定。你先不要說什麼。先讓我說。我必須跟你說，我知道去年秋天我背叛了你。當你因為賣巧克力那件事被整得很慘，還被詹達打得半死的時候，我卻躲在家裡裝病……」

「可是你去球場了，小羅。我看見你了。你還幫助我……」他幾乎要說：你把我抱在懷裡，當我的身心都遍體鱗傷的時候。

「可是我到得太晚了，傑瑞。我一直待在家裡，直到最後一分鐘才出現。而且我太晚才去幫你……好吧，我說出口了，終於說出口了。我不會怪你，如果你恨我的話。」

「天哪，羅花生，我不恨你。你是我的朋友。」

「那個晚上我的行為一點也不像個朋友……」

「羅花生啊，羅花生……」他溫和地勸告，好像羅花生是小孩，必須被安撫和保證。

「所以我還有機會嘍？」

「別說什麼機不機會的，小羅。你本來就是我的朋友啊——不過，所謂的機會是指什麼事？」

「我絕對不會再令你失望了，傑瑞。」

「嘿，小羅，聽我說。既然你是我永遠的好朋友，那你可以幫我個忙嗎？」

「當然。」現在羅花生的聲音變得很自在，很輕鬆。「只要你開口，我一定做到。」

「好。我要請你幫忙的是：不要再提那天晚上的事了，別再提到『你讓我失望了』，或者『去年秋天的時候……』這類的話，現在都已經春天了，所以就讓我們把那件事永遠忘記吧！」

「但有一件事，是我沒法忘記的。傑瑞，就是你那天晚上告訴我的話。因為你說的很對。那正是我現在的生活方式。那晚你對我說，去打球，去玩耍，去賣巧克力或任何大家要你做的事。那就是我現在做的，傑瑞。而且那也會是以後我會一直去做的事……」

那些話讓傑瑞很不自在。你自己相信某些道理是一回事：但要別人也去相信那些道理，特別是你的朋友，那又是另一回事了。而且還因為你說的話而改變了他的人生。那些話讓傑瑞感覺被憂傷吞沒，雖然他知道其中的道理是真的。

「我們別再提起這件事了，」他說，懷疑自己這通電話是不是太快打了，是否應該再等一陣子，是否應該永遠都不打這通電話。他迫切想拋開這個話題，於是努力想著別的話題，喔，有一個：「你還繼續在跑步嗎，小羅？你剛剛接起電話的時候，好像一直在喘。」

「沒錯。我已經好久沒跑步了，不過我又重新開始了。」

「我也想去跑步，」傑瑞說，環顧起屋內簡陋的家具，這根本算不上一個家，真的，比較像醫院的候診室，或者機場的候機室。

「嘿，你不是一直都很討厭跑步的嗎，」羅花生故作呵斥。

傑瑞回應了羅花生的善意：

「我是啊——可是之前當你說不跑了的時候，我又覺得跑步挺好的。好得就像有人拿一根鐵鎚不斷敲著你的頭……」

他們倆同時爆發一陣大笑。其實他這個玩笑並沒那麼好笑，但傑瑞感覺他們兩人都需要去擁抱某樣東西，好讓他們可以重新在一起。就像舊日時光裡。

「你想再去跑步嗎？跟我一起去？」羅花生問。

「有何不可？我正需要一些運動。」

「明天下午好嗎？」

「沒問題……」傑瑞遲疑了下，「不過我們先約好，小羅。別再談起以前發生的事了，所有那些事情——」

「好啦，好啦，」羅花生說，「我放棄了。只要準備好明天去跑步就行，傑瑞。我要好好操練你……」

「明天見，」傑瑞說，掛上電話，因放鬆下來而感到虛弱，他低語著感謝。對誰的感謝呢？上帝嗎？或許是吧？想起了加拿大那座會說話的教堂。

歐比突然瞥見了那隻鞋扣鬆脫的樂福鞋，就在他已經放棄尋找後。當時他正要爬上三樓去上這天的最後一堂課，一面心事重重地爬著樓梯，同時被一大群趕赴下堂課的學生推擠到旁邊去，根本沒注意到身旁的蜂擁人群。他今天有兩堂的小考成績都很差，一科不及格，另一科的成績只有**D**，於是他就遠遠落在人群之後。滿心怨怒。怨恨他的父母，以及那些把學校生活說成歡樂時光或黃金年華的成人，結果人生當中最美好的幾年裡，你卻得被一些大考小考給綁得死死的。去你媽的狗屎蛋！這種生活一點也不美好。考試根本是漫長的學校戰爭裡的日常小戰役。學校只意味著各種規矩、要求，以及命令。更別說還有家庭作業了。

無預警地，那隻樂福鞋出現在他的眼前，因為太意外了，所以他的大腦一時還沒運轉過來。他的思緒還沉浸在對這種日子的憤怒中，不管它被美其名為高中生涯或青少年時期。然後他突然意識到：那隻樂福鞋。一道裂痕劃過鞋面。他停下腳步，大腦隨即記錄下眼睛所見的畫面：那隻鞋就踩在他眼睛視線以上的幾階樓梯上，而另一隻則舉在半空中。

「等一下，」他說。

那群熙來攘往、上樓或下樓的學生，沒人聽見他的話，或者說，根本沒人注意到他說了什麼。

歐比立刻採取行動。剛才那個穿著樂福鞋的傢伙正在下樓，差不多就在他眼睛的視線。他轉過身，朝下面看，看見了一個熟悉的身影正匆忙轉彎走進二樓的走廊，就像大多數人一樣，努力要在上課鈴響結束前衝進教室裡。他遲疑了一下，在準時進教室上課（他今天的表現已經夠差了）和進行追蹤之間掙扎，最後歐比決定把理智拋開。他的生命就看那隻樂福鞋了：就算上課遲到又不會死。其他事情都閃一邊去吧！他立刻追上去，跟迎面而上的人群衝撞，在蜂擁的學生之間推來擠去，他的肋骨還被尖銳的手肘撞了好幾下。

他追上了那個學生（他幾乎可以斷定就是那個人，從背後可以認出，但還必須完全確認，讓他可以毫無疑問，因為這是他的生死關鍵，不是好玩或遊戲而已），就在通向十九號教室的走廊上（這實在有夠諷刺的）歐比追上了那個人。一個緊急煞住，他的鞋子在木頭地板上打滑了，使得他幾乎飛身撞上那個傢伙。他往下看，證據確鑿。沒錯，樂福鞋的鞋面有裂痕，鞋扣鬆脫。他再次抬頭看著那個小子，那人或許是感受到了他的逼視，也或許是聽見了背後傳來的打滑撞擊聲，便轉過身來看著他。正臉面對他。

現在他可以確認了。百分百可以確認了。

康那屈，二年級學生。邦亭的走狗。

上課鈴響起，打破了僵局，康那屈神情茫然地看著歐比（那究竟是茫然，或者是嚇呆？），然後匆忙地閃進了教室門內，就夾在兩個學生之間。

歐比一個人呆呆地站在空蕩蕩的走廊上，看著緊閉的教室門。他就站在那裡，震驚又不敢置信，他的心跳得好快，就像一顆即將爆炸的炸彈。

一陣狂熱席捲他的全身，而後讓他變得敏銳而警覺。如今他已經超越了倦怠和耗竭的階段，進入了一種興奮的狀態，感覺更加敏銳，身體隨時備戰，一股新的精力伴隨著一波波狂熱在他的體內脈動著。他運用著過去幾年擔任亞奇左右手所學到的策略和方法，包括擬定任務、收集學生資料、整理筆記。他的筆記本裡記載了所有學生的名字和他們個人生活的各種詳細背景資料，這本筆記對於指派任務來說十分珍貴。裡面有上百個姓名。而當然了，康那屈的資料也在裡面。

文森．康那屈。十六歲。身高：一百七十公分。體重：七十五公斤。父親：工廠勞工。成績：總平均B⁻。智商不差。事實上，有點浪費天賦。是一個學習成績低於智商水平的學生。嗜好：無。除非你把成天在街上遊蕩，用眼睛吃女孩子冰淇淋、在藥妝店閱讀色情書刊也算是一種嗜好。綽號：鄉巴佬。他本人痛恨這個綽號。放學後他在維瓦第超商打工。

那天晚上，歐比蜷曲著身體像個胎兒那樣躺在床上，仍然沒有睡意，而且他也不想睡，他的思緒飛躍著，敏銳得像根針似的，探觸著潛意識裡所知的一切，然後他盤算著、構思著、布局著他的計畫。是康那屈將他壓倒在汽車底下的。但另外還有別人去攻擊了蘿莉，碰了她。邦亭嗎？很可能。康那屈是邦亭的走狗。邦亭，這個人他本來就已經很痛恨了。可是還不能確認是不是他。所以康那屈會是關鍵。

最後他終於沉沉睡去，進入無夢之境，只有死亡般的影像，除此之外什麼都沒有。等到隔天清晨醒過來以後，他一點睡著的感覺也沒有，眼睛仍然紅腫，額頭仍然漲痛，胃仍然沒有半點食慾。可是他的腦筋非常清明，像刀鋒一般銳利，渴望著展開行動，盡快度過這一整天，直到傍晚下課的到來，那時他就可以正面痛擊康那屈。那個穿著鞋扣鬆脫、鞋面割裂的樂福鞋的康那屈，他將會帶領歐比去逮到那個碰了蘿莉的傢伙。

「尤金修士死了。」

「噢，不會吧……」

他們繞過州政街的街角，轉入史登司巷，經過海萊特乾洗店（九點送洗，五點取件），以及賴西洛美髮店，風吹拂著他們的身體，撲打著他們的雙頰，冷冷的風侵襲著溼熱的血肉。

「他在新罕布夏的醫院過世，」羅花生說，眼睛直勾勾盯著前方，背脊彎曲著，雙腿快速邁動。「後來他就再也沒回到三一高中了，自從……」

他的尾音消逝……

自從。

那兩個字，隨著他們的步伐流連在空氣中。私家轎車和公共汽車和人群（年輕人和老人），川流不息經過他們，就像電影的畫面那樣，在他們那僅有跑步的孤立世界裡，成為背景。

自從十九號教室那件事之後。

在罪惡感的驅使下，羅花生突然加快腳步甩開了傑瑞。此刻他已經不像是在跑步了，更像是在逃跑。不過當然了，他是不可能逃跑的。當他疾速跑過一條街的街角時，彷彿再度回到了十九號教室，就在那天半夜他嚇壞了，手中的螺絲起子好緊，緊到他手掌上起了水泡，又磨破了。

速度沒那麼快的傑瑞跟隨著他，也轉過街角，但只能遠遠地看著他跑在前頭，明白自己是不可能追上的，於是繼續保持落後。

突然間，羅花生緊急煞住了腳步，轉頭從肩膀往後看。

「對不起，」他喊道，等待著，原地空跑，雙腳仍踏著步伐。

等到傑瑞跟上來之後，兩人再度並肩跑著，然後羅花生指著公車站牌附近的一張空板凳。「我們休息一下吧，」他建議，注意到傑瑞的氣息變得濃重了，臉也隨著過度費力而變形。

傑瑞很高興能停下來休息，明白自己的體能狀況並不好。他知道他必須說服羅花生別因為尤金修士的事情而自責，希望自己能找到適當的用語。

「我希望你不是覺得罪惡感吧，」傑瑞坐下來的時候說，等著他的身體緩和下來，心臟能恢復正常的跳動速度，「那不是你的錯，小羅。」

「我也一直這麼告訴自己。」羅花生說，「可是我還是不斷懷疑、猜測，假如我們沒把十九號教室搞垮，事情又會怎樣呢？尤金修士是不是還活著？」

「你不能憑著假設去論斷一件事，羅花生。」傑瑞說，在腦中搜索著恰當的詞語。可是，又有什麼話能撫慰他的朋友嗎？「十九號教室的事是去年發生的。尤金修士本來就不年輕了。你必須忘記過去——」

「沒那麼容易。」

「我知道，」傑瑞說，想起巧克力那件事。

「我實在很想立刻擺脫那間噁爛學校，」羅花生說，聲音艱澀，雙腳用力踩踏地面。

「我也不打算回去了，」傑瑞說，「我可能會回去加拿大，」他補了一句，直到說出口才發現他真有可能這麼做。

「你這麼喜歡加拿大？」

傑瑞聳聳肩。「那裡很平和。」他想起了那座會說話的教堂，明白他完全不可能對羅花生解釋他在魁北克度過的那幾星期的日子。「我跟我舅舅、舅媽居住的那個教區，離蒙特婁北部很近。也許我可以通車去蒙特婁的英語學校就讀。」直到這一刻他才明白有這麼多的可能性。

「我可能會轉到典範高中。」羅花生木然地說。「我不想再看到雷恩修士了。不想再見到亞奇．柯斯特洛。不想再看到守夜會的人。不想再經歷這些狗屁倒灶的事——」

「亞奇．柯斯特洛現在還是那麼囂張嗎？」傑瑞遲疑地問，有點好奇自己是否真心想知道。

「我盡量不去注意，」羅花生說。然後認真地回答：「是啊，當然他還是。你總是會聽人耳語說起那些任務。祕密任務。有些可憐的學生會被交付一件蠢事要他們去執行。」就像我，他想著，以及十九號教室。

「我們再去跑跑吧，」傑瑞說，突然覺得沒法再忍受了。這一切談話，關於尤金修士和亞奇．柯斯特洛的事情，這一切將他帶回到過去的記憶裡，那是他極力避免去回想的。十九號教室就已經夠糟了。但是巧克力那件事呢？他一點也不想再回憶起巧克力那件事。

此刻他們倆並肩而沉默地跑著，就像去年秋天那時候，藉由身體的律動，找到了一種慰藉和恩賜，他們一路跑下山坡，越過無數街道，最後終於抵達典範鎮公園，然後在內戰紀念砲台附近停下來。傑瑞坐了下來，伸展肢體，因為剛才的消耗體力而覺得懶洋洋的，彷彿全身的肌肉和骨頭都在通體舒暢中融化了。

「你怎麼這麼安靜，傑瑞？」

「知道嗎，我一直在想，這世界到底有多少個亞奇．柯斯特洛？他們就在那裡。在所有地方。等待著。」有個念頭潛入腦中：如果能躲開塵俗該有多好啊！遠離它，遠離其中隱含的威脅與不幸。不必死亡，或者任何類似的事，只要能找到一個遺世獨立又充滿慰藉的地方。修女們會避居到修女院去。神父們也會遠離人群，住在教區公館或者修道院裡。那他有沒有可能也這麼做？去當個神父？或者修士？做一個好的、和善的神職人員，就像尤金修士那種？在這個世界上找到自己安身立命的地方，成為可以跟亞奇．柯斯特洛甚至雷恩修士對抗的人？嘿，我現在究竟在想什麼？我是誰啊？神職人員？修士？太可笑了吧？然而他卻想起了在加拿大時的那些寧靜而喜悅的片刻。

「小羅，你以後想做什麼？」他問。

「誰知道呢？」羅花生若有所思地回答。「有時候我會在半夜裡痛醒。疑惑著：我以後會變成什麼？甚至有時候我會疑惑：我是誰？我在這裡，這個星球上，這個城市裡，這間房子裡幹什麼？想到這裡我就會一陣顫抖，心裡就會好痛。」這是他喜歡跟傑瑞．雷諾相處的原因。他可以跟傑瑞聊這些事情，可以對傑瑞訴說他的恐懼和希望。

「我也會這樣。」傑瑞說。「記得以前好像在哪裡讀過一首詩，可能是在學校裡吧：

「我，一個陌生人，滿心恐懼地
來到這個一無所知的世界。

「我就是一個陌生人，小羅。我們都是。」對於三一高中來說。那是一個他不熟悉的世界。他在那裡感覺到恐懼。他並不想要恐懼任何事物。他還記得以前他貼在置物櫃裡的那張海報的文字：**我敢不敢撼動這世界？**傑瑞曾經撼動了三一高中那個世界。但瞧瞧他的下場如何。他再也不要去撼動任何一個世界了。

「喔，幹！」

傑瑞張大眼睛看著羅花生，被他的話嚇住了，因為小羅很少甚至根本沒說過髒話。

「怎麼了嗎？」傑瑞問。然後他順著羅花生的視線看過去。小羅正瞪著對街的某樣東西看。傑瑞跟著瞧過去，然後發現了那不是個東西，而是某個人。一個他絕不會認錯的人。愛彌兒．詹達。即使從這麼遠的地方他也能認出那個方正的身形，脖子短得頭幾乎黏著肩膀，眼睛小小的，就像豬的眼睛似的。也有可能，傑瑞並非真正看見了他的眼睛，而是憑著清晰的記憶認出他的眼睛。他還能清晰地記得關於愛彌兒．詹達的一切事情。拳擊場上的那場打鬥，以及詹達夥同一群人攻擊他的那一天，就在學校附近的一座樹林裡。如今詹達就站在對街，雙手插在臀上，看向傑瑞這邊。來往的轎車和卡車所發出的噪音，路人走過人行道所帶起的沙塵，還有急忙衝入視線又淡出背景的小孩。有那麼一瞬間，傑瑞和詹達似乎被鎖在彼此眼神交會的時空中。但他們是嗎？傑瑞不確定。距離太遠了，傑瑞也不敢真正確定。有可能詹達只是無意義地盯著某個地方凝視而已，甚至兩眼只是空洞地凝視著。

一輛公車從傑瑞的右手邊駛來，慢慢地停在傑瑞的眼前，沿著人行道邊右轉，經過了詹達，逐漸將他的身影擋住了，好像正用橡皮擦將他從這個地球上抹去。傑瑞等待著，他不看羅花生了，不說話，甚至也沒在思想。他任由腦筋一片空白，就像一個阿拉伯數字，0。那輛公車重新起動了，噴出紫色廢氣，向前駛去，留下人行道以及詹達方才站立的位置。詹達不在那裡了。看來他上了那輛公車。或者是趁那輛公車停在那裡時走開了。

「你想他有看見我們嗎？」羅花生問。

「可能有。」

「他根本是個禽獸！」

「我知道。」

傑瑞站起身來。

「別激動，羅花生。」他勸慰。去他媽的愛彌兒．詹達。「我跟你一起跑到圖書館那裡去。」

而當他開始跑的時候，他知道自己其實正跑向另一個地方，跑向加拿大。嘿，加拿大，我來了。

「現在幾點？」詹達問。

歐比瞄了一眼手錶。「過十分鐘了。」

「幾點過十分了？」

歐比試著隱藏自己的惱怒不快。「你認為呢？我跟你約好七點在這裡碰面。那是十分鐘之前。所以你想現在是幾點過十分鐘了？」

歐比開始懷疑自己是不是做錯了，實在不應該叫詹達來幫他跟康那屈對質。此刻他們正站在維瓦第超商對街轉角的陰影當中，維瓦第超商是康那屈打工的地方，是一家小雜貨店，七點關門，但是康那屈通常都會待比較晚一點，把陳列在人行道上的蔬菜與雜貨搬回店裡。以前歐比也曾經在放學後去一家商店打工，可是後來為了幫亞奇以及守夜會處理事情，總是弄得太晚上班，於是就被炒魷魚了。

「我餓了，」詹達說。

歐比連回答他都懶。他實在不想浪費脣舌跟詹達交談。他痛恨自己竟然用了詹達，而因此跟詹達牽扯在一起，可是詹達的肌肉是他需要的。康那屈和詹達都是粗魯的壯漢：所以就用其中一個來削減另一個人所帶來的威脅。歐比給詹達的指令很簡單：「你不需要做什麼。

只要站在那裡就行了。」對詹達來說，他什麼也不必做。「只要擺出凶神惡煞的樣子就行。」瞧他說得好像詹達還需要用假裝的才能顯露出那種樣子。

傍晚的氣溫轉冷，寒風捲起了人行道上的垃圾：包括報紙、枯樹葉、糖果紙。歐比瞇著眼睛。因為乾痛而瞇著。彷彿有人把他的眼睛挖出來檢查，然後塞回去，卻塞錯了眼窩。

最後康那屈終於從那家雜貨店走出來了，他躬著背、四肢向外擺動。看起來是很不好惹的傢伙。這讓歐比很開心自己是帶了詹達一起過來。

「他出來了，」詹達說。這人老是說著一些很明顯的事。

康那屈大搖大擺地走著，步伐彈跳姿勢有點像運動員，彷彿他的鞋底裝了兩道彈簧。他的肩膀很寬，腿粗得像樹幹。

當康那屈從斜對角越過馬路時，歐比上前去攔截他，而詹達就緊貼在他身後。歐比檢視了康那屈腳上的破舊樂福鞋、黃銅鞋扣在暮色中一掀一掀的，他再度記起那個可怕夜晚所感受到的怒氣與恐懼。

「嗨，康那屈，」他說，向前一步攔住康那屈。

康那屈看著詹達，雖然叫喚他的人是歐比。他迅速明白是什麼事，知道歐比為什麼找他。他轉身注視歐比，歐比看起來很冷靜，堅決的神情伴隨著詹達的沉默威脅。康那屈並不是個膽怯的人，而且毫不忌諱使用暴力：自從小學三年級開始他就在校園打鬥中獲得無數次勝利。可是，他也很快就判斷出情況對他不利，眼前不只有詹達，詹達可能是學校裡唯一一位能夠和他較量的對手，而且還有歐比，歐比可是守夜會的重要角色，很有勢力，僅次於亞奇·柯斯特洛。他知道這個時候邦亭根本幫不了他，不管邦亭有多聰明。

「你要幹什麼？」康那屈問，雙腳交互踩踏，就像拳擊手的賽前暖身動作，直覺地做出防禦動作，並不想洩露出他的緊張。

「沒要幹什麼，鄉巴佬。」歐比說，刻意使用康那屈最厭惡的綽號。「而是你已經幹了什麼。」

「我不知道你在說什麼。」康那屈說，試圖矇混過去。

詹達朝他的方向逼近幾步。

「你知道我在說什麼，」歐比說。很冷靜，很有把握，完全不給轉圜的餘地。他的聲音平板，堅定，安靜。安靜中隱藏著某種嚇人的東西。

「好吧，好吧，」康那屈說，舉起手，還聳高肩膀，就像某個間諜在敵人的領地裡被發現了，知道自己馬上就會被槍斃，孤立無援，被他的戰友所遺棄。

「這件事不是像你想的那樣，」康那屈說。

歐比感覺自己鬆了一口氣，心情鬆懈，肢體也鬆弛下來，從緊繃中突然且猛地放鬆，讓他很害怕自己當場就會崩解在人行道上，就像一個牽線提偶卻突然斷了線。「那麼，那是怎樣？」他問。

康那屈遲疑了，垂下視線看著自己的腳，用腳去踢路面的一片碎玻璃，然後抬頭看著歐比，接著看向詹達，然後再度看著歐比。他的眼神和歐比的交會。歐比感覺到他正暗示著什麼。然後他領悟了：當然啦，是詹達。康那屈不想當著詹達的面說。而且歐比突然了解到，他帶著詹達一起來實在很荒謬。他被這幾天來的失眠給搞笨了，也被專注搜索攻擊者的執迷給搞得神志不清，變得沒辦法全面性思考。當然了，他並不想要詹達知道究竟發生了什麼事。詹達知道得越少，對大家都比較好。

「嘿，詹達，」歐比說。

詹達立刻將視線移開康那屈。他已經確定他不喜歡康那屈。他也不喜歡康那屈瞄他的樣子。詹達喜歡被正視，不喜歡被忽略。

「怎樣？」詹達說，聲音像一聲短嚎。

「去察看一下街道那一頭，」歐比說，「我好像看到有人在那裡。」

詹達不希望自己看起來像是聽從歐比或任何人命令行事的小弟。但從另一方面來說，如果有人潛伏在街道另一頭，他就可以趁機活動下筋骨，好好施展一下拳腳。

「好吧，」他說，忿忿地擠出這兩個字，眼睛不斷瞟向康那屈，努力表現出自己並不是一個打雜小弟。

歐比和康那屈注視著詹達踱步離開，肩膀擺動。

「我痛恨那個卑鄙的傢伙！」

歐比略過他的評論。他明白，他和康那屈都是守夜會的會員，而詹達只是一個外人。但是，因為守夜會而建立起的友誼，並不能改變康那屈攻擊他的事實，對歐比來說，康那屈就是敵人，他才是那個卑鄙的傢伙，而不是詹達。

「好吧，鄉巴佬，你解釋一下。如果事情不像我想的那樣，那是怎樣？」

那個綽號讓康那屈畏縮了下，他明白歐比是故意用這個名字來羞辱他。可是他現在沒有立場去反駁。

「守夜會，」康那屈說。

歐比倒退了一步，彷彿康那屈剛在他臉上吐了口痰。

「那是個任務，」康那屈說，很得意地看見了歐比的反應，感覺自信心稍稍回來了。「邦亭對亞奇．柯斯特洛說了你和那個妞兒的事。就是有一晚我們在開峒山上看見你們約會。然後亞奇就跟邦亭說，去處理一下。還說守夜會會幫忙善後。」

更多的痰吐在歐比的臉上：彷彿有人在他身邊扔了一顆炸彈，他的身體毫髮無傷，但震波卻貫穿他全身。

「亞奇．柯斯特洛下了指令？」他的聲音中滿是不敢置信。不可能。話說回來，對亞奇來說，沒有什麼是不可能的。

康那屈點點頭，緊張地吞嚥了口水，驚訝地看見歐比臉色蒼白，雙手握緊。其實康那屈自己對於開峒山那晚的事情也很不安，不斷在腦中回憶了千百遍。他以前從沒幹過這類事情。雖然事實上他**什麼也沒做**，只不過是把歐比壓倒在車子底下而已。那晚他和邦亭、哈禮靠近車子，看見歐比和那個女孩的時候，他確實感覺到一股性衝動。但是，當他把歐比壓倒在地上，然後理解到他們正在幹什麼的時候，他的色慾和慾望就消失了。**什麼事都沒發生**。邦亭一直都這麼說，而康那屈也相信他，必須相信他。後來邦亭說，這一切都是亞奇的意思，這是一項非正式的任務。這個說法讓康那屈大大放心了。畢竟，只要跟亞奇和守夜會有關，這件事情感覺就不會那麼嚴重，不是什麼爛攤子，比較像個噱頭而已。

而且沒有人，沒有任何人受到傷害啊。

歐比恢復了鎮定。

「好吧，你告訴我。亞奇是怎麼說的？他確切的用語是什麼？」

「確切說什麼我不知道，」康那屈說，「他說的時候我不在現場。是後來邦亭告訴我們那是一項任務。非正式的，但仍然是一項任務。聽我說，歐比，什麼都沒發生。好吧，我是把你壓倒在地上，可是我只是聽命行事而已。」康那屈知道他抓到了重點，可是當他看見歐比的眼神還是很緊張。不是很確定他看見的是什麼，但知道那代表著他必須小心應付。

歐比的腦筋正飛快轉動著，同時他用手抓著頭髮。他的腦海中浮現了一連串混亂的畫面——亞奇和蘿莉和詹達和邦亭還有眼前的這個傢伙，康那屈。這個傢伙看起來好像沒說謊。這傢伙夠精明知道不能說謊，知道他說的任何事都會被查證。跟亞奇。跟邦亭查證。

「那個任務，」歐比說，「任務的內容是什麼？去偷襲嗎？或者必須做更進一步的事？」

歐比不想使用那個字**強暴**。

「邦亭說亞奇告訴他：處理一下。他沒說內容。處理一下歐比和那個女孩。所以我們就這麼做了。」此刻康那屈有些困惑了，突然明白邦亭並沒有說清楚任務的細節。而且他也開始擔心——他是不是跟歐比說得太多了？他很高興看見詹達走了回來。

「那裡並沒有人，」詹達對歐比說。

歐比被他的聲音嚇了一跳。

「可能是看錯了。」

「我要回家了，」康那屈說，再度露出拳擊手的姿態，迴避著歐比的眼神，敏感到歐比正在研究他。

歐比點點頭，眼神陰贄，臉色依舊蒼白。看起來有點失神的樣子。康那屈幾乎有點同情他了，然後又想起歐比喊他鄉巴佬。他痛恨那些叫他鄉巴佬的混蛋。

「好吧，你快滾吧！」歐比最後說，轉過身，他的聲音顯得虛弱，肩膀下垂。

「見鬼了到底發生什麼事？」詹達問，眼睛還是瞪著康那屈，直到康那屈的身影從街角消失。

「不知道又不會死，」歐比說。此刻感覺到一陣麻木，全身的骨頭因為剛剛的過度緊繃而痠痛，所有的喜悅都消失了。然後他想著：知道太多往往最傷人。

雨。猛烈地抽打著街道和人行道，以及歐比的身軀，他在滂沱大雨中走到蘿莉家。這一天裡他已經好幾度守候在蘿莉家的對街，從白天到夜晚，因為靠近她所居住的這棟房子而感覺到安慰，他想像著她就睡在屋裡，在裡面吃東西，在裡面洗澡（她光著身子在水柱下沖洗的景象讓他的下體一陣疼痛）。對他來說，這棟房子好珍貴，因為她就住在裡面。他在一株闊葉樹底下躲雨，全身衣服溼透、頭髮貼著頭皮——他忘記要穿雨衣或戴頂帽子——他不時交換雙腳踏步，明白自己孤寂的守候是無用的。

他看見了她弟弟遠遠地從街道那頭出現，胸前抱著一個書包，好像深怕會被搶走似的。當她弟弟走近歐比時，眼睛仍然看著地面。她弟弟總是一副憂心忡忡的樣子，好像有什麼厄運即將臨頭。其實他才十二歲而已。等他上高中以後就知道了。

「蘿莉什麼時候會回家？」歐比問，其實他並不想問這個特別的孩子任何事，可是問題就這麼冒了出來，可能是因為他已經在這條爛街上孤獨地等候太久，而且全身都溼透了，他應該盡快回家，並且把落後的家庭作業趕完。

那個小子並沒有停下腳步，僅轉頭從肩膀上說：「她已經回家了。兩天前就回到家了。」

「喔，」歐比愚蠢地說，嘴巴半張著，舌頭嚐到雨水的酸澀味道。

「我想她已經不再喜歡你了，」她弟弟說，並沒有惡意，只是一個十二歲小孩毫不掩飾的誠實。

歐比沒有回答，什麼都沒說，站在那裡，感覺悲慘而且被遺棄，他感覺全世界的光線逐漸暗淡、熄滅，在深深的心裡他明白了，他已經永遠失去了蘿莉・關德笙。

第三部

熱浪無預警襲來。現在才三月欸，吼，我的老天！這根本不合季節，太早了，大家的血液還很濃濁，皮膚還很蒼白，身體根本都還沒準備好。當陽光殘酷地覆蓋住地球時，馬路與人行道都蒸發出陣陣熱氣，剛冒新芽的樹枝與綻放花苞的灌木叢，也閃閃發亮。

熱氣讓三一高中的學生夢遊般行走著，就像一隊行動遲緩的軍人。這場熱浪與溼氣，讓高年級學生變得沉默了，他們無精打采地晃過校園，領悟到自己即將要解脫了，因為上課時日所剩不多，而且上課也變得沒有意義。走廊牆壁和教室佈告欄上貼滿了海報，宣布園遊會那天就快到了，那是這學年行事曆上的最後一場大活動，但高年級學生也只是打著呵欠，完全沒興趣理會。

亞奇喜愛這種熱氣。他愛它，因為這種黏答答的空氣讓其他人不舒服，讓其他人流汗、呻吟、行動遲緩，彷彿腳上的鞋有千斤重。

他自己則有很多方法來躲避這種討厭的氣候。譬如說保持冷靜的思緒。控制好情緒。行事低調。不安排守夜會的會議或活動。他對於守夜會的領導方式，會隨著外界狀況而精細微調，而且他很本能就知道何時該召開會議，何時該休會，或放牛吃草，任由守夜會成員各自去做自己的事。譬如說此刻。他明白大家現在都懶洋洋的，知道大家都提不起勁來，更不想要有任務。

這一場熱浪也讓許多事情暫緩。雖然事情依然懸在那裡尚未解決。所以亞奇表面上不動聲色，但心思一如既往地保持警戒，看著，觀察著。他的兩個觀察對象，歐比和卡特，看起來就像是一對雙胞胎。他們兩人都一副失魂落魄的樣子，心事重重，而且好像正煩惱些什麼。這表示他們現在不太可能做出什麼蠢事，或者帶來威脅。在幾次的場合裡，亞奇都嚴密觀看和研究著——歐比是不是正在盤算什麼？他究竟是在安靜地策劃報復行動，或者只是單純地接受已經發生的事情？卡特則比較容易看透。那個驕傲自大的運動明星如今已經變成了縮頭烏龜，就像一隻被獵捕的野獸，總是匆忙地閃過人群，而且也不跟任何人交談。亞奇知道他的心裡在想什麼，而且對此很開心。就讓卡特去煩惱一陣子吧，讓他去煎熬吧。亞奇還不急著動手修理卡特，那個叛徒，他會用他的方式好好教訓卡特。在這同時呢，卡特就會自我折磨了——這可是亞奇最厲害的手段，讓獵物去自我折磨。總而言之，亞奇在這場熱浪中找到了讓自己開心的方式。

同樣的，大衛・卡羅尼也沒受到熱浪的影響。

他在自己四周搭起了帷幕，當然了，是隱形的帷幕，而且是熱氣無法穿透的那種。全世界沒有任何東西可以穿透。

他的世界沒有任何意義。因此，氣候也沒有意義。他在這種氛圍中將自己打理得很好，他的心靈清澈而敏銳，那超脫於他的身體之外。他非常讚嘆自己應對生活所需的方式，盡責地完成了他作為一個學生、兒子、哥哥所必須做的那些可笑之事。他之所以可以表現得這麼好，是因為他知道自己不必一直做下去。他知道終將有一天，那個指令會出現，然後他就會把計畫付諸行動。

大衛經常被吸引到起居室和鋼琴邊。起居室裡很涼爽，窗戶緊閉，窗簾拉上，世界其餘地方都被隔絕在外。大衛掀起了鋼琴蓋，按下中央C那個琴鍵。等待著。什麼呢？是回聲嗎？他也不知道。

他有點畏懼那架鋼琴，在幽暗的房間內，琴鍵好似正咧嘴對他笑著。有一天下午，當他瞪著那些琴鍵時，心裡突然閃過一個念頭。就像是那架鋼琴正傳遞給他的訊息。精確地講，是一個畫面。一把刀子。一把屠肉刀，他父親偶爾會用來切火雞或大塊肉。他去確認了那把屠肉刀還放在廚房的某個特定抽屜裡，跟其他廚房用具擺一起。他碰觸那把刀子，指頭撫過刀鋒，然後宣告：「是的，我找到它了。」他不知道這些話是在對誰說的。不過他相信，必然有某個人，某種存在聽見了他的話語。而且，他已經更接近那個指令出現的時間了。

因此，在這場熱浪當中，大衛．卡羅尼等待著。等待著訊息出現。相信它一定會很快到來。他不介意等待，他也不在乎這場熱浪。每一天，他都會來到這間陰涼的起居室，站在鋼琴旁邊，等待著。

悶熱的天氣總是讓愛彌兒·詹達性慾高張。事實上，他隨時都處在性慾高張的狀況下，熱氣只不過更加刺激了他的感官。當然了，大熱天裡少女們就會穿得很清涼，她們會穿著無袖、透薄的上衣和短裙，或者熱褲，那些衣服總是讓她們美妙的曲線畢露。

另一件事也會讓他性慾高張，某一件他越來越常看見的事。他第一次注意到那件事是在一次美式足球賽的時候，當時他正攔截撲倒某個對手，既粗魯又殘暴。然後他全身突然掃過一陣性快感。有時他在停車場和人鬥毆的時候——三一高中是一個充滿肢體暴力的地方——那時他的性慾也會被迅速撩起。那種快感也和去年秋天他和雷諾小子在拳擊場上互毆時所感受到的相同。甚至更早，當他在學校後面那座林子裡毆打雷諾時，他就曾體驗過那種性快感。那種感覺真是太美妙了，真的。

如今那種美妙的感覺又回來了，當他在公園裡看見雷諾時他又感覺到了。他看見雷諾和那個小癟三朋友坐在草坪上，愛彌兒不記得那個人的名字。當他從很遠的地方認出雷諾時，他很驚訝雷諾已經回到了典範鎮。之前他聽說那個小子逃去加拿大，八成是害怕再度被揍。而現在他回來了。回來找更多的苦頭吃。詹達迫不及待想告訴亞奇·柯斯特洛這件事。但隨後他又決定不要。他要把雷諾留給自己。

此刻，就在這陣熱浪裡，詹達獨自待在家裡，他拿起電話簿，開始查找起姓氏「雷」，這種感覺好美妙、好爽。

他翻著電話簿，按姓氏筆畫找，雷丘…雷特…雷得…最後他終於找到了姓雷諾的。電話簿裡有兩個姓雷諾的。好容易就搞定了。

雷諾啊雷諾，那個小鬼。他實在不該回典範鎮的。他應該留在加拿大的。

突然降落的雷雨打斷了這陣熱浪。天空爆出一陣雷鳴，伴隨著閃光。雨水嘩啦嘩啦淋下，彷彿天上的水龍頭被扭轉到最大排水量。當雨水覆蓋在熱騰騰的人行道上，熱氣從柏油路面蒸發。路邊排水溝裡的水滿溢而出，垃圾也隨之漂流，就像一隻隻小船流向水塘和下水道。而從屋簷與樹梢落下的水柱就像千百道細小的拷打刑具。至少對歐比來說那是刑具。此刻歐比正受到特殊的拷打折磨。失去蘿莉的折磨。

自從蘿莉的弟弟透露她已經回到典範鎮之後，歐比花了幾天時間才追到她的行蹤。電話依舊打不通。當他打去的時候，她永遠都不在家，或者電話斷線。當熱浪來襲時，他虛弱地佇立在典範高中校門的對街，向她的朋友查問，而那些黛比和唐娜之類的女生卻用一張張撲克臉回應他，彷彿她們之前都沒看過他似的，當然，她們也沒告訴他任何訊息。**蘿莉嗎？她**

剛剛還在這裡呢。或者，**我已經好幾天沒見到她了，多久嗎？喔，差不多有兩天或三天了吧**。他挨家挨戶察看學校附近的商店和每一個公車站，滿身大汗，眼睛還被炙熱的陽光刺痛，不停打噴嚏，渾身發癢，他在震驚和沮喪當中，猜想自己可能是感冒了。他連續打了三次噴嚏——也有可能是過敏？在一場熱浪中感冒，這真是壓倒他的最後一根稻草。

他的守候最後終於有了回報，他看見蘿莉從貝克藥妝店走出來（他先前並沒看見她走進去），然後走到路邊的一個郵筒邊，將一封信投了進去。那是一封寫給他的告別信嗎，跟他說永遠別再見了？結果並不是。她只是寄信去續訂《十七歲雜誌》，她對他說。

於是，就在一條人來人往的人行道上，四周有著公車排出的廢氣，旁邊有一位她的女同學站在人行道的消防栓旁等她，那是一個金髮女孩，瀏海幾乎遮住了眼睛，附近還有一個不停尖叫的嬰兒，而他那位年輕的母親則一面推著嬰兒車一面舔著迅速融化的草莓甜筒冰淇淋，這就是蘿莉．關德笙和歐比分手的場景。沒有令人悸動的背景音樂，沒有讓人屏息的親密互動。在她還沒開口之前，眼睛已經訴說了一切，她的表情疏遠，彷彿此刻她正想著其他更重要的事，而不是歐比曾許下的誓言。彷彿他只是一個求她施捨的乞丐、一個路過發傳單的工讀生，或者一位問路的陌生人。她表現得好像他有輕微的弱智，字字清晰、語氣很有耐心地回答了他的問題——過後他已經想不起自己究竟問了什麼、以及用什麼樣字句問。她一直到說：「歐比，結束了。」才終於直接了當告訴他，把他當成一個正常人。

有個溜滑板的小鬼來回穿過他們之間，身體還掃到了歐比的袖子，然後疾馳而去。

「為什麼？」他問。

「有很多很多事，」她說。「我的天啊，好熱。」她撩起一排瀏海。「可是最重要的是因為我對你已經沒有感覺了。完全沒有了。」

「是不是因為那晚發生的事情？」

她搖搖頭。「那件事很糟，歐比。而且我一直都覺得是你那些三一高中的壞朋友做的。可是我並不怪他們。我只怪我自己。」她眼睛看向四周，彷彿她想說的那些話語就寫在某間商店的玻璃櫥窗上，或剛馳過的公車背後。「我不知道。一切都太表面[17]了。我們幾乎不了解對方。」

「我們已經約會了四個星期。」歐比說，「不只。有三十一天了……」

蘿莉聳了聳肩。天啊，她竟然表現出厭煩的樣子。

「我不相信妳現在說的，蘿莉。愛情不會這樣就沒了。」

「誰說這是愛了？」她問。

「妳說的。還不只一次。」

「愛……那只是一個字，」她說。

17 這裡是雙關語，表面（physical）亦指肉體。

他擦拭了下鼻子，胡亂把被鼻涕沾溼的衛生紙塞回口袋去，然後雙手抱胸。接著問了他一直想問卻不敢問的：

「是不是跟亞奇．柯斯特洛有關？還有那個祕密社團？」

她看向別處。「我知道你騙我，歐比。我已經知道你跟那個黑幫有關。你也是其中的一……分子。」她該不會原本是要說**一個走狗吧**。「我已經聽說了各種你們玩弄其他學生的骯髒手段。」

「是，是。但自從我們認識，自從我們在一起以後，一切就不一樣了。我已經脫離那個團體了。」

「可是你沒脫離啊，不是嗎？你還是其中的一員，還是在為你的老大，你的主子效命，也就是那個惡魔亞奇．柯斯特洛……」她的聲音缺乏說服力，彷彿她只是想到什麼就說什麼。

「沒錯，可是……」

然後他發現解釋根本沒有用。因為他們之間的火花沒了，曾經有過的某種熱情已經消失無蹤，取而代之的只是可怕的冷漠。曾經在他們之間滋長的某種珍貴而罕有的東西已經不存在。什麼都沒有了。那個惡魔亞奇．柯斯特洛……

蘿莉的女友很不耐煩地撥弄長髮，叫著：「嘿，關德笙，妳到底要不要走了啦？」

蘿莉轉身回答她：「好啦，就來了就來了。」然後，她再度看向他：「歐比，之前我們有過一段美好時光，可是那已經結束了。事情就是這樣。這都怪我——以前也發生過。我是說，我喜歡上某個人，然後我不再有感覺了……」她舉起手，撫去額頭上的一小粒汗珠。「我很抱歉。」她的眼睛看向天空說：「真希望趕快下雨。」然後她走開，離開了他的生命，去和她的女伴相會，她們沿著街道走遠，轉過街角，連頭也不回。她對他說的最後一句話，竟然是如此庸俗的一句討論天氣的話：**真希望趕快下雨**，他媽的，那是你通常會對陌生人說的話。

在她離開後所留下的空白中，他踉蹌地轉身，嘴巴張著，彷彿在祈求這世界見證曾發生在他身上的一切。嘿，瞧，我曾經愛過這個女孩，她也愛過我，如今這一切卻變調了。到底是哪裡錯了？是那場襲擊，沒錯。是邦亭，那個混蛋。自從歐比找到康那屈之後，他就極力避開邦亭。如果他的生命裡沒有蘿莉，攤牌也沒有意義。但同時他也心知肚明，誰才是真正的主謀。亞奇・柯斯特洛。他懷疑亞奇會直接下指令給邦亭要他侵犯蘿莉，可是他也知道亞奇的慣用技倆，總愛煽動這個人去對付另一個人，亞奇把邦亭當猴子耍，用「任務分派者」這個角色當誘餌，讓邦亭心甘情願去做任何事來取悅亞奇・柯斯特洛。包括一場襲擊強暴。所以他痛恨邦亭，總有一天，終究，他會要邦亭付出代價的。可並不是這場襲擊造成他和蘿莉的分手。原本他可以縫合他們之間的關係的。但造成他們分手的原因是因為他是誰，蘿莉已經發現了他是守夜會的一員，亞奇・柯斯特洛的走狗，用卑鄙手段對付其他學生的狐群狗黨之一。既然她知道了這件事，怎麼可能還會愛他？

蘿莉期望的雨，伴隨著雷鳴來到——從此以後每到了大雨天歐比就會想起這天他所看見的各種天空的面貌。他漫無目標地在雨中行走，因為渴望而痛楚，在那痛楚的底層則是逐漸高張的憤怒，那股怒氣在他心中激烈翻攪。痛楚和憤怒在他的心中彼此激戰。痛楚是為了蘿莉，因為他明白他已經失去了她。而那股幾乎要噴出的憤怒則指向亞奇。是亞奇毀了他和蘿莉的未來，同時也毀了他的命運。他悲傷地想起了他即將畢業，但他最多也只能拿到總平均B，以這種爛分數從三一高中畢業，沒有任何榮譽獎，也沒有什麼傑出表現。以前他在典範鎮立小學的時候是優等生，那時他的前途一片看好，不管是在學業或者體育的表現都很好。但如今他的父母早就不再問他：歐比，你到底發生了什麼事？守夜會就是那發生的事。亞奇．柯斯特洛就是那發生的事。就因為亞奇，他失去了一切，他的高中生涯，還有他唯一愛過的女孩。

大雨帶來的紓解只是暫時的。短短一個小時內，高溫就以復仇者的姿態回來了，甚至比之前更加炙熱、刺痛、無情。冷氣機的銷售量大增，雖然夏季要一個月以後才會到來。《典範鎮時報》上刊出一張照片，有個記者試著在典範鎮大街的馬路上煎蛋。在這股新降臨的熱風暴中，歐比不停打噴嚏、喘氣、吞藥丸、嚼阿斯匹林，就靠著這些，歐比挺過來了。他挺過了一切發生的事，也計畫了一切。很快。在學期結束之前。在熱氣緩和的時候。亞奇．柯斯特洛你等著瞧。於是，就靠著亞奇，歐比挺過了他所存在的這個噁爛世界。

熱浪消失了。

在最後一場，也是最兇猛的一場暴雨之後。有不計其數的樹木倒了、電線桿折斷了，木沙克河上有一座小橋坍方了，還淹死了一個二十一歲的年輕人。整個典範鎮陷入黑暗中，只有偶爾劃過天空的閃電帶來一絲光亮。

黎明前雷鳴的回聲隱約從遠方傳來，而閃電眩目的光線退到了地平線。鳥叫聲歡迎著黎明到來，而黎明則帶來了太陽以及清新的微風。微風吹拂過一株又一株的樹木，吹拂過鎮上的每一條大街和小巷。早起的人們大大地伸展肢體，讓他們的肺吸飽了清新、溫暖的晨間空氣。

七點半時歐比出門上學，他的感冒奇蹟般隨著熱浪、雷鳴和閃電消失。有可能那只是過敏而已。他滿懷思緒和決心開車前往學校，握著方向盤的手指關節變白，不耐煩地等候著紅綠燈。他滿心期望地開著車子。希望，還有仇恨。那股仇恨，他明白，就是他生存的唯一目的。

那件事，還有「園遊日」。

有些人把那天叫做整人的「猿猴日」。

今年，他則要把這天變成整亞奇・柯斯特洛的「斷喉日」[18]。

18 原文中作者玩了文字遊戲，將學校舉辦園遊會的 Fair Day 改為 Fool Day 和 Fear Day。

下午：學校放學了。空氣中瀰漫著無盡的香氛與色彩，太陽映照在車頂上反照出強光，也映照在三一高中的窗戶上，讓那些窗戶像在燃燒。不過此刻陽光已不再酷熱，而是轉變為溫暖，就像春日本該有的樣子。

三一高中的校園正忙碌著各種活動——棒球運動員紛紛跑向球場、排球運動員激烈地喘著氣，另外還有許多學生聚集在大禮堂裡排練著話劇之夜的節目。

歐比到處尋找亞奇，包括禮堂、教室、樓梯、停車場。最後終於在運動場的看台上發現亞奇，他正無聊地觀看底下球場的活動。

這是全世界最困難的事：接近亞奇。

「嗨，亞奇。」

亞奇緩慢而長久地看向歐比，他的眉毛微微上揚，但很快就將他的驚訝隱藏起來，亞奇一向很自豪能隨時保持冷靜。啊哈，歐比實在太了解他了，一如對自己的了解。

「歐比。」那聲名字懸在半空中，語氣很是曖昧。既不是歡迎，也不是拒絕。等著歐比先出牌。

「近況如何？」歐比問，試著讓聲音顯得稀鬆平常。

「都在掌握中。」

看台底下球場上的棒球賽還在進行中。球員們投球、擊球、接球。所有這一切活動的焦點都集中在一顆小小的圓形物體上。歐比想到另一顆同樣也很小的圓形物體，那顆黑色的骰子。

「那你呢？」亞奇問。

歐比瞬間覺得自己像是漂浮在開屻山頂上，離海平面三百公尺。他的胃緊縮，身體微顫了一下。

「不太好。不過我會恢復的。」他不希望說太多，讓亞奇有機會從他口中套出太多訊息。

「從什麼事情恢復？」

另一次顫動：

「那個女孩：蘿莉・闕德笙。」雖然他已經極力控制，可是當嘴巴說出她的名字時，眼睛還是差一點飆出淚來。「我們分手了。」

然後，令他震驚的是——亞奇一向都令人震驚——亞奇轉身面對他，眼裡盛滿了同情，臉部扭曲，顯露出憐憫和理解。彷彿歐比的痛苦就是他自身的痛苦，對於歐比的失落他也願意像背負十字架般共同承擔。

「糟。」亞奇說。可是這個單字卻承載著無比的感情，讓歐比感覺到亞奇・柯斯特洛是他在世界上唯一的朋友，唯一能理解他失落與悲傷的人。他必須強迫自己記住，亞奇是造成他和蘿莉衝突的肇事者[19]。

他錯愕地發現亞奇伸出手觸碰了他的肩膀。亞奇是從來不跟別人作肢體接觸的，他總是跟其他人保持距離。

「歡迎歸隊，」亞奇說。

歐比動也沒動。驚跳的感覺結束了。他一度墜入深水裡，不知道自己究竟正往下沉或流動著。如今他已經回到水面上。計畫開始推動了。

底下的球場上有個粗嘎的聲音喊著：**快點，克羅德！**其他人附和著：**快傳球，克羅德。嘿，克羅德，你是木頭人了還是怎樣？**

「可憐的克羅德，」亞奇說。「不管他是誰。」

看起來亞奇今天還真是大發慈悲呢。歐比疑惑：他應該試試看今天的運氣嗎？有何不可呢？

「園遊日。」他說，口氣盡可能顯得隨意。

「你在說什麼？」

「猿猴日。」

19這裡作者用architect，有「造物者」之意，在前集《巧克力戰爭》中亞奇就曾用這個詞來形容自己，這個字也是暗示著亞奇的名字（Archie）。

「我以為你在說園遊日。」

「沒錯。」

他們大笑，一起分享這個笑話，一個文字遊戲的老哏。或許他真的很高興我回到這個圈子來，歐比心想。這讓他有了勇氣繼續。

「那天就快到了。」

「園遊日那天大家可要好好享受，」亞奇說。「各位父母和小孩。」他模仿喜劇演員W．C．費爾茨的口氣說。

「我知道。可是我們得先找隻猿猴來耍猴戲。」

「沒錯，你心裡有人選嗎？」

「我來查一下筆記本。」

亞奇往下看著球場。「就克羅德吧，」他說。「他很適合當猿猴。把他記下來吧，歐比。」

可憐的克羅德。他剛剛才這麼說過呢。亞奇的同情心也不過就這麼一滴滴而已。然後歐比再度緊張起來。最重要的時刻來了。就像走鋼索，一不小心就會掉入萬丈深淵。

「話劇之夜怎麼樣？」

「滑稽之夜**要怎樣**？」亞奇複誦。

「你還記得那個小子雷．班尼斯特嗎？」

「新轉來的那個。」

「沒錯。他是一位魔術師，亞奇。他做了很多魔術道具。」

亞奇沒搭腔，眼睛盯著球場，等待著。

「他會玩牌和球，諸如此類的魔術。」停頓了一會，希望亞奇沒注意到他深吸了一口氣。「他還自己做了一個魔術道具，他說是斷頭台。」

「斷頭台？」亞奇的聲音中有著疑問，他的眼中也閃過一絲光芒。**斷頭台**是一個有著致命力的用語，屬於亞奇．柯斯特洛的用語。

「沒錯，就是斷頭台。那個小子，雷．班尼斯特，做了一台幾可亂真的斷頭台，當然了，那其實是一個魔術道具，可是看起來就像真的會要人命。斷頭台和話劇之夜。如果我們把某人的頭，譬如說那隻猴子的頭，放進斷頭台裡去……你可以想見那副景象嗎，亞奇？」他等待著亞奇自己腦補那副景象。

「讓我考慮一下，」亞奇說，突然間顯得悶悶不樂，低頭沉思，像是陷入自己的世界中。歐比明白這表示了什麼。此刻他已經逼得太緊了。

「待會見，」亞奇說，聲音中顯示出斥退的意味。但同時還有別的什麼。

他上鉤了，歐比竊喜地想著。

夜色中羅花生看見愛彌兒・詹達從傑瑞・雷諾家那棟公寓越過馬路，還停下腳步看了一會，然後沒入黑暗中。他費盡力氣嚥下口水，把身體緊貼住一堵石牆，藏起自己。過了好一會兒，他從牆角往外偷看，確認那人的確是詹達，然後看見詹達的身影從人行道的盡頭消失。

他來這裡幹麼？而且他怎麼可以在大馬路上擺出那副姿態，走路一高一低的，好像他是個糾察隊似的？羅花生實在想不出理由來，可是他確信詹達會出現在這條街上一定有鬼。剛才有好半晌，羅花生看見詹達用眼睛逡巡著那棟大樓，甚至頭還往後仰，彷彿他正在發出無聲的挑戰給傑瑞——某種只有傑瑞能聽見的挑戰，就像狗狗能接收到人類耳朵聽不見的高頻率口哨聲。

我該做什麼？羅花生思考著。是不是該在詹達眼前露面？或者默默地閃開，循原路回家？羅花生希望能做出正確的判斷。他不想再次背叛傑瑞。

我必須警告傑瑞，他想道。隨即又停下腳步。詹達都那麼大搖大擺地出現在這裡了，完全沒打算遮掩的樣子。那麼很可能傑瑞早就看見詹達了。好吧，所以我該做什麼？該正面去跟詹達嗆聲嗎？叫他滾開？離這兒遠一點？夜裡的冷風讓他打了個寒顫，一如他每次跑完步停下的瞬間。

傑瑞會希望他怎麼做呢？老天啊，我一定得作出正確的選擇。這次。不能再叫傑瑞失望了。

他小心翼翼地從街角窺探，瞇著一隻眼睛，結果並沒有看見詹達。難道他已經離開了嗎，或者他也正躲藏在暗處？又或許他已經走了。詹達沒有理由把自己藏起來。剛才羅花生看見他時，他還很大刺刺地顯露形跡。

羅花生抬頭看向傑瑞的臥室窗戶。窗戶是暗著的，窗簾也拉上。他家的其他窗戶也是暗著，看不出來有人在的樣子。很顯然，傑瑞不在家，他的父親也不在。沒人在家。

他再次瞄向剛剛詹達所在的人行道那邊。還是沒瞧見詹達。那麼就不會有正面衝突。現在他知道自己該做什麼了。他必須警告傑瑞。叫他小心點，以防他還沒發現詹達。而且，老天呵，他願意幫傑瑞。不能讓傑瑞自己去面對詹達，那隻禽獸。至少不能讓傑瑞一個人。

最好的方式是取消跑步，趕緊回家。然後打電話給傑瑞。不斷撥打，直到傑瑞回到家，他也好確定詹達沒繼續待在那裡或在附近徘徊。就這樣，羅花生急忙回到家，一路上他不斷想著：我不可以再度背叛傑瑞。這次，我不可以再讓他失望了。

那些球——更精確說，其實是各種彩色的球珠——在半空中跳躍、和光線嬉戲，而歐比明白，你不可能看見它們全部，只能看見吸引你注意力的那一顆球。

那一顆球，和你玩著捉迷藏，躲貓貓，今天在這裡明天就不見了，或者說，此刻尚存忽焉消逝。啊哈，這一顆球如此小巧，卻又光滑耀眼，正是他復仇的完美工具。

「太棒了，」雷．班尼斯特說。「你很快就抓到要領了，歐比。」

愉悅地，歐比決定挑戰最終的測驗。他將球拿出來，以指尖夾著，然後換到另一手，他感覺到手指正和本能的衝動對抗著以便執行他的意志。看哪，那一顆球瞬間出現，抵住雷的下巴，就夾在歐比的右手拇指與中指之間。

雷搖搖頭，眼神露出毫無掩飾的讚美。

「現在，秀給我看你怎麼操作斷頭台，」歐比說。

雷遲疑了，身體後退，皺著眉說，「嘿，歐比，你到底想做什麼？」

歐比不安地蠕動身體，心想：現在告訴他會不會太早？還是做點保留吧。「我不懂你的意思？」

「我是指魔術這件事。你，和這個杯球魔術。和那個斷頭台。你是不是有什麼目的才來練這個？譬如說，你是打算走魔術師這個行業嗎？」

看來不能再拖延了，歐比。

「你猜得沒錯，雷，我是有目的。」

雷走到斷頭台的旁邊，他的手撫摸著被擦得晶亮的木頭。

歐比說，「我想我們可以合作。你，當魔術師。」他的手在空中緩慢地揮動，手指像架飛機在空中畫著字。「『班尼斯特大師』帶您進入迷魂陣，」他戲劇性地宣告，「還有助手『跟隨者歐比』[20]……」

「見鬼了，我不懂你在胡說什麼，」雷說，開始後悔讓歐比看了他這些魔術道具和把戲，感覺歐比侵犯了他最隱密的生活領域。

「學校一年一度的園遊日就快到了。還有話劇之夜。戲劇演出、唱歌、跳舞，來娛樂那些教職員。」

雷點點頭。「我有看見海報。」

「沒錯，」歐比說。「總之呢，我認為你的魔術很適合在那天演出。事實上我認為應該會成為當晚的高潮。你知道的，像是絲巾魔術啦、杯球魔術等等。」接下來你得小心措詞，歐比。「而那個斷頭台嘛，我認為每位魔術師都需要一個助手——所以我就大膽毛遂自薦啦。」

雷走到斷頭台的後方，好像他需要尋求保護。

「我不知道欸，歐比。我從來沒有在公眾面前表演過。」

「矮油，只不過是在我們學校表演啦。觀眾就是學生和老師而已。而且晚會節目也很隨興。大家都嘛是業餘的。就算你稍微凸槌——事實上我認為你不會——也沒人會在意的啦……。」

20 此處作者點明了歐比之所以被暱稱為歐比（Obie），就因為他是一位跟隨者（the Obedient）。講白就是亞奇的跟班。

雷被這番話煽動了。長久以來他一直很渴望能有觀眾看他的魔術（除了歐比以外的觀眾），特別是當他完美地做出了某些戲法效果之後，他真的很渴望得到觀眾的讚美眼神、驚嘆、喜悅和喝采。那座斷頭台，他知道肯定會讓觀眾看得目瞪口呆。那是他特別引以為傲的作品，因為那座斷頭台完全是他親手建造的，而不僅是花錢買來的魔術道具。同時他也在想，這可能會讓他在三一高中大出鋒頭，讓三一的學生知道他的存在——在經歷這幾個月的漠視與冷落之後。

「讓我考慮看看，」雷說，仍站在斷頭台後面。

歐比偷笑了。**讓我們考慮看看**：這些字眼他的爸媽也常常使用，當他們心裡已經**同意**但嘴巴上還不想馬上做決定時就會這麼說。

「沒問題，」歐比說。「你慢慢考慮，等你決定好了再告訴我。」

當他離開時，回頭瞄了一眼雷，他仍站在那座斷頭台後面。可是他的臉上充滿柔和、做夢似的表情，眼神飄向了遠方，而歐比知道，此刻雷．班尼斯特已經置身於大禮堂的舞台上表演起來了。

他接起了電話，終於。他聽著電話鈴響著，還數了電話鈴的次數，然後才接起話筒，他知道不管接下來該做什麼，首先要做的第一件事情，就是接起這通電話。

他再一次瞥向窗外——此刻已經看不到詹達的身影了——他說：「哈囉。」

讓他驚訝的，電話那頭是羅花生。

「傑瑞，我從昨天晚上就一直打電話找你。你去哪裡了？」

我該說謊還是說真話？傑瑞猶豫著。而他知道他必須說真話。

「我一直都在家。」

「你生病了嗎？還是發生什麼事了？我昨天晚上一直打電話給你，今天中午吃午飯的時候也是。還是說，電話壞了？」

「我爸爸不在家，」傑瑞說，「去新英格蘭地區參加巡迴活動。一項業務活動。只有我在家。我是有聽見電話鈴響……。」

「那你已經知道詹達的事了嗎？」羅花生問。因為除此之外，傑瑞沒理由不接電話？

「我知道。」虛弱的、認命的聲音。

「他一直在你家附近的街道上徘徊。昨天晚上我才撞見過他。結果今天我又瞄到他，在放學以後。我是特別繞過去看他有沒有在那裡。」

「謝啦，小羅。」

「我想警告你，」羅花生說，「喔。不只這樣，我希望你知道，**希望**你知道，我們是夥伴。詹達就是愛惹是生非。既然這樣那就來吧，讓他吃點苦頭。我們兩個一起對付他。」

「等一下，小羅。你跳太快了。」

「你說什麼，什麼跳太快了？」

「你先別急。詹達只不過是出現在我家附近的街道上幾次，這又沒什麼大不了的……」

「要不然咧？」羅花生問，放慢語速，有點疑惑，彷彿在等傑瑞跟上來，一起接受某些奇妙的、令人震驚的真相。

「我不知道。不過這時最好是稍安勿躁，靜觀其變……」

羅花生不說話了。這正是傑瑞所期待的。

「聽我說，羅花生，我很高興你打電話來。我很感謝你為我做的。可是我目前還沒想清楚該怎麼做。這就是為什麼我一直沒接電話。我本以為電話是詹達打來的，而我還沒準備好該怎麼應付他——我還沒準備好。」

「你不需要做什麼啊，傑瑞。他又不會一直來騷擾你。遲早他總會厭倦的。傑瑞，你只要這陣子小心一點就好了。你父親什麼時候回來？」

他聽得出羅花生聲音中有著焦慮。

「明天晚上。不過沒差，羅花生。不管我父親在不在家都沒差。」

「你不能一個人在家，傑瑞。詹達簡直就是個畜牲，你根本不知道他會做什麼。他是亞奇・柯斯特洛的一隻走狗。或許他現在就是在幫亞奇進行守夜會的任務。」

「你又想太多了，小羅。到目前為止，我們只看到詹達在我家附近徘徊。此刻他並沒有出現。所以最好的策略就是等待，靜觀其變。」

「要不要我過去陪你？我可以去你家過夜——」

「嘿，小羅，我不需要保鏢。詹達又不會入侵我家。」

羅花生再次停頓，接著又是一陣沉默。

「為什麼你不想接電話，傑瑞？昨天晚上我打了好幾次電話，有三次或四次吧。今天又打了好幾次。為什麼你不接？」

「我剛已經告訴你了，小羅。因為我還沒想清楚要怎麼做。我還不知道——」

「好吧，那你別做什麼傻事喔。別跟他正面衝突。說不定他就是希望你這麼做。」

「我不會跟他正面衝突的，」傑瑞說。「不過我必須做點什麼。我不能永遠都坐在這間公寓裡。」

「那等他自己離開吧。我過去陪你吧。」

「真的不要，小羅。我在這裡很安全。詹達又不會來謀殺我。聽我說，現在很晚了，而且詹達已經有一個多小時沒出現了。等一下，讓我看一下……」

他瞄了一眼窗外，看見空蕩蕩的街道，灰暗一片，宛如黑白電影裡的場景。有一輛車子馳過，車頭燈穿透了灰濛濛的陰影。陰影裡沒有人跡。沒有詹達。

「他不在這裡。說不定我們不會再看見他了。你去睡吧，小羅。我沒事的。讓我們靜觀其變吧，看明天會發生什麼。」傑瑞感覺自己有必要說點什麼。「我很感謝你打電話來。你是個好朋友，小羅……。」

「要不然朋友是幹麼的，是吧，傑瑞？」

「沒錯……」

等他掛上電話之後，傑瑞再次瞄向窗外。

然後他又看見了詹達。外頭開始下起雨來，人行道被雨絲映照出亮光，可是詹達依然杵在那裡，雙手插在臀上，臉揚起向上看，黑髮披掛在頭顱上，完全無視雨水。

傑瑞想起去年秋天的那場拳擊，他還想起了三一高中，那場巧克力義賣，以及他的父親，此刻他的思緒就像走馬燈閃過無數影像。

最重要的是，他還想起了加拿大。戀戀不捨地。他在那個冰天雪地裡所經歷的那些美麗時刻，還有風在那座「說話教堂」裡的低語。他突然感受到一股鄉愁，對著那個其實不是家的地方。或許那裡其實是？或許它可以是？

「我要回加拿大去，」他說，大聲地說出這些話，賦予這些話語生命力和影響力，就像一項誓言必須被說出才能驗證它的真實性。

回去加拿大。

不過首先——要面對詹達。

當詹達持續盯著這棟公寓看時，他那矮短而方正的身軀被雨水淋透，寒冷、黑暗而無情的雨水，彷彿將他整個人都融入了一塊冰磚當中。

卡特很不情願幫忙。

不過卡特這陣子對什麼事情都提不起勁來，總是一副行屍走肉的樣子。

不管怎樣，歐比需要他。

「我不知道，」卡特說，揉著下巴。他的下巴和臉頰上冒出粗硬的鬍渣，鬃毛似的。看來卡特今天還沒刮鬍鬚。說不定昨天也沒刮。

此刻他們就坐在歐比的車裡說話，在卡特家門前。向晚的暮色模糊了左鄰右舍傳來的聲響。

「我認為你早就跟亞奇宣戰了，」歐比說，「還記得上次你打電話給我，跟我說主教來訪的那件事。」

「主教來訪的事跟你說的這件事有啥關係？」卡特警覺地問。

「沒關係，」歐比說，端詳著眼前這位運動健將，紅腫的雙眼、無精打采、蒼白的臉龐。一副宿醉未醒或者嗑藥嗑到茫了的樣子。可是歐比知道卡特是不嗑藥的，他才不會去毀了自己最寶貝的體格。不管怎樣，眼下卡特這副邋遢相就是個證據，證明卡特根本是個縮頭烏龜。歐比有些狂亂地感覺到，自己好像正在照鏡子。他不知道究竟是何方妖魔鬼怪攪亂了卡特的生活，但他可以看出卡特跟他一樣都陷在水深火熱當中。「這件事跟主教來訪的行程沒有關係。而是跟『園遊日』以及『話劇之夜』有關……。」

「我要你做的事情很簡單，」歐比說，「我希望你設法搞個餘興節目。大約一兩分鐘就好。」他不能洩漏太多計謀。媽的，若是讓卡特知道全盤計畫，他搞不好會落荒而逃。

現在輪到卡特端詳歐比了。這幾個星期以來，歐比改變很大。當然啦，並不是外表的改變：歐比還是那副瘦巴巴的樣子。可是他好像有什麼地方不一樣了。譬如說，他的眼神。卡特還記得以前安德魯修士在上宗教課的時候曾經描述過那些傳教士如何深入叢林和蠻荒，矢志成為「上帝的聖徒」。歐比現在就是那副神情，眼中閃耀著狂熱的光芒，整個人充滿激情，矢志完成使命的熱情。當然，卡特知道歐比已經跟他的女朋友分手了。他聽說好像跟幫派分子的騷擾有關。他也知道邦亭破壞了歐比跟亞奇的關係。要不然他根本不可能信任歐比的。

「你說明一下那個餘興節目。」卡特說。

歐比就跟他說了。他需要卡特執行其中兩項行動。首先是在守夜會的會議上，當大家在決議誰來當那隻被耍的「猿猴」時。其次是在話劇之夜的時候。

「就這樣？」卡特問。

「就這樣。」

「那你得告訴我為什麼。為什麼你需要這個餘興節目。」

「我想你最好不要知道細節，卡特。這樣事後你才可以置身事外。」

「你的目標是亞奇，對吧？」

「沒錯。」

卡特疑惑著他是不是該信任歐比，是不是可以告訴歐比，關於他寫信給雷恩修士，關於那些騷擾電話，以及這些日子以來他日以繼夜寢食難安，深怕亞奇報復他。

但他也了解，歐比現在只關心他自己的計畫。突然間，卡特覺得心情開朗了起來。歐比正在採取行動對付亞奇呢。而這個行動，不管那是什麼，都會把亞奇的注意力從卡特的身上轉移開。

「好吧。」卡特說。

歐比捶了他的肩膀一拳。「太好了！」他說。

「說細節。」卡特命令。

「過幾天。不過我可以先告訴你。在這件事情之後，亞奇・柯斯特洛再也不一樣了。」

「很好，」卡特說，用手拍擊儀表板，聲音大得好像有人在車裡開了一槍。

「還有幾件事，」歐比說，同時翻著筆記本，他利用這一動作來迴避亞奇的注視。

「猿猴日，對吧？」亞奇問，伸手去觸摸他汽車的引擎蓋，輕快地用手指彈開那片金屬上的一抹泥汙。

「沒錯，」歐比說。

「還有那個斷頭台，」亞奇補了一句，同時用挑剔的目光審視他的汽車。他討厭灰塵或泥巴，所以總是隨時把車子擦得晶亮。「坦白說，歐比，我覺得這件事很無聊……」

話說回來，亞奇覺得所有事情都很無聊。

歐比早就預料到他的反應了，不過他不能顯得太積極。

「我想到一些點子，」歐比說。

「什麼點子？」亞奇完成了對車子的檢查，現在正靠在車身上，並伸手在口袋裡找著好時巧克力。

歐比說了他的點子，詳細解釋所有細節，所有他能夠透露的，他很清楚亞奇會希望做那個最後拍板定案的人。當然了，他一定會是最後那個人。

「你真是讓我刮目相看欸，歐比，」亞奇說著，一面打開車門，輕鬆地滑入車內，「你現在變得很狡詐喔。」

「這都是跟你學的，亞奇。」

可是亞奇早就開著車子走了，留下歐比籠罩在一團陰鬱的廢氣煙霧當中。

當卡特轉彎走到大走廊時，他拿著的書其中有一本掉落在地板上。緊接著，手上其他書也全部散落。又窘又氣地，他彎腰去撿起那些書。在一陣自我嫌惡的情緒中，他懷疑自己是不是開始肢體失衡了。

這時他聽見走廊那頭傳來一陣騷動聲。有一群人聚集在雷恩修士辦公室對面的獎盃展示櫃那裡。馬蒂・赫樂，一名頭髮油膩、滿臉青春痘的學生，在走廊那邊大叫著：「嘿，卡特，你快來看……！」

卡特快步走向那群學生，好奇著到底獎盃展示櫃那邊發生了什麼事。他的展示櫃，因為那裡所展示的獎盃大部分都是他努力贏來的。

馬蒂・赫樂往後退了幾步，同時把其他學生推開。「你看，」他對卡特說。

卡特定睛一看。明白此刻其他學生都沒在看展示櫃了，而是轉而注意他的反應。

那裡已經不再是獎盃展示櫃了。一座獎盃展示櫃必須放著獎盃，可現在裡面什麼都沒有了。櫃子裡是空的。但又不完全是空的。在櫃子正中央放著一個小小的塑膠菸灰缸，是那種從惡作劇商店或魔術道具店買來的物品。那個菸灰缸作成馬桶的形狀[21]。

「他媽的到底是誰偷了那些獎盅？」馬蒂・赫樂用刺耳走音的聲調問。他已經處在變聲期長達三年了，到現在還是沒法控制自己的聲音。

「不是被偷走的，」人群裡有個聲音說，那個聲音卡特不認識，或許是守夜會的某個爪耙子，亞奇・柯斯特洛的小弟。

21 菸灰（ash）與屁股（ass）音相近，ass 同時有笨蛋的意思。

群眾隨即陷入震驚與沉默，但那是一種恍然大悟的沉默，明白那個聲音說的是什麼意思。會偷那些獎盃的人只有一種可能。守夜會。所有人都知道這點。

「媽的，」馬蒂．赫樂，「等雷恩修士發現以後肯定會暴跳如雷……」

結果雷恩修士並沒有暴跳如雷。因為他並沒發現。恰好他那天出差去烏斯特市參加一場跨校校長與董事會議。隔天當他回到學校之前，那些獎盃又神祕地回歸原處，而那個小小的馬桶也消失不見了。

隔天早上在第一堂課的上課鈴響起之前，馬蒂．赫樂擋住卡特，「這他媽的到底是怎麼回事？」

「我不知道，」卡特回答，就急急忙忙離開。

其實他知道，當然了。那回事就是造成他每晚失眠的原因。那回事讓他就算睡著了也不斷做惡夢。

用餐交誼廳。第一輪的學生午餐時間。一群學生擠在靠近廚房入口的桌子邊。他們屏氣凝神地盯著桌上的某個物體看。那專注的神情讓不知情的人看了，會以為他們正在圍觀某本色情雜誌，或者某些下流的東西。

禮查．朗代爾倒退一步，臉上有著誇張的嫌惡表情。原本他擠入人群中，是巴望能看見一張火辣的色情照片——朗代爾是那種最粗鄙的高年級學生，滿腦子只關心某件事——而且對於湊熱鬧他絕對不落人後。結果竟然只是一句新聞標題而已。吼，去他媽的。

學生在魔術表演中被砍頭

底下用小寫字體寫著：

業餘魔術師被判處緩刑

那張剪報舊舊髒髒的、皺巴巴的，甚至邊緣還有些破損，很明顯是從某張報紙撕下來的。歐比拿著剪報給大家看，這一切行動是經過精心策劃的。他特地選這個時間，而且事先確定班尼斯特不在這一輪用餐，所以不會出現在這裡。他讓這張剪報只作最小眾的曝光。只有一小撮學生會看見它。可是歐比知道它會有驚人的效果。剪報上的訊息會迅速流傳出去，經過誇大渲染、添油加醋、一傳十十傳百，一個班級傳到另一個班級，最後全校都會知道。

當最後一堂課的下課鈴響起，每位學生或是回家或去打工，但那張剪報上的訊息已經流傳全校。現在每個人都認為雷．班尼斯特是個殺人犯。

還有那座斷頭台。

但到目前為止，還沒有人知道雷・班尼斯特和那座斷頭台將會成為話劇之夜的高潮。

除了亞奇・柯斯特洛和歐比。那張新聞剪報是歐比偽造的，是他從烏斯特市一家魔術道具店訂製的。

大衛・卡羅尼從起居室的鋼琴那裡接收到了那項指令，當時他正要下樓出門散步。最近幾天他經常去散步。他必須離開這間房子。遠離那些窺探的眼神。

那項指令很刺耳，是一連串被彈錯的和絃，一段接著一段，就好像有個瘋子正在起居室裡瘋狂地彈奏著沒有人知道的歌曲。

除了大衛・卡羅尼。

他走進廚房，穿過餐廳，被那一連串荒腔走板的旋調吸引住了。那排落地窗是敞開來的，他的母親正戴著一頂白色浴帽（每當要進行春季大掃除的時候她就會把頭髮塞進浴帽裡），並用一塊白色抹布撣去鋼琴鍵盤上的灰塵。大衛預定的活動路線被打亂了，他呆呆地站在那裡，驚訝但又有些開心他母親竟然成為他接收指令的媒介。他已經等待了這麼久。一直在等待那個訊號，那項指令，那道命令的出現。他明白它遲早會出現的，所以始終耐心地等待著。如今它就出現了。

他傾聽著，沉默而直挺挺地站立著。他的母親，完全沒注意到他的出現，依然繼續發出不和諧的曲調，而大衛聽見了那曲調裡正告訴他該做什麼。

大衛傾聽著，並微笑著。他聽見了他該做什麼，以及他該如何做，還有，該什麼時候去做。

終於。

邦亭在置物櫃前堵到了亞奇，時間掐算得剛剛好，他一直等到附近幾乎都沒有人了才追上前去。

「嗨，亞奇，」邦亭說，有點喘不過氣來，而且不確定自己為什麼會這樣。

「你說什麼，邦亭？」亞奇正在整理置物櫃裡的教科書。邦亭瞬間領悟到他從未見過亞奇・柯斯特洛把課本拿回家。難道亞奇從不做作業的嗎？

就亞奇來說，他鄙視所有他已經預先認知過的概念，以及他已經在腦海中演練過的對話。

「你知道什麼事叫我很惱火嗎，亞奇？」他沒回答，反倒用問句代替回答，雖然這不是他原本預計的對話。

「你惱火什麼，邦亭？」

「如果我不來找你，你就不會去找我。」

「沒錯啊，邦亭。」亞其繼續排列著他的書籍。

「如果我不再出現呢？」

「那你就不會再出現了。」

邦亭很想說：看著我說話，好不好？相反地他說：「難道你不想問為什麼我不再出現了？」

「不會特別想欸。這是一個自由的國度，邦亭。你可以自由來去，只要你高興。」亞奇打開一本書，翻閱著其中幾頁，心不在焉地念誦著其中幾段，彷彿他的腦筋正在思考著更重要的事。

邦亭驚駭地說：「可是我以為——」然後他頓住了，考慮該怎麼說才能精確表達出他的想法，比較圓滑地。

「以為什麼？」

「我以為，你知道的，明年……」他故意拉長尾音。亞奇有時候會讓他感覺到自己才十歲大，真是他媽的混蛋。

「明年？」

邦亭知道亞奇就是要逼他說出口。他知道他應該轉身離開，告訴亞奇去你媽的，從此一刀兩斷。可是他知道他做不到。這麼做太冒險了。

「是的，明年。譬如說，讓我當任務指派者。你知道的，在你畢業以後。」

亞奇把置物櫃裡的第一本書拿起來重新排列，接著又拿起另一本。那是一本數學課本，幾乎全新，看起來像是根本沒被翻閱過。

「你會當任務指派者的，邦亭。」

「你剛說了什麼？」邦亭問，不敢置信地眨著眼睛。

「我說，邦亭，明年你會繼任成為任務指派者。」

「噢。」他真想跳起來大叫，或者躍身跳下走廊，可是他僅是維持酷帥的模樣。任憑著那聲「噢」在空中迴盪。舉止聰明點。就像亞奇一向表現的那樣。「守夜會不需要投票表決或什麼嗎？」邦亭說，話一說出口他瞬間明白自己糗了。問出這種問題肯定是非常不酷帥的表現。

亞奇第一次注視他，臉上一副受傷害的表情。

「難道你不相信我的話嗎，邦亭？」

「相信，當然相信。」邦亭急忙回答：「我只是在想——」

「好啦，你的心願達成了，不過我又想了一下，邦亭，」亞奇說，轉身再度面對置物櫃，拿起其他教科書，盯著那本書，彷彿他從未見過似的。「話說回來，有個狀況。」

「你說。」邦亭問。

「你會需要一位助手。一位強而有力的助手，對吧？」

「沒錯，」邦亭生硬地說。

「我知道你有你自己的小弟。康那屈和哈禮。你還是可以留著他們，如果你想的話。不過你的得力助手會是詹達。愛彌兒．詹達……」

「詹達？」極力掩飾住自己的驚恐。驚恐？見鬼了，根本是厭惡好不好。徹底的厭惡。

「愛彌兒將會和你搭配得天衣無縫的。他是一隻禽獸，可是禽獸很好使用，如果你可以好好訓練牠們的話。」

「好的，」邦亭說，同時卻想著：「等你走了以後，亞奇，我很快就會是這裡的老大，到那時我就會挑選我自己的左右手。」

「邦亭，」亞奇說，再次抬頭看，用他那對冷酷的藍眼睛說：「我會告訴愛彌兒這件事，愛彌兒一定會很期待當你的助手。你可別讓他失望喲。一旦他失望了，就不知道會做出什麼事情來，甚至他會變得很暴力。千萬別讓詹達失望，邦亭。」

「我不會的，」邦亭說，努力嚥下口水，而且發現這件事好困難，他的喉嚨乾澀無比。

「很好，」亞奇說，轉身背對邦亭，研究著他手上的書籍。

邦亭杵在那裡，不知道還該說什麼。他有成千上萬個問題想問，關於做一位任務指派者該盡的責任，可是他又不確定該怎麼問。而且他也很害怕又問出蠢問題。

亞奇抬頭，很驚訝地問。「你還在這裡啊，邦亭。」

「喔，不，」他說，聽起來好蠢。「我要走了。我正要離開……」

亞奇微笑著，那抹微笑冰冷得好像冬天凝結在窗上的霜。「稍後我們再來討論細節，邦亭，這樣好嗎？」

「當然，」邦亭說，「當然，亞奇。」

他飛也似地離開那裡，一點也不想冒險搞砸有生以來最重大的勝利——除了愛彌兒・詹達之外。

稍後，亞奇離開學校，當然是兩手空空地，他停下腳步享受著春天的氣息。然後他看見歐比正走過校園，以一貫的匆忙腳步，彷彿背後有一群人在緝捕他似的。可憐的歐比，總是這麼憂心忡忡。

歐比看見他了，揮了揮手，並停在停車場的入口，等待亞奇跟上來。

「一切都好吧，亞奇？」歐比說，這只是機械式的問候，其實並沒真正想問候什麼。可是亞奇選擇回答了。「我剛剛花了一點時間，來確保明年守夜會即將毀滅。」

然後他就沒多說什麼了。

「你要不要解釋一下你剛才說的事，還是想保持懸疑？」歐比問，努力掩飾他的不耐煩，但他的努力並沒有成功。

「我剛告訴邦亭說，他明年會繼任任務指派者，」亞奇說，「然後愛彌兒・詹達會當他的左右手。」

「幹，亞奇，你真的很痛恨這間學校，對吧？還有這學校裡的所有人。」

亞奇顯得很驚訝。「我才沒痛恨任何事情或任何人，歐比。」

歐比感覺亞奇的回答是真心誠意的。當他們步向他們的車子時，時光彷彿凍結了，連呼吸也停頓。歐比很想問：但你有愛過任何事物，或者任何人嗎？或者你只是對於萬事萬物都冷感呢？

他知道他永遠不會知道答案的。

卡特逮到了機會：亞奇正把車子停在他家門前的車道上，然後從車內走出來，他停下腳步，像是在測試周遭的空氣如何，瘦削的身軀被車庫門上的頂燈映照成刀鋒般銳利與致命的剪影。

他的逗留給了卡特機會採取行動。要不然卡特可能還會繼續猶豫，然後亞奇（以及當下那個時機）就會走了。

「亞奇，」卡特呼喊，走向他。

亞奇轉身，看著他，等待著，頭顱被車庫頂燈映照出一圈光輪。

卡特在距離亞奇一兩步的距離之外停住，有股衝動想轉身離開，但同時他聽見了自己開口說：

「是我做的，亞奇。」

「你做了什麼，卡特？」

「寫那封信。」

「什麼信？」

「給雷恩修士的信。」

「我知道，卡特。」

現在我該怎麼辦？卡特想著。以前他從沒站在亞奇的敵對方。

「我想解釋一下關於那封信。」

「沒什麼好解釋的。」亞奇說，冷酷地，沒打算寬恕的樣子。

「有，聽我說！」卡特大叫，聲音很激動。他必須度過這一個關卡，不想繼續忍受這種無盡的等待，等待亞奇可能採取的攻擊到來。他知道那個獎盃展示櫃只是一個開始，他也害怕接下來會繼續發生的事。「亞奇，我寫那封信是為了要保護學校。我不是為了我自己。我很害怕那個任務會把我們全部人毀掉。我不是要背叛守夜會……」

「守夜會比學校更重要，」亞奇厲聲說。「你那時應該來找我，卡特。告訴我你的看法。我不是你的敵人。相反的，你才是那個奔向敵營——」

「當時我以為那麼做是正確的。」

「正確的事，」亞奇嗤之以鼻，「你們這些人真叫我作嘔。一天到晚端著你們寶貝的榮譽和驕傲。美足英雄。拳擊冠軍。抬頭挺胸、趾高氣昂地在校園裡耀武揚威。卡特，狗屎中的爛狗屎……」

卡特從沒聽過亞奇以如此仇恨、惡毒的聲音說話，亞奇一直是那麼冷靜、超脫的人，就像前一刻他所感覺到的那個遙不可及的人。

「我很抱歉，亞奇。我做錯了。而且我很抱歉。」

亞奇端詳他，過了好半晌，然後轉身離開。他的行動表達出覆水難收、結案，再見，卡特。

卡特慌張地走向前，手指往前伸，幾乎要觸及亞奇的肩膀了，但最後一刻他仍罷手了。

「亞奇，等一下。」

亞奇從肩上側轉過頭，問：「還有什麼事嗎，卡特？」

「沒有……有……我是說……」他慌亂了。拚命地搜尋著句子，卻怎麼也擠不出半個字。但不管怎樣他還是得留住亞奇。「所以現在要怎麼辦？」

亞奇再次轉身面對他。

「你希望接下來怎樣？」

是說此刻嗎？卡特疑惑著。他現在是不是該有所行動？他來找亞奇之前已經在腦海中構想好了怎麼跟亞奇協商。首先，他得先坦白寫了那封信。然後，作為某種補償，他會跟亞奇透露歐比的報復計畫，在「園遊日」和「話劇之夜」的時候。但現在他煞住了，打算先觀望一會再說。

「我猜我只是希望事情能恢復正常。他媽的，我們都快要畢業了。」

「跟你說吧，卡特，」亞奇說，「那就讓一切照舊吧，就像你剛才說的。讓昨日像流水來了又去。然後畢業。可是事情不會就這麼結束的，卡特。你呢，就是個叛徒，你必須付出代價。用某種方式，在某一天。不會在明天，不會在下個月。甚至不會在明年，也許。可是總會在某一天的。天曉得？或許終究還是會在下個月吧。我跟你保證，卡特。當你沒防備的時候。當所有一切都那麼繽紛幸福的時候。然後報應就會到來。因為我不會讓你沒付出代價，就兩手拍拍全身而退，卡特。」

天哪，卡特想，那意味著未來的幾年。他從沒聽過亞奇用這般狠毒的聲音說話，這麼陰鬱，幾乎是哀傷的，而那份哀傷讓他的話語具有一股摧毀性的震撼和力量。卡特曾經想過，等到畢業後所有這一切就會結束了。關於亞奇．柯斯特洛和守夜會，以及所有這世界最噁爛的事情都會結束。但他也知道，他原本想提出的交換條件，如今已經變得毫無意義了，而他的最佳選擇也只能去幫助歐比了，儘管他很鴕鳥地完全不想知道那代表什麼意義，也不想知道歐比腦海裡在想什麼。

「記住，卡特。沒人可以背叛亞奇．柯斯特洛，卻全身而退的。至少你可以相信，我一定會報復的。」

不再多說什麼了，亞奇逕自從車子前方穿越車道，在車庫頂燈的探照下走向家門。然後進入屋內。

卡特被留在原地，整個人驚呆了，不光是被亞奇所預告的報復，還被自己差一點做了的事情。他剛剛差一點就出賣歐比。那意味著他再次當了叛徒。不是一次，而是兩次。我的老天啊，他想道，我到底變成了什麼樣的人？亞奇的話像警鈴在他的腦海中大聲鳴叫，同時他的身子在夜晚的冷風中顫抖。**你們這些人真叫我作嘔**。

最後卡特離開了車道，整個人被掏空，沒有任何的榮譽或驕傲，就像是被奪去了魂魄的物體，而他既是那魂魄，同時又是那被奪走魂魄的物體。

每當守夜會開會之前，亞奇、歐比和卡特總會共同檢查那只黑盒子。檢查完畢之後，就會把那只黑盒子收起來，放在卡特用來作主席台的桌子裡，沒有任何人可以接近。

此刻卡特正拿著那個盒子，盒裡的六顆骰子不停滾動，彼此撞擊，彷彿他正搖晃著那個盒子，讓它忽而這邊高忽而那邊高，而其中那顆黑色骰子對比起其他五顆骰子顯得格外刺目、令人厭惡。卡特的眼神迴避亞奇的。自從上次在亞奇家門口的那次談話之後，他就極力避免和亞奇相處，可是他也很清楚他必須在歐比策劃的這齣戲碼裡扮演好他的角色。亞奇僅看了黑盒子一眼，一如往常地顯得漠不關心。他點點頭表示滿意，就轉過身去。

眼下正是歐比的機會，讓他可以迅速行動的短短幾秒鐘。當卡特正要蓋上盒蓋時，歐比的手閃過盒子。卡特放慢速度，停頓了一下，並轉開頭，彷彿有人正在喊他的名字。瞬間，歐比拿出其中三顆白色骰子。卡特的神情有些慌張，忍不住瞄了亞奇一眼，亞奇正好走向倉庫正中央。歐比同時將另一隻手裡的三顆黑色骰子放入黑色珠寶盒中，骰子掉落的聲音被盒裡的天鵝絨內襯給淡化了。目前盒子裡的骰子比數是：兩顆白色骰子和四顆黑色骰子。歐比看了一眼亞奇，亞奇正在觀看其他守夜會會員紛紛進入倉庫裡、找位子坐下。當歐比和卡特走向主席台的時候，歐比再度伸出手，如同一隻機敏的鳥兒，迅速俯衝叼起另外兩顆白色骰子，塞入褲袋裡。

然後卡特啪地一聲蓋上盒子，並抬頭疑惑看著歐比，他不是很確定這齣戲碼能夠成功。因為現在盒子裡只有四顆骰子。當然了，四顆全是黑色的。可是有兩顆不見了。等亞奇要伸手進黑盒子裡去拿骰子的時候，難道他不會注意到少了兩顆骰子嗎？不會，歐比解釋說，因為幻覺作祟。所有魔術都是一種幻覺，這是雷．班尼斯特曾告訴他的。一位魔術師會引導觀眾去看他希望他們看見的，讓他們**以為**他們正在觀看某樣東西，而其實是另一個驚奇正在等待他們。亞奇認知盒子裡有六顆骰子，因此，他就相信那六顆骰子會在盒子裡。我們不能犯錯，歐比這麼說。可是現在卡特超緊張的，因此努力擠出虛弱的笑容來掩飾。他重新擺出鎮靜的表情面對亞奇，以滿心怒氣和仇恨來武裝自己。亞奇，你這個大混蛋，恭喜你就要抽出黑色骰子了。

可是首先他們得開會，審查小胖．楷思柏。楷思柏站在那裡，腳邊有個磅秤。可憐的小胖，胖到了不可思議的程度，又肥又悲慘，而且他一如往常地滿身大汗。

「站上去，恩尼斯特，」亞奇指示。

小胖站上磅秤，那是馬屁精邦亭從家裡帶過來的。他感覺自己好巨大、好笨重，又有點想吐。還有些羞恥。羞恥？沒錯，亞奇的指示讓他有藉口可以大吃特吃，所以他有一陣子就狂吃猛吃，把自己吃成了豬。他覺得既羞恥又有罪惡感，可是最可怕的是，他同時又覺得好爽。

「把數字念出來，邦亭，」亞奇命令。

「九十點四公斤，」邦亭彎腰看著磅秤，大聲朗誦出數字，「超過零點四公斤。」

「太棒了，」亞奇說，微笑著表示他的讚許。「你看起來很帥，恩尼斯特。你必須承認你就是個胖子。所以你就別再抗拒了，就跟著亞奇的指示。儘管快樂地吃。對吧，恩尼斯特？」

「對，」小胖像隻鸚鵡學舌，希望盡快結束這場磨難，離開這裡。他想著：我才不要這輩子都這麼胖。我要減肥。我要克制食慾。讓自己變帥、並且好好打扮。說不定有一天我會以全新模樣去按芮妲家的門鈴。

「那就這樣了，恩尼斯特，」亞奇說，單調的聲音顯示出他對於恩尼斯特．楷思柏和他的體重問題已經沒有任何興趣了。「你出去的時候叫克羅德進來……」

小胖遲緩地步下磅秤，小心翼翼地。總有一天他要讓亞奇．柯斯特洛和其他人都知道他可以做到的：他會減重，會變苗條。他步向門口，轉身，停頓了下，心裡很清楚此刻的他看起來一定很可笑，可是未來，他會讓別人看見一個全然不同的小胖．楷思柏。雖然眼前首先要做的事就是：離開這裡，去打開他的置物櫃。那裡有一盒奶油夾心巧克力蛋糕正等著他呢。那些巧克力蛋糕可以滿足他的口慾，紓解他的壓力，然後他就可以開始籌劃他的減肥大計。就從明天開始吧。他露出笑容，很開心自己戰勝了守夜會：總有一天你們會看見一個嶄新的小胖．楷思柏。

歐比看著他離開倉庫。可憐的小胖。胖成那種臃腫猥褻的模樣。亞奇．柯斯特洛的戰績再添一筆：瞧瞧他對小胖．楷思柏做的事。

克羅德進入會場，身上穿著棒球隊的制服，吼，他媽的腋下還溼透著汗水呢。他是一個單薄瘦削的小夥子，游擊手，雙臂長得簡直像隻猿猴。可憐的克羅德。瞧他滿臉憂慮的表情，這是當然的。每一個面對守夜會的人都是那一副世界末日的模樣。

一如往常地，亞奇依照程序對克羅德解釋遊戲規則，以一貫友善的態度。這不是針對你個人的，克羅德。這是三一高中的傳統，克羅德。

「你被排定去擔任園遊日的那隻猴子。」亞奇任命他。

克羅德艱難地吞嚥著口水，他的下巴幾乎要垂到胸膛上了。

「別這麼煩惱的樣子啦，克羅德，」亞奇愉悅地說。「你並不會受傷。只是會被丟一些水球。身上會被塗抹上油彩，當然啦，……不過這都只是一些好玩的遊戲……還有就是幾樣魔術表演……」

突然間，亞奇像是厭煩了整個程序似地，冷漠地看著克羅德，彷彿他根本不應該出現在這裡。他忍下一個呵欠，用力吸了吸倉庫裡混濁的空氣。

他轉身對卡特說，「槌子。」

卡特本能地敲擊議事槌表示拍板定案，他的眼睛搜尋著歐比。但歐比正看向別處，某個不存在的事物。

「還有別的事嗎？」亞奇漠不關心地問。

歐比啪地闔上筆記本。「就這樣了，」他輕快地說。

亞奇朝卡特比了下手勢。「那個盒子，」他命令道。

當卡特將盒子從主席台底下拿出來，並將它騰空高舉的時候，他的手是否有些顫抖？歐比不確定。他眨了眨眼看著亞奇緩慢地靠近卡特。整間倉庫裡形成一股緊張氣氛，每個人的眼睛都盯著亞奇。克羅德看著黑盒子，眼睛裡有著無聲的懇求，他明白如果亞奇抽中了某一顆骰子，那他就被赦免了，不必在園遊日那天被羞辱。

亞奇的手伸入黑盒子，拿出一顆骰子，漫不經心地將它擲上半空中。黑色的球珠映照著燈光。就像一道黑色閃電的光芒劃破了天空。

當那顆骰子掉落的時候，震驚的亞奇沒能接住它。骰子從他的手指彈開，掉落到了地板上，在水泥地板上狂亂地滾動，然後消失在某個陰暗的角落。

「老天！」某個人呢喃。

那不是一句祈禱或詛咒，而是一種震撼和驚嚇。彷彿世界剛剛被摧毀了。事實上也是。亞奇的世界，剛剛被一顆滾動的黑色骰子瓦解了、毀滅了。

守夜會的全體會員手足無措地面面相覷。亞奇不應該會拿到黑色骰子呀，就像太陽不可能會從西方昇起。這是萬物運行的邏輯和真理。可是邏輯剛剛被推翻了。所有人的目光全轉向亞奇，彷彿他可以做些什麼，任何事情，讓大家知道他們剛剛看見的並不是真的。

亞奇對大家微笑。可那是歐比從未見過的一種微笑。沒有半絲歡欣或喜悅或溫暖，僅僅是嘴皮一抿，就像家裡死了人勉強牽動皮肉卻只模擬出一抹滑稽的笑容。亞奇的眼裡一點笑意也沒有。他的眼睛瞪著歐比，彷彿歐比是一隻不停掙扎著要逃開的昆蟲。歐比無助地回視亞奇，像被逮個正著、被掐住了似的。然後那一瞬間的魔咒被打破了。亞奇脣上的微笑突然變了，彷彿他剛輸了一場賭注或財富，對他來說很珍貴但又必須願賭服輸。

「園遊日見，」亞奇說，直視著歐比。

他轉過身看著全體守夜會會員。

「散會，」亞奇大聲說。

有好一會兒，沒有人動作，沒有任何人**膽敢**移動，過了幾秒鐘後才發出乒乒聲響和行動，彷彿大家同時間都想逃出這裡。

園遊日見。

當歐比加入推擠的人群，蜂擁向僅容一人通過的走道時，他開始疑惑，那是一句事實的描述、承諾，還是一句威脅呢？

他們從「糖果屋」商場開始跟蹤詹達，一如往常地，詹達去那裡「執行」業務。意思就是說，詹達會挨家挨店、一桌又一桌地去恐嚇、威脅、勒索——以上不一定按照順序來。關於恐嚇這件事，詹達只要往商店的角落一站，再兇惡瞪著來來去去的顧客就可以了。

詹達的存在本身就是一種威脅。他全身散發出暴力氣息。讓人感覺他隨時可以引起一場暴力，沒有一絲預警，不需要任何理由，這就是為什麼人們只要一看見他就會立刻停止交談，而學生們也會轉過身去，避免跟他那雙小小的豬眼睛對視。

眼下他就在「糖果屋」商場裡四處蹓躂，這裡停停那裡看看，向某個緊張的高二學生借一塊錢，債主叫什麼名字詹達不記得，反正那人也不會再看見那一塊錢了，而這就是詹達討生活的方式。他大搖大擺地走著，一副趾高氣昂的模樣，他很清楚自己的出現會對別人造成什麼樣影響，而且樂在其中。

傑瑞和羅花生從商場的對街角觀看這一切，此刻他們就站在對街屋簷的陰影裡。羅花生不時交換腳站立，並輕聲吹著口哨，表情有些不耐煩和不自在。而傑瑞則安靜地站著，觀看著詹達的每一項行動，脖子不時隨之轉動，不讓詹達脫離他的視線。

過了一會，傑瑞說，「他走過來了。」

「我希望你清楚你在做什麼，」羅花生說。

「別擔心，」傑瑞回答。

事實上，傑瑞並不清楚這趟跟蹤會造成什麼樣後果，以及詹達會採取什麼樣行動。傑瑞還沒釐清思緒，沒辦法對羅花生解釋。他只知道他必須正面迎戰這隻禽獸，從他看見詹達佇立在他家公寓對街角的那一刻起，他就知道必須這麼做。

詹達用力關上商店大門，還故意碰撞了下窗戶才離開「糖果屋」商場——完全是典型的詹達行動——然後他開始朝南走向本鎮的鬧區。傑瑞和羅花生立刻跟上前去，保持約三十公尺的距離。

「他只要一轉身就會立刻看見我們的。」羅花生低聲說。

「那好，」傑瑞說。

他們尾隨詹達從西街公園那裡走向榆木街，接著再到「蘋果」社區，那是一處新社區，大家之所以這麼叫它，是因為那社區裡所有街道都是以蘋果品種命名的，例如麥金塔、紅龍、五爪[22]。如果有人問你住哪裡，你回答五爪街二十號，傑瑞一面想一面偷笑了，但他也明白，自己竊笑的原因有大半是來自緊張。

「我好奇他現在是想去哪，」羅花生說。「他又不住這附近。」

接著他們又走到另一處社區：倒塌的建築、陷落的公寓房子、凌亂髒汙的街道、滿是塗鴉的路沿。還有路面陡然裂開的巷道，就如同那些陰暗險惡的洞穴。

詹達轉進了一處暗巷，於是他們也跟著加快腳步，不想跟丟了。老式街燈在路面投射出微弱燈光，更加強調出這地區的陰森。詹達不見了。

傑瑞和羅花生茫然地站在街道上。羅花生很想趕快離開這裡。他感覺有責任保護傑瑞的安全。而傑瑞則踢著路邊一根電線桿。

「嗨，小鬼！」

詹達的聲音從附近某條巷道的陰暗處響起。

「你們該不會認為我不知道被跟蹤了？」他問，身體靠在一堵牆上，神情一貫的囂張。

「幹，雷諾，你這是在自找麻煩，你知道吧?!」

「你才是那個找麻煩的人，詹達，」傑瑞說，很驚訝而且頗為愉悅地發現自己挺鎮定的，心跳正常，每件事都很正常。

愛彌兒．詹達從陰影處走出來。他的眼中閃著憤怒光芒。嘴角往下抿。從來沒人敢這麼跟詹達說話，最起碼不該是這個骨瘦如柴的小鬼。

22麥金塔或稱旭蘋果（McIntosh Apple），紅龍蘋果（Baldwin Apple），五爪蘋果（Delicious Apple），都是美國著名的蘋果品種，其中麥金塔就是蘋果電腦的命名來源。

「你老是一副自以為了不起的樣子，雷諾。這就是為什麼去年我必須修理你一頓。這就是為什麼現在我必須再次好好教訓你。」他伸手去搔抓鼠蹊部。「歡迎光臨我的地盤，蜘蛛對飛蟲如是說。」他補了一句，微微傾身行了禮，並指指他身後的那些暗巷。「瞧，我也是能夠朗誦幾句詩的。」

詩？「蜘蛛和飛蟲」？羅花生想著，如果情勢不是這麼危急，他八成會放聲大笑。但相反地，他催促傑瑞：「我看我們走吧，傑瑞……」

傑瑞搖搖頭。「我哪兒也不去。」

「小鬼，你給我滾，」詹達對羅花生說。「我不想鳥你。把你兄弟留下來。他才是那個——」

「我不走，」羅花生說，希望沒被發現自己聲音中有著輕微顫抖。

詹達跨前一步，擺出威嚇的樣子。「你再說！」

「你走吧，小羅，」傑瑞說。「你到旁邊等我。」

羅花生站在原地，頑固地，搖著頭。

愛彌兒．詹達抬起腳，惡狠狠往羅花生的下體踢去，一陣疼痛蔓延到羅花生的下半身，他的胃部也一陣痙攣。他感覺自己癱軟，雙腿跪在地上。

傑瑞連忙轉身去攙扶他的朋友，這時詹達立刻從背後揍傑瑞，一拳擊向他的下巴，力道之猛讓傑瑞眼冒金星。他下意識地抬手防衛臉部，但立刻警覺到自己犯了天大的錯誤。兩個錯誤。第一個錯誤是沒料到詹達會無預警攻擊。第二個錯誤是敞開胃部毫無防衛。但緊接著擊向他胃部的那一記拳卻很柔和。詹達攻擊傑瑞身體的拳頭幾乎是溫柔的，而隨即換成猛烈的戳刺，幾乎讓他痛成兩半。他聽見身旁的羅花生跪在地上嘔吐。

詹達站回身，微笑著，拳頭高舉，準備好下一波攻擊。「來啊，雷諾，」他說，威嚇著，誘引傑瑞前往巷道深處。「你這個朋友真沒趣，對吧？」

這時傑瑞知道他該做什麼了。儘管下巴依然劇烈疼痛、胃腸也翻絞著，但他仍大步衝向詹達，意志堅決，不再猶疑或膽怯。他的手臂垂放在身體兩側，看似毫無防備，可是他知道自己的長處在哪裡，那裡必須是，他邁步向詹達。

巷子裡有兩三戶人家的燈亮起，那幾盞燈光照亮了窄巷。一扇窗戶打開來。傑瑞可以感覺到此刻出現了旁觀者，那些人把手肘靠在窗台上，準備觀看好戲。但沒人發出聲音。沒人歡呼也沒有開噓。

「來呀，雷諾，」詹達說，將拳頭舉到胸前。

傑瑞搖頭。

「我不跟你打。」他的聲音很平穩。

「你怕了？」

「是你想打架的，詹達。」他深吸了一口氣說：「不是我。」

「好吧，」詹達說。「那你就準備去送死吧，小鬼。」

傑瑞雙手抱胸，想起了去年秋天，當時詹達就在拳擊台上狠揍了他，可是他們兩人其實都只是被亞奇．柯斯特洛操弄的傀儡。然而這一次，傑瑞有自己的意志，做自己的選擇。

詹達連續揍了他兩拳，兩拳都攻擊臉部，第一拳朝向他的下巴，第二拳是他的臉頰。順著拳風，傑瑞的頭下意識偏了下角度，因而減輕了詹達拳頭帶來的疼痛。

詹達停頓了一下，重新擺好拳頭，瞇著眼睛，瞄準目標。他擊出一拳，偽裝要打傑瑞的臉，結果卻襲向傑瑞的胃部，不過他的拳頭並沒有使盡全力。他嘟噥了幾句，厭惡自己出拳無力，於是急亂地揍了傑瑞的臉和身體，就是那種「一、二」的連續拳。傑瑞穩穩地站著。品嚐嘴裡的血，心裡明白他有一隻眼睛閉上了，他承受著那股痛楚，卻發現疼痛尚可忍受。他驚訝地了解到一件事實：他不僅可以站著，而且可以站得很穩，僅只倒退了一兩步，可是依然穩穩地杵在那裡。

詹達狂亂急促的呼吸聲在寂靜的暗巷裡響起。他抬頭往上看，深吸了一口氣，瞥見窗戶內一張張驚恐的臉，忍不住破口大罵：「看什麼看你們？」然後他再度急亂出拳，可是這一次並沒有相準傑瑞就揮拳出去。一道拳風襲來，傑瑞的右臉頰承受著它。傑瑞驚訝地發現自己的臉頰非常強韌、堅不可摧其實。堅硬的骨頭，沒有太多血肉。不過，他有一兩顆牙齒鬆脫了，而且此刻他還品嚐到嘴巴裡的血更加濃濁了。

「你到底是怎麼回事，雷諾？」詹達問，手臂上的肌肉鼓起，拳頭握緊。可是他的身體煞住，呼吸聲狂亂。「你為什麼不打？」

傑瑞搖搖頭，招手示意，那姿勢彷彿在說，**快點，再來打我呀**。

詹達再度展開攻擊。一陣憤怒的拳風將傑瑞擊退了三步，他的膝蓋癱軟了，一道熱火衝上他的右臉頰，搧痛了他的脖子。他往後倒，撞上一棟建築物的磚牆，瞬間又被彈了回來。傑瑞還來不及重新站穩，另一記拳頭就緊接襲來。這一次是擊向他的胸部。然後另一拳又攻來，可是這一拳錯失了他的下顎，反而搧過了他的耳朵，讓他的耳垂一陣熱辣。

儘管搖搖晃晃地，傑瑞仍然屹立著，他的身體自我控制著去迎向那些拳頭，承受著。

「反擊啊你？」詹達說，頓了一下，呼吸依舊濃濁。現在這位不可一世的愛彌兒・詹達是不是有些不給力了？氣力用盡了？他出拳的力道是不是弱了？

「我正在反擊。」

「你瘋了不成？」詹達咆哮，聲音中有怒氣。挫敗，也許。「這一拳是賞給——」

「再來啊，詹達，」傑瑞說，鬆脫的牙齒開始作痛，他的嘴唇腫脹，講出的話語含著氣泡，或許是因為口水，或許是因為血水。不管是什麼他都吞下，不願意吐出來，不想讓詹達看見他的血。

「你這瘋子，知不知道？」詹達大吼，拳頭握在身體兩側。「你瘋了……」

傑瑞朝他微笑。他明白那一定是個很詭異很可悲的笑容。但終究那還是個笑容。

「告訴你吧，雷諾，」詹達說，如今鎮定了下來，恢復了正常呼吸，他雙手相互摩搓，手指按壓著指關節。「我現在決定放你一馬。只是暫時而已。反正我今天已經教訓夠你了。

我也玩夠了。可是你給我記住，以後我每看見你一次——不管在哪裡——我都會把你打到屁滾尿流。所以你最好夾著狗尾巴給我躲遠一點……」

從某個窗戶裡傳來了某個人的鼓掌聲，一個空洞單調的聲音，在巷道裡響起。

詹達走向他右手邊的房子，靠在牆上，一面吸吮著指關節，一面端詳傑瑞。不知為何他感覺被掏空了，好像有什麼東西不見了，這次他並不覺得興奮，一點也不像上次他跟傑瑞對打時所感受到的那種激昂性慾。好像他失去了什麼東西。可那到底是什麼？而且他痛恨傑瑞臉上的笑容。那到底在笑什麼笑？他一點也不想了解。幹，他的指關節好痛。只想趕快離開這裡。

「記住我跟你說的，雷諾，」詹達威脅，一把推開傑瑞走了過去，走了一兩步後轉過頭說：「離我遠一點……」

傑瑞看著他離開。然後開始找尋羅花生。剛剛他都忘了還有小羅。當他蹣跚地轉過巷角時，看見羅花生正靠在一個郵筒旁邊。雙手還護在下體上。

「我的天啊，傑瑞，」他說。「我很抱歉，我實在應該——」

「別再說了，」傑瑞說。

「你看起來糟透了。我又讓你失望了。我真沒用。」

「不，」傑瑞說，用手摀住羅花生的嘴。「這是我早就該做的事。而且我必須一個人去做。」

他們轉身，看著詹達那充滿威脅的身影，在前方依然大搖大擺地，手臂晃動，肩膀一高一低的，好像正隨著某首聽不見的鬥牛音樂律動。

「知道嗎，羅花生？」

「什麼？」

「我決定今年秋天以後不回加拿大了。」

「你說什麼？」羅花生覺得好悲慘，這輩子從沒覺得自己這麼孬種過，甚至比去年秋天巧克力事件時感覺還糟。

「而且，我也不轉學去典範高中了。」

「那你打算轉去哪裡呢？」羅花生問，心不在焉地回應著。難道我註定永遠只會讓傑瑞失望嗎？

「我決定回三一上學。」

傑瑞的話像一記猛拳擊向羅花生。

「你瘋了嗎，傑瑞。你幹麼這麼做？」

「我不知道。很難解釋。」他忍著痛一跛一跛地走著，感覺膝蓋在剛才的打鬥中扭傷了，但打鬥的當時他並沒有感覺。而現在卻感覺膝蓋腫了，好像有原來的兩倍大，可是他並不想低頭去察看傷口。此刻他必須全神貫注思考著要對羅花生說的話。「剛才詹達狠狠揍了我。可是他並沒有贏。我的意思是說，你可以同時被打倒，但並沒有輸。你可以看起來像個輸家但其實並不是。」看著羅花生困惑的表情，他覺得很挫敗，因為不知道怎麼把他領悟到的事情傳達給羅花生。「詹達才是那個輸家，羅花生。他這輩子永遠都是輸家。他可以打我一頓，但他無法真正打倒我……」

「不只是愛彌兒．詹達，」羅花生說。「還有整個三一高中。雷恩修士，是他放任守夜會還有亞奇．柯斯特洛那種人在學校裡為非作歹的。好吧，就算亞奇．柯斯特洛就要畢業了，可還是有其他人會取代他的位置，還有巧克力的事情怎麼辦，傑瑞？永遠都會有另一場巧克力義賣。到時候你要怎麼辦？」

「就去賣啊，」傑瑞說。「我會去賣他們那些愚蠢的巧克力。每一盒都賣。」詹達的拳頭還在他的身體裡隱隱作痛，他明白每一件事情的答案或多或少都在呼應著那疼痛。而事實上詹達已經走遠了。「他們就是希望你抗爭，羅花生。如果你真的跟他們對抗，那你就會真正輸掉。那就讓那些壞蛋稱心如意了。還有，像亞奇．柯斯特洛那種人，你必須比他們更有耐力。就這樣。」

「就算他們宰了你？」

「就算他們宰了你。」

羅花生走在傑瑞身邊，不斷搖著頭。他完全不明白傑瑞在說什麼，就像去年秋天他也完全不了解傑瑞幹麼不去賣那些巧克力。他只知道他不想回到三一高中去。但如果傑瑞要回去，那麼他也會跟著回去。他萬分肯定他死也不想回去。絕對不能回去。但是幾個星期前當傑瑞父親打電話給他，從那一刻起他就知道所有事情都會走樣。像是跟蹤愛彌兒．詹達。在暗巷裡打架，還有詹達踢他的那一腳，讓他動彈不了，只能留下傑瑞自己單獨去面對詹達。還有現在這件事：傑瑞竟然要回去三一高中。羅花生只想跑開。他想參加典範高中的田徑校隊。並找個女朋友，或許。他一點也不想捲入糾紛，不想要抗爭，或者談論抗爭。或者贏。或者輸。

「我不要回去三一高中，」他固執地說。

傑瑞瞄了一眼他的朋友，看見羅花生臉上有著明顯的痛苦，好像正承受著酷刑，他立刻明白，他要回三一高中的決定影響了羅花生。他感受到一股罪惡感襲來，以及施加在他的朋友羅花生身上的罪惡感。當下他明白自己該怎麼做了。

「嘿，羅花生，好啦，我不會回去的。忘了我剛才說的。我想我剛才是一時昏頭了才會胡言亂語。」

羅花生戒備地看著他。「你確定？」

傑瑞點點頭。「我很確定。」

羅花生明顯地放鬆了，他放慢步伐。

「太好了，傑瑞。剛剛我還以為——」

「我懂。我剛才有些失心瘋。」**但那不是失心瘋。我會回去的。回去三一高中。**

「回去那裡一點好處也沒有……」

「沒錯。」**錯了。有很多好處，雖然還不確定會得到什麼。**他的牙齒這時痛了起來，是會要人命的那種痛，而且他可以感覺到牙齦都是血，舌頭上滿是溫熱腥甜的味道。他的膝蓋也好痛。他全身都在疼痛，但那是一種純粹的疼痛。

「夏天快來了。這個夏天我們要好好去玩。去跑步、游泳……」想到了即將到來的好日子，羅花生的聲音裡洋溢著興奮。

傑瑞知道他必須做什麼了。終止跟羅花生的友誼，斷絕他們之間的關係。緩慢地，用一整個暑假期間，這樣等到九月開學時，當他回到三一高中上學時，羅花生就不會知道了。或者就不會在乎了。因為到那時候，對羅花生來說傑瑞只是個陌生人。傑瑞覺得糟透了，他唯一的朋友即將變成一個陌生人。

有一瞬間傑瑞猶豫了，搖擺在不同的抉擇之間，但最終他被哀傷淹沒，整個人浸淫在一種——是什麼呢？——孤寂嗎，或許。他渴望著加拿大鄉間的平靜，還有他的舅舅、舅媽以及那座「會說話的教堂」。又或者是典範高中，以及擁有羅花生這位朋友。還有通過嚴格訓練加入美式足球校隊，在球場上快速傳球，跟夥伴打暗號，遞球……傑瑞告別這一切。過了好一會。他知道他遲早會回加拿大的，特別是回到那一座「會說話的教堂」。而在超越這一切之後他就能迎接新的東西。某種他此刻還無法名狀或無法想像的東西。可是首先他必須先回到三一高中去。

「這個夏天我們要好好玩。」傑瑞說，希望羅花生不會聽出他聲音中的虛假，不像他自己所感覺到的那麼明顯。

他奔跑著。跑過黑漆漆的街道，偶爾遇見一兩位驚訝的行人或散步者，他的雙腳踩在路面上，節奏與他的心跳一致。

當他跑到離家不到一公里處，突然聽見了那個聲音。一開始他以為那是從他背後傳來的聲音。又或者是從前頭傳來的。然後他突然理解到那是從他身體內傳出來的。一種好像受傷野獸發出的聲音。或者是在哭的聲音。也或許是在啜泣的聲音。是他嗎？是的，是他。

這一隻小豬上市場……

當他還是個小孩，晚上睡覺前母親經常會吟唱這首童謠給他聽。稍微長大之後，當他開始跑步時，他總會順著他熟悉的童謠節奏跑步。有時候就是跟著這首古老的童謠[23]。

這一隻小豬在家躺……

---

23 這首〈這一隻小豬〉（This little piggy）是英國古老的童謠，通常兒童會邊唱邊用腳趾來數數兒，每隻腳趾代表一隻小豬。

他不願去想起傑瑞．雷諾，以及今晚他又再度背叛了傑瑞，於是他強迫自己把心思專注在路面上，以及隱隱作痛的胃部。他不要去想起他再度做了這種事。但他同時也知道，傑瑞**已經**決定要回三一高中了。為了羅花生，傑瑞假裝他不會回去，但其實他已經決定要回去了。而那是羅花生不願意做的事。他已經受夠了三一高中。已經受夠了被試煉。受夠了背叛。他會跟傑瑞分道揚鑣，用這個暑假的時間，一點一點地疏離。因為，他媽的，他就是不要回去三一高中。他不願意。不能夠。他不想要再一次背叛傑瑞。

然後他一面跑一面無聲地吟唱：

這一隻小豬哭斷腸。

哭斷腸……

對歐比來說，現在既不是「園遊日」，也不是「斷喉日」，而是「猿猴日」。亞奇．柯斯特洛就是那隻猿猴，此刻正被牽著走過校園來到停車場，那裡設有「水球遊戲」遊樂場，歐比懷著無比滿足的心情觀賞著這幕戲，那是他從未體會過的一種滿足。真希望蘿莉還跟他在一起，那他就可以跟她分享這個美妙時刻，以及即將到來的更多美妙時刻：亞奇扮演那隻猿猴。亞奇頭抬得高高地走過廣場，儘管他的運動衫背後貼著大寫標語「**踢我**」。照慣例，擔任猿猴的人必須一整天貼著這個標語，而所有學生都可以任意踢他。這是園遊會的傳統之一，有一點點惡整人但還在修士們容許的範圍內。到目前為止還沒有人去踢亞奇，不過時間還長得很呢，活動才剛開始一個小時左右而已。

歐比坐在遠方的高處看著亞奇到達水球遊戲的會場。他的到來並沒有引起太大的注目，因為場上還有很多遊戲正在進行。整個校園擠滿學生、家長和小朋友。喇叭大聲放送音樂，樂聲和另一個較小音量的汽笛風琴聲互飆。尖叫聲和笑聲從旋轉木馬那區傳來。小販展售著各種口味的披薩、潛水艇三明治和汽水可樂，數量多得嚇人。還有賣各式各樣物品的攤位，從手工藝品到自家烘焙食品都有，好一派繁榮的商業景象呵。這所有收入都歸三一高中基金會所有。因此，亞奇．柯斯特洛的這場猿猴秀只算是整個園遊會裡的一個小活動而已。

但對三一高中學生來說卻是最重要的一場秀。對那些來參加園遊會的學生父母、兄弟姊妹們來說，這一場秀根本無關緊要，但對全體學生來說卻非常重要。

當亞奇被帶到水球遊戲區的椅子上坐好時，他並沒有反抗。這個安排很單純。椅子就坐落在一個水池邊。只要花一塊錢可以玩三顆水球。規定是把水球丟向椅子左方的一個靶眼。只要水球丟中了靶眼中心，那張椅子就會被機械手臂推落水池裡，而椅子上的人也會被淹沒在水池裡。此刻那張椅子上就坐著亞奇．柯斯特洛。他穿著一身潔淨無垢的白色運動衫和卡其褲，「踢我」的標語隱藏在背後，他安靜地坐在椅子上，雙腳懸空，耐吉球鞋幾乎要觸及水面。他耐心地等候著，以一雙冷冷的、不帶感情的眼睛看著群眾。

「快快快，只要一塊錢就可以玩三顆水球，」遊戲小販叫賣著，邊叫賣還邊耍弄著一顆水球。那位小販的臉被晒得黝黑，閃亮灰髮下的頭皮也被晒得很紅。他用粗嘎的聲音鼓動著群眾。

歐比從制高點的看台位子上站起身，走到更靠近水球遊戲區的位置。他渴望水球遊戲那區能擠滿了群眾，渴望聽見亞奇掉落水中濺起的水花聲，渴望看見亞奇沉沒水中拚命掙扎的樣子。

「快點來嘛，快點啊，」那位小販催促著。

沒有人走向前去買水球。反而人群都往後退。而亞奇坐在那裡，沉默地，動也不動，等待著。

「到底是怎麼回事，年輕人？」那位小販大吼。「你們不只可以把這個人推落水中，還能贏得一只泰迪熊送給女朋友。快點嘛，年輕人，你們都靠近一點過來玩啊……」

沒有人向前。歐比觀察那些群眾，每個人臉上都一臉茫然，很失望的樣子。他輕推了下站在他附近的約翰．康沙福。康沙福是守夜會裡一位沉默寡言的成員，從來沒發言參與過討論，總是默默地執行任務。

「這裡有一塊錢，康沙福，」歐比說，遞給他一塊錢。「你去前面，丟三顆水球……」

「我才不幹，」康沙福說，身子往後退。

「有什麼關係？現在是三一高中的娛樂時間……」

康沙福搖搖頭，他那對橄欖綠色的眼睛裡透露出機敏。「我才不要對亞奇．柯斯特洛丟球。」

「你又不是真的對他丟球。你只是把水球丟向靶心，而推亞奇．柯斯特洛入水的是——」

康沙福後退了更多步。他表現得好像在尋找一個更安全的距離。「不管是什麼，我都不要推亞奇進水裡。」

群眾裡爆發出一陣叫嚷聲，吸引了歐比的注意力。一位名叫布拉肯的高二學生走向前去，付了錢，然後拿起了三顆水球。他轉身面對群眾，用誇張的姿勢展示肌肉。群眾報以歡樂的鼓譟聲和嘲弄的口哨聲。歐比也跟著起鬨。

布拉肯是一個聰明的傢伙。喜歡開黃腔、整人，例如絆倒來往的行人或故意戳一下別的學生。但他很狡猾，總是在惡搞之後裝出無辜的模樣。

現在他正面對亞奇，右手抓著一顆水球。好像正在估算水球的重量。他回頭看著叫囂的群眾，然後又轉回去端詳亞奇，群眾叫喊的音量降了下來。周遭瞬間靜止。布拉肯凝視著亞奇，彷彿過了好久好久的時間，而亞奇則端坐在那裡，像是與世隔絕，全然不受周遭一切影響，他看著布拉肯，只露出好奇神情，好像正疑惑布拉肯打算做什麼。彷彿，這一切都跟他毫無關係。

布拉肯彎曲手臂，吐出舌頭舔著面頰，身體往後傾，然後上下擺動手臂，丟出那顆水球。水球距離目標有些遠。群眾發出大笑和嘲弄聲，而布拉肯則誇張地彎腰敬禮表示接受。

他再度轉身面對目標，上下揮動手臂，停頓，等待。他研究著目標。群眾屏息等著，汽笛風琴的蒸汽瀰漫空氣中。布拉肯丟出水球。這一球軟趴趴的。歐比知道，這種毫無力道的球，形成不了有力的拋物線。他也知道，此刻布拉肯只是擺一下姿態，根本沒意思要丟中目標。非常明確地，布拉肯毫不猶豫地丟出最後一球，沒預先做任何揮臂動作就直接丟出，而再度的，那顆球偏離了目標。他轉身，聳聳肩，淺淺笑著。

歐比不由自主地瞄了一眼亞奇，雖然他完全不想這麼做。亞奇仍然端坐在椅子上，此刻他的臉上正掛著似笑非笑的表情——那是笑嗎?歐比不知道。他也不想知道。

小販再度拿起水球上下拋著，懇求群眾「丟丟看嘛，打中目標，推那個傢伙落水」，可是一些群眾開始散去了。而那些被他推銷的觀眾也不理會他的請求，他們迴避小販的眼睛，並自顧自地走開。

小販發現生意做不成了，他失望地搖搖頭，並疑惑地看著亞奇，眼底有著疑問。歐比明白他的疑問是什麼：為什麼沒有人想把你推落水裡？這真是個好問題，歐比想，而且他知道答案。那個答案讓他憤怒。更甚於憤怒的是，他感到挫敗。即使眼下成為一個受難者，他媽的亞奇還是掌控全部人。

「好吧，年輕人，」那個小販說，對亞奇示意。「你走吧。我最好別讓你在這裡待太久……」

亞奇以一個優雅的姿勢從椅子上跳起來，然後雙腳輕盈地站直。接著，歐比看見貼在他運動衫後面的「踢我」兩字忽隱忽現地加入人群中。沒有人踢亞奇，當然了。有一些人瞄了那個牌子一眼，然後眼光迅速轉開。歐比試著壓抑內心的失望。他知道，如果沒有人願意推亞奇落水，當然也沒有人願意踢他。

不過，等著看斷頭台好了，歐比暗暗說。那才是重頭戲，斷頭台。就讓我們等著看斷頭台的鍘刀掉落吧。到那時再看亞奇還笑不笑得出來。

「你來這裡做什麼，卡羅尼？」雷恩修士從辦公桌抬起頭來，他瞇著眼睛看向門外走道。問：「你是卡羅尼，沒錯吧？」

「沒錯，我是。」大衛回答，無聲地闔上房門，手上的東西藏到身體背後。

雷恩辦公室的窗戶緊閉，不過大衛仍可以聽見遠方傳來園遊會的喧鬧聲：包括帶動嘉年華氣氛的汽笛風琴聲、攤販叫賣聲，群眾的各種嘈雜聲。

雷恩修士嚴厲地盯著他。「我剛沒聽見敲門的聲音。你有先通報嗎，卡羅尼？」

大衛．卡羅尼搖搖頭。他很開心看見雷恩修士臉上的驚愕表情。在他接收到的指令中，驚愕是一項關鍵元素。**在園遊會這一天去逮住雷恩修士，因為這時他最不設防。**大衛很高興他內心的聲音如此清明。而且他也很高興自己把場面掌控得這麼好，在這種清明的狀態裡，每件事都顯得清澈明白，那感覺再美妙不過。清明，沒錯，用這個字來形容這一天真是再好不過了。

「再一遍，」雷恩修士彈手指。「我再問一遍：你來這裡做什麼？」

「留校察看，」大衛說。

「留校察看？」

「是的，」大衛說，自得其樂地看著雷恩狂亂困惑的神情。

「我不明白。」

「留校察看，雷恩修士，這個詞的意思是從扣留、拘禁引申而來的。當學生犯了錯或者違反規定時，下課後就會被拘留在學校——」

「我不需要聽你講解，卡羅尼，」雷恩修士說，他站起身來，從辦公桌後面走出來。

「我不是在跟你講解，」卡羅尼說。「我只是很單純地想告訴你，你被留校察看了。因為你違反規定，你做了一件……」

噢，他好愛看這一刻雷恩修士臉上的表情，那表情顯示：你是不是瘋啦，卡羅尼？那是一種不敢置信的表情，同時又是一種既驚訝又帶點疑惑的表情。但只是這樣，沒別的。還沒有恐懼。卡羅尼渴望看見他恐懼的那一刻到來。但現在還不行，時候未到。

「你是不是瘋了，卡羅尼？」

「我沒瘋，雷恩修士。現在沒瘋。也許我之前曾經瘋過。在那個字母……」

「什麼字母？」

有一瞬間他已經忘記了那個密碼，並稱呼它為「那個字母」。以便掩蓋那件對他來說醜陋不堪的事情。可是現在他可以再度使用那個字母了。特別是對雷恩修士使用。

「**F**，」大衛說，狂喜地。這一切都進行得太巧妙了，完完全全跟他計劃的一樣，此刻他的思緒非常清晰，說話非常流暢、每個咬字都十分精準。「英文字母裡的第六個字母。那是個很可怕的字母……」

雷恩站直，身子略微靠在辦公桌上。

「你把整件事再說清楚一點，」他命令，聲音突然變得尖銳而帶有權威。但那權威是假的，卡羅尼明白。

「就是關於你給我的那個F，」卡羅尼說，不多不少正是他準備好要說的話。「以及關於這個，」他補充說，手從背後伸出，手上揮舞著一把屠肉刀。

「把那個放下來，」雷恩厲聲說，立刻變成了老師的樣子，彷彿這間辦公室正是一間教室，而卡羅尼是他唯一的學生。

卡羅尼沒理會他，自顧自微笑著，並讓那抹笑意蔓延到他全身上下。

雷恩來到他的右側，但大衛已經預料到他會這麼做了。就在雷恩繞過辦公桌桌角時，大衛就已經知道他下一步想幹麼了，大衛咻咻地揮舞著刀子，逼得雷恩倒退，身子抵住牆壁。雷恩這個動作是個大大錯誤。當他下意識抬起雙手去護衛他的臉時，大衛的刀子往前刺向他的脖子，抵住他的喉結，只差那麼一點點就會刺穿他的血肉。卡羅尼微笑著，享受著眼前的景象，雷恩被釘在牆邊，像一隻被逼向絕路的獵物，他的眼睛瞪得大大的，充滿驚恐，全身冒冷汗。

「你小心點，卡羅尼，」雷恩從齒縫裡擠出話語，嘴唇幾乎沒有動，彷彿害怕動作過大就會導致死亡。對於雷恩的這點顧慮，大衛心想，完全正確。

「我是很小心啊，雷恩修士，」他說。「我不想傷害你，不想讓你受傷，也不希望殺了你。」哇，這話說得太漂亮了，就像預演過的那樣。「我現在還不想……」

大衛最後那幾個字——「還不想」——以及他抵住雷恩脖子的那把刀，顯然造成了神奇的效果。比大衛所期望的還強烈。雷恩修士一動也不動，完全被恐懼癱瘓。大衛感覺到自己好強大好堅毅，感覺他和雷恩可以用如此美妙的姿態屹立在這裡持續數個小時，就像凍結在電影畫面裡，直到放映機靜止，或爆炸，或兩者同時發生。

「卡羅尼，看在老天的份上，」雷恩從牙縫裡擠出聲音。「你為什麼這麼做？」

「我告訴你為什麼，」大衛說。終於來到最棒的一刻了，他已經等待這一刻等了好久，長達有數個月之久。就這一刻，這時機，這機會。「那個**F**，雷恩修士。你不會忘了那個**F**，是吧？」

「把刀子拿開，大衛，我們好好談。」雷恩說，緩慢地擠出這幾個字，彷彿他在說著每個字時都無比痛苦。

「現在才來談已經太晚了，」大衛說，緊緊地握著刀子。「而且，我們早就談過了，你還記得吧？」

喔，他們早就談過了。關於那個**F**。雷恩和他那些邪惡的及格／被當的測驗。那種把學生逼上絕路的測驗。他出的測驗題目都很模稜兩可，而答案則取決於經驗和猜測。於是，雷恩就可以完全掌控評分結果。依照他個人的主觀去決定讓學生及格或被當。其他老師都不會這樣。甚至更糟的，雷恩還會利用這些測驗來達成他個人的私慾。他會把學生叫來教室討論可能出現的測驗結果。同時呢，要學生說出他想知道的事。利用學生。藉由暗示他可能打出**F**的成績，而逼學生供出其他同學的祕密，要他們自白。雷恩也曾利用過大衛。大衛・卡羅尼的分數一向都是**A**，他是名列前茅的優等生，很有機會在畢業典禮上代表致詞。一直到那個**F**出現。去年秋天，就在巧克力義賣活動時，雷恩利用一項狡猾的測驗，逼大衛・卡羅尼供出傑瑞・雷諾的祕密，而大衛也都招了，他告訴雷恩為什麼傑瑞會拒賣巧克力。他以為告密以後他的成績就沒問題了，結果卻讓他既厭惡又噁心地了解——他生平第一次了解到——原來一個老師可以這麼恐怖，原來真實世界是如此噁爛，在這個世界裡甚至連老師都如此腐敗。在此之前，他一直都夢想著未來要從事教職。但那一天，就在和雷恩修士相處之後，他搖搖晃晃地回到家，感覺自己既墮落、又汙穢。

當測驗分數公布的時候，他再度震驚地發現自己的成績單上出現了一個**F**。這是他生命中第一個**F**。他去哀求雷恩修士，儘管無比痛恨自己這麼做。而雷恩根本不甩他的懇求，反而表現出一副厭煩的樣子，將大衛的問題推開。我手邊還有更重要的事情要處理，當時雷恩這麼說。於是**F**就這麼確認了。一個既羞辱又造成腐敗的成績。

「拜託，」雷恩說。現在輪到雷恩求饒了，輪到他用發抖的聲音說話了。

「現在才來拜我已經太晚了，」大衛說，很開心自己用了雙關語。拜託和拜。你瞧，雷恩修士，我並不笨，儘管你給了我**F**。我可以一面用刀子抵住你的喉嚨，用這把刀子進行謀殺，另一面說著雙關語。「現在就算你給我一個**A**也太晚了。」

「**A**……和**F**……」雷恩修士說，發出咯咯聲，「你說的**A**和**F**到底是什麼？」

終於。現在他終於可以告訴雷恩修士了，可以把壓抑在心中的一切發洩出來。

「還有C，」大衛說。「別忘了還有C。在那個F之前，我這輩子從來沒拿過C。可是在那不久我又拿到了另一個F。因為我不再在乎了。然後我在雅曼修士的數學課上也拿到了F。我以前從沒拿過。」

雷恩不敢置信地瞪著他。「你的意思是說這一切都是因為成績嗎？F和C？」他咯咯笑了起來，是那種神經質的咯咯笑。彷彿是在說，看哪，現在一切都迎刃而解了。這一切都只是因為成績而造成的誤解。這讓大衛憤怒了，促使他將刀子更往前頂，他好奇想著，這樣夠不夠深，是否可以見血？然後他吼出他的憤怒，不再用刀子，而是用他的嘴。

「沒錯，這一切都是關於成績。也是關於我的生命。還有我的未來。還有我的母親和父親。現在他們都很疑惑，他們聰明又乖巧的好兒子大衛究竟是怎麼啦？為什麼他不再拿到A？他們沒說什麼，因為他們太善良了，不會多說什麼，可是他們都很傷心。我敢說他們都傷透了心。他們看著我，滿懷受傷的眼神，因為他們明白我不該拿到F。我，根本不應該是會拿到F的人。我一向都是拿A的優等生。」他尖聲吼出這些話，想讓雷恩了解他犯了什麼樣的罪，以及，因為他的緣故這世界變成什麼樣了？「我理當拿A的。夜晚我母親在房裡哭泣。」他一直拒絕承認她哭泣的事實，直到這一刻。「為了我如今已經變成了……」

「沒錯，沒錯，我現在想起來了，」雷恩修士用著粗嘎的嗓子急切說。「那個F……嗯，是過於嚴厲了。我會來修正的，我本來是要給你一個你應得的分數。可是這幾個月來三一高中發生了太多可怕的事情。校長生了病，巧克力義賣時發生了暴力事件……我都沒注意到你對於成績這麼敏感。這一切都是可以修改的。」

「不只是成績，雷恩修士，」大衛說，並沒有被雷恩修士的辯解說服。「你是可以修改成績，可是這一切已經太晚了。還有許多你已經無法修改的事情……」

「是什麼？告訴我。沒有什麼事情是不能挽回的……」突然間，大衛洩氣了，感覺精力從握著刀子的手臂、從全身流失。他不想再爭辯了，突然理解到他不可能對雷恩修士或任何人解釋清楚他靈魂的病痛、他對生命的絕望，找不到存在的意義。他唯一能攀附的東西就是他內在的那個聲音，那個聲音是從那架鋼琴的噪音中發出來的，那個聲音對他發出指令。那是他無法忽略、也不能反駁的指令，雖然那指令讓他全身上下充滿憂傷。對所有一切都感到憂傷——那或許曾經存在卻又即將永遠消失的一切。雷恩修士剛剛說：**沒有什麼事情是不能挽回的**。可是有些事情確實是不能挽回的。就像此刻他用刀子抵住雷恩喉嚨的這件事。他必須做這件事以得到內心的平靜。

「你聽，」雷恩修士說，嘴脣依然緊繃，極力避免去影響到那把刀子。「你聽外頭正在進行的事情。」

大衛依照雷恩的要求豎耳傾聽著，就像在滿足死囚最後的願望。那是園遊會的聲音，模糊得像是從遠方傳來，遠得彷如隔世。遙遠的聲浪中爆出歡笑聲。這一切讓大衛更加憂傷。

「這也是三一高中的一部分，大衛，」雷恩說，他的聲音像是在耳語。「不是只有成績。不是只有**F**和**A**和**C**。教育……家庭……你聽外頭的那些聲音……學生和家長……他們正在享受著這一切……」

「這一切又跟——」大衛正想說。

然後他發現被雷恩修士騙了，當他側耳去傾聽外頭的聲音時，就被轉移了注意力，不再專注，防衛也跟著鬆懈了，握著刀子的手鬆開。冷不防地，他被人從身後架住，有隻手抓住他的手腕，他整條手臂像被刺戳，有如燒灼般疼痛，震驚和痛苦逼得他放掉手中的刀子。辦公室裡響起了叫喊聲和混亂的打鬥聲，大衛閉上眼睛，盲目地揮舞著手臂，狂踢亂打那些趁他和雷恩修士談話時潛近他身邊的人。他滿心的憤怒，或說是瘋狂，或者是任何超越這兩者的情緒。他團團亂轉，毆打任何攻擊他的人，用腿猛踢，混亂之中他聽見了衣服撕裂聲，也嚐到了嘴巴裡有股暖熱的東西，他將它吐出來。

「小心……」

「抓住他……」

他睜開眼睛，發現自己被雷恩修士和雅曼修士逼到角落。

他們正蹲踞著，雙手搭在膝蓋上，像在獵捕一頭逃跑的野獸那樣圍捕他。

「投降吧，卡羅尼，」雷恩修士催促他。「你逃不掉的……」

雅曼修士的聲音比較柔和，比較像是在說服。「你需要幫助，大衛。我們會幫助你的……」

可是他體內的那個聲音更有力。

逃跑。離開這裡。現在已經無法執行那道指令了。你把這一切搞砸了。

啊，他回答，我還有一件事可以做。我不會搞砸的。

刀子躺在地板上，此刻對他毫無用處。

他知道自己有個優勢：

房門就在他的背後。

他小心翼翼地後退，每一步都踩得很穩，希望沒有其他人在場。拜託，親愛的上帝，他無聲地祈禱著，讓我能夠離開這裡，然後結束這場苦難。

最後他終於退到了房門外。

看見雷恩修士拿起桌上的電話。只要打給警察他就完了。

他明白此刻必須採取行動，逃走。但他還是必須等候指令。他站在那裡，屏住呼吸。最後那道指令終於降臨。

他轉過身奔跑。

夕陽的餘暉照著千瘡百孔的三一高中校園。在園遊會的狂歡中，經歷了數百人的玩樂、吃喝、嬉戲、歡鬧與蹂躪，運動場的草坪與停車場上堆滿了垃圾。如今工作人員已經將紙杯、爆米花紙筒、盛放熱狗的紙盤，以及所有園遊會製造出來的垃圾全堆積一起。被踐踏過的草坪顯得疲憊、傷痕累累，而人潮散去後被遺棄的攤位與桌子，在暮色中也顯得陰森森的，就像某些詭異野獸的骨骸。

這裡曾經有過典型的園遊會，擠滿了老老少少，滿溢著陽光與活力。唯一掃興的是中午左右有輛警車到來，刺耳的警笛一路鳴叫著奔馳到校舍門口，當警察從警車跳下來的時候，雷恩修士就等在那裡向他們打招呼。一群人擁向警車，之後謠言迅速傳開了。有人裝了炸彈恐嚇，某個人說，而這種事其實也不算罕見。另外有人說，雷恩修士打敗了一個搶匪，然後那個搶匪沿著大街逃走了。事實上，還是雷恩修士向警察指出搶匪逃逸的方向，於是幾分鐘之後，當第二輛警車到來時，第一輛警車就開向大街去追捕搶匪了。同時，另有一個警察上前將圍觀的群眾驅離，那警察是個大塊頭，有著粗壯肥厚的下巴，以及突出的大肚子，當他邁步時肚子上的肥肉也跟著震動。「結束了，結束了，」他不斷說著，而且拒絕回答任何問題。

幾分鐘後，廣播中的迪士可音樂中斷，麥克風那頭傳來雷恩修士尖銳急促的聲音。

「剛才校舍區這邊發生了一點小混亂，不過一切已經恢復正常了，」他說。「請大家繼續玩樂。剛才的事故完全不會干擾或中斷這個歡樂的日子。」

音樂繼續播放，節慶也繼續進行。到了傍晚，當園遊會接近尾聲時，大家已經差不多把警車到校的事情遺忘了，或把它當成警察的例行巡邏，不是什麼大不了的事件。

雷．班尼斯特原本希望下午那件意外很嚴重……嚴重到園遊會接下來的活動被取消，特別是晚上節目。他萬般不情願地走向學校的主大樓，一路上頭低低的，彷彿在尋找遺落的錢。他並不是在尋找失物。他只是想找理由取消晚上的節目。說真的，他一點也不想進行晚上的節目。當然了，稍早之前他對於這一場表演滿懷興奮，這是他在全校師生面前的舞台處女秀：他很期盼能得到觀眾的注目和喝采。可是過去幾天來歐比的表現讓他覺得彆扭。不僅是彆扭而已，而且透著古怪。歐比表現得像個瘋子，經常神情狂熱地衝到雷的家裡，花了數個小時不停排練著表演當中的一個小細節，那是當雷表演時預定要他當助手的一個小動作，而且歐比排練時的眼神太過明亮，嘴巴叨念個不停，還不停踱步，然後經常突然陷入沉思當中。

「你有哪裡不對勁嗎，歐比？」雷終於開口詢問。

「沒有啊，」歐比厲聲說，「你為什麼這麼問？」

「因為你表現得……很奇怪。好像這是什麼攸關性命的比賽。但這只不過是個魔術表演而已。天啊，我都被你搞得神經兮兮的了。」

「我只是希望一切都沒出錯，」歐比說。「這可是三一高中在學期末最重大的活動啊。」

「沒問題的，不用擔心，」雷向他保證，雖然他自己聽起來也沒什麼說服力。

「我們再演練一遍吧，」歐比說。「你再示範一次那個斷頭台怎麼運作……」

走到晚會禮堂前，雷頓住腳步，暗自希望他此刻留在家裡或在鱈魚角。有幾個人走在他前方，其中有一個學生握住門把將大門敞開——這真是出乎他意料的禮遇啊。這陣子，雷的名字已經出現在宣傳「魔術之夜」的海報上：班尼斯特主秀。他心裡有著小小的雀躍，感覺到有些學生正在偷瞄他。其中有一位優等生湯姆．齊曼托在走廊與他錯身時還用友善的態度對他點點頭。一開始，這一切讓雷感覺到很開心。接著他開始覺得渾身不自在。他也不確定是為什麼，可是所有關於三一高中的事情都讓他不自在。尤其是歐比。不只一次，雷很想取消今晚這場表演，可是他又不想讓歐比失望，畢竟歐比是他在三一高中唯一有發展出友誼的人。或者說，看起來像是友誼。

一走進禮堂大樓裡，雷就聽見了騷動聲，就像一群昆蟲在遠方嗡嗡作鳴。他循著嗡鳴聲穿過走廊，聽見騷動聲更大些，也更柔和些，這兩種感覺對他的耳朵來說很奇怪，也很不協調。這個聲音並不像三一高中在籃球賽或棒球賽時，觀眾群裡慣常會發出的聲音。等雷一走進禮堂，視線立刻被舞台上的東西吸引住了，同時他也了解到為何群眾會發出那種聲音。在舞台的中央，聚光燈底下，獨自矗立著那座斷頭台，它巨大得像是要塞滿整個空間。在聚光燈刺眼光線的反射下，斷頭台上的刀子顯得怪異又危險，像是惡夢中的物體突然入侵到真實世界來。也或許這是真的，雷・班尼斯特想著，而那個入侵者就是我，以戲劇性的、誇大的方式入侵。然而當他環顧禮堂四周，看見那些學生或者傾身往前看或者倚身相靠面露困惑地交頭接耳，他突然領悟那座斷頭台對這些敏感學生所造成的衝擊有多大。他想到歐比。同時他也想著：我的天啊，現在到底是發生了什麼事啊？

現在所發生的這一切都正如歐比所計劃的。他倚身背靠著舞台面板，並豎耳聆聽台下學生的竊竊私語，想像著斷頭台所帶來的效果，歐比心滿意足地微笑著。再過幾分鐘，晚會表演就要開始了。包括歌唱、滑稽短劇、小丑表演，就像每一場話劇晚會都會有的例行節目。而在所有這些表演過程中，觀眾都會看到斷頭台，雖然在其他表演進行中它會被移到舞台角落，可是仍會留在觀眾的視線之中，惡意地提醒大家接下來會發生什麼事情。亞奇也坐在觀眾席當中，等待著，他四周都是守夜會成員，他們都知道，當所有話劇表演結束後，亞奇就必須上斷頭台了。

有一隻手輕觸他的手臂，歐比驚跳了一下。「你還好嗎？」雷・班尼斯特問。

「當然啊，我很好，」歐比說，咯咯笑著。「你怎麼會這麼問我？」

「我不知道，」雷悶悶不樂地說。事實上他也真的不知道自己在不開心什麼。他只知道歐比依然很興奮，表現得太活潑了，眼睛閃閃發亮，像在發燒似的。

「聽著，表演就快要開始了，不過還沒輪到我們出場。」歐比說。「也許我們可以先演練一遍最後那個地方——」

「在沒有斷頭台的情況下？」雷問。

「我的意思是說，走位，我們站的位置。咒語……你不是說那個咒語很重要？」

「我們已經演練了上千遍，」雷說。「而且咒語根本不需要演練。那根本是假的。歐比，你也太神經質了，到底是為什麼？」

「我只是不希望出錯，」歐比說。

雷嘆息。「好吧，那我現在要去前場看戲了。等這些戲劇表演結束後我就會回來，可以嗎？」

「可以，可以，」歐比不耐煩地說。他希望能夠獨處，無論如何，此刻他不想要有同伴。

雷轉身走向通往禮堂觀眾席的走道。最後一刻他轉過身來，困惑地看著歐比。

「你確定知道自己在做什麼嗎，歐比？」他說。終於將自己思索了好長一段時間的疑惑問出口。畢竟，他很擔心這是不是個攸關生死的事情。

「出去吧，」歐比說。「表演就要開始了……」

雷聳起肩膀，然後放鬆下來。他早知道歐比計劃要給亞奇．柯斯特洛好看，讓他嚇破膽。他也發現歐比要做的還不只是這樣，歐比同時還進行著某個瘋狂的計謀來對付亞奇。不過他並不想追根究柢。他最後再看一眼歐比，歐比仍然背靠在牆壁上，然後就在音樂聲從立體聲喇叭響起的時候，雷快步走出走道。那是披頭四的一首老歌，〈黃色潛水艇〉。

他看我的樣子，好像把我當成瘋子，可是我並沒有瘋，是吧？一個十八歲的高四學生不可能是個瘋子。話說回來，我又沒打算幹麼。只不過是想嚇嚇亞奇，把他嚇得屁滾尿流而已。在全校學生的面前羞辱他。逼他下跪求饒。好吧，既然沒有人願意把他推入水池裡，或去踢他屁股。不過他們還是必須坐在那裡，看著亞奇跪下，脖子擱在斷頭台的砧木上。就是這樣。

啊，並不只是這樣，對吧，歐比？你很清楚你正打算要做的事。而那就是整個計畫裡瘋狂的部分，罪惡的部分。罪惡，歐比寶貝。你根本失心瘋了。在你心裡所計劃的那件事是千萬不能做的。不能在麻州典範鎮的一間高中裡做這件事，而且現在都已經是文明社會了。

歐比擺脫腦海中那個聲音，開始焦躁地踱步，並讓思緒隨著外場的披頭四歌曲起伏，晚會的第一個表演節目已經開始了，表演者在稀稀落落的掌聲中吼叫著。一如往常，當他不再想著亞奇．柯斯特洛和那座斷頭台的時候，腦中就會自然浮現起蘿莉．關德笙的身影，那是縈繞在他心頭的身影。他所做的這一切都是為了蘿莉，當然了。不能就這麼簡單讓她離開他的生命，而沒有任何的致意。

天啊，蘿莉。

再給我一次機會，再一次機會。

他在口袋裡胡亂摸索著，從許多硬幣當中尋找到一枚一角硬幣，停頓了下，然後將硬幣抛向空中——是人頭——於是他朝著門外走廊走去。他停在公用電話旁，盯著電話看了好一會，大聲說：「好吧，蘿莉，就讓妳來決定……」

歐比將硬幣投入投幣孔，撥了她家的電話號碼，然後聽著鈴聲嗚響了許久。

「哈囉。」是她父親，粗嘎又強硬的聲音，就像一位重量級拳擊手的聲音，雖然他其實是汽車銷售員。

「蘿莉在家嗎？」對比起來，歐比的聲音單薄又虛弱。

「你是那個一直打電話來的傢伙？」粗暴而且毫無商量餘地的口吻。

歐比不理會那個問題，他已經很適應了，完全可以自動忽略他父親的口吻。

「可以請蘿莉聽電話嗎，拜託？」

「聽著，小子，她不想跟你講話。」

「她在家嗎？」歐比無比耐心地問。這是最後的機會了。如果她能來接電話，如果他能再次聽見她的聲音，那麼他就把這當作是好預兆。這會給他希望，而他就會取消一切行動，不需要貫徹整個計畫。

他聽見電話那頭傳來一聲大大的嘆息，然後她父親又開口了，這次聲音中有著威脅：「你知道這樣是騷擾嗎，小子？下次你再打電話來，就讓你好看。」

話筒「砰」地放下，聲音大得在歐比耳中迴響，他沮喪地靠向牆壁。最後的機會沒了。如今他已經得到他要的答案。再也無法回頭了。他知道必須去做那件事。

雷恩修士抵達表演會場時已經遲到了。他的遲到並不令人意外。每個人都知道雷恩討厭學生的話劇表演和短劇。幾年前，這些諷刺短劇還經常以教職員為對象進行誇張爆笑的模仿秀，其中最讓人噴飯的就是有個叫亨利．布德羅的學生模仿雷恩修士。當時布德羅擺出故作高雅的姿態在舞台上來回走著，用陰柔尖銳的聲音說話，並揮舞著一支巨大的球棒，那模樣像透了雷恩拿教鞭鞭笞學生的武器。那次表演成為三一高中的一項傳奇。然而有趣的是：布德羅在那年就因為成績不及格被退學。

布萊恩．柯朗看著雷恩修士坐進座位裡，臉上滿是毫不遮掩的厭惡。去年秋天雷恩強迫布萊恩擔任巧克力義賣的會計，那意味著布萊恩必須天天跟雷恩相處。從那之後，布萊恩就盡可能避開雷恩，當然，對三一高中的學生來說避開雷恩是很平常的。如今他看著雷恩，注意到雷恩的衣服皺巴巴的，頭髮也有些凌亂，整個人顯得心不在焉，好像正在煩惱什麼事情似的。哇，這真是太妙啦：雷恩正在煩惱某件事並全心想著它——難道今天晚上的戲劇表演會發生什麼嗎？或者是今天下午的意外呢？布萊恩聽說有某個不知名的學生潛入教職員宿舍偷竊，然後逃逸無蹤。另一個同樣是未經證實的傳聞是：有個學生攻擊雷恩，並威脅要殺掉他。

基本上，布萊恩·柯朗不算是個虔誠的教徒，雖然他每個星期天都會去參加禮拜領聖餐，還曾擔任祭台助手直到十六歲生日為止，而且他每天晚上都會跪著禱告。他自認為是一個良善的天主教徒，不過他必須承認，他很樂意看見有人攻擊雷恩修士，不管是用刀子或槍。他並不希望雷恩被殺或受傷，但能嚇嚇雷恩一定帥呆了。

他把注意力轉回舞台上，有些好奇那座斷頭台是要幹麼用的，同時他也敏感到那座斷頭台的存在帶來了醜陋與恐嚇的意味。他聽說了一個瘋狂的故事，傳聞雷·班尼斯特在鱈魚角的時候，曾經意外砍斷了某個學生的頭。當然啦，這只是道聽塗說。就像另一個傳聞說，前陣子歐比和守夜會設計亞奇·柯斯特洛去摸到黑色骰子。他終於摸到了，經過這麼多年以後。這表示今晚亞奇必須把脖子放上斷頭台。

布萊恩眼睛搜尋著亞奇，看見亞奇就坐在靠前排的座位上，一如往常地，身邊圍繞著守夜會成員。他頗好奇地想著，究竟自己比較討厭——其實該說痛恨——哪一個，是雷恩修士或者亞奇·柯斯特洛？他在腦海中描繪著各種景象：受傷的雷恩伸手懇求著救援、鍘刀掉落在亞奇的脖子上。

他忍不住打了個哆嗦，試著擺脫這些景象——並好奇想著，這種幻想算不算犯罪，下次當他去教堂告解的時候是否需要對神父說？

卡特坐在亞奇·柯斯特洛的身邊。

在整個表演的過程中他都不曾看亞奇一眼。

而亞奇也沒看卡特。

事實上，亞奇完全目不斜視。他只盯著舞台看，可是完全沒隨著表演發笑，或者抱怨、搖頭——就像其他學生被舞台上的滑稽鬧劇逗笑。今晚有些短劇還滿有趣的，卡特心想，雖然卡特自己也沒有笑。一齣沒讓他發笑的喜劇到底是哪個部分有趣，他說不上來。但那個表演真的滿有趣的——奇怪的是他真這麼覺得——不是嗎？

沉默地坐亞奇身邊，這讓卡特一開始很不自在。卡特素來不喜歡沉默。可是亞奇似乎毫不介意地坐在那裡，靜止不動，就像老僧入定似的，卡特聳聳肩，決定讓自己也跟著沉默不語。看見亞奇和卡特這樣子，守夜會其他成員也跟著仿效，沒人交談，大家只專心回應著舞台上的嬉鬧表演。當表演好笑時就大笑，當表演失敗，笑話冷場或表演太老套時就抱怨、竊竊私語。今晚有很多表演都滿失敗的，或許是因為今年沒人膽敢拿教職員開玩笑或進行模仿。表演大部分都跟學生的日常生活有關。於是只能拿課業問題、置物櫃的鎖壞了、暖氣爐不熱……諸如此類三一高中校園生活中的不便利來開玩笑取樂，但這有什麼好笑的？這些事都上不了表演舞台。這些都是真實的生活。

只有一次，卡特挪動身子。他瞄了手錶一眼。迫不及待節目快結束，希望這個夜晚趕快過去。他拒絕去想到那座斷頭台，甚至刻意將它從腦海中移除，就像洗掉一張音樂專輯當中的某一首歌。

而在這所有過程中，亞奇就端坐在那裡，絲毫沒露出不耐煩，面無表情地，彷彿他可以端坐在那裡直到永遠，穿越永恆，雖然卡特明白，亞奇的心裡並沒有永恆這東西，甚至也沒有天堂或地獄。

那一刻到來。

舞台淨空，燈光熄滅，只留下一盞聚光燈投射在斷頭台上。

全場鴉雀無聲。

所有人屏息坐著，身體向後貼著座椅，膝蓋緊緊靠攏，脖子伸得長長的，眼睛微微瞪大，全場觀眾動作整齊，表情劃一，彷彿這些學生是禮堂大鏡子所反射複製出來的影像。

甚至連那些教職員也好像感覺到眼下氣氛很不尋常，雖然卡特知道他們根本不明瞭現在發生什麼事。

歐比走到舞台的中央，他穿著整潔的深色西裝、漿直的襯衫、深色的素面領帶，在他的後方是雷・班尼斯特，同樣也穿著西裝打著領帶，雷步履遲疑地跟著歐比，彷彿腿受了傷，行動不便。他們兩人分別站立在斷頭台的兩側。歐比朝台下看，眼睛瞇著，對到了卡特的眼神，然後點了點頭。

卡特碰觸了下亞奇的肩膀，但並沒有正視他。

「時間到了，」卡特說。就像監獄電影裡的典獄長。

亞奇起身，閃避卡特的手。就像同一齣電影裡的死刑犯。

這一次高麗菜並沒有碎成千萬片生菜渣，像當初在雷家裡的地下室那樣。相反的，這次刀子非常精準地切過高麗菜，又準又快，快到了眾人眼睛還沒看清楚，高麗菜就已經被剖成兩半，其中一半留在斷頭台的砧木上，另一半則已經掉落到舞台地板上，然後以怪異的姿勢滾動，瘋狂地、像個醉漢般歪斜地滾落到舞台邊緣，在一陣旋轉之後，就從人們的眼前消失。

瞬間禮堂陷入靜默，觀眾的眼睛緊盯著舞台上的人和物，這實在太帥了——雷就站在斷頭台的一側，他的手距離斷頭台的按鈕不到一公分；歐比站在他身旁，略微避開了觀眾的視線；亞奇冷靜地站在斷頭台的另一側，他看著那架龐大機械的樣子彷彿那是有生以來遇過最令人著迷的商品；再加上卡特，粗壯又高大的身軀，看起來就像個保鏢似的，只是他不太確定他所保護的究竟是誰。在無盡的沉默之後，觀眾深吸了一大口氣，吸勁之大讓卡特覺得他們全部都會從舞台上被吸走。

雷鞠躬，再次走向前，刻意用精心學來的法語說「*Voilà*」[24]，他知道自己的語調太過柔和尖細，於是清了清喉嚨，再次大聲喊出：「*Voilà*」。

觀眾開始鼓掌，雖然他們也不明所以，這就像有個美式足球隊員達陣，或有個棒球選手打出了全壘打。雷開心得漲紅了臉，其實他還沒開始做什麼呢，等著瞧吧，待會讓他們看看真正的好戲，那時再來敬禮。

歐比輕輕地戳了他一下，提醒他下個步驟，於是雷皺著眉頭，站到一邊去，有點不情願地離開聚光燈。

「現在，」歐比用法語喊道，「*the pièce de résistance*」。而且按照雷教的那樣，一個音節一個音節念出。

觀眾再度鼓譟起來。

---

24 法語 *Voilà* 是「這裡」的意思，魔術師表示要觀眾「注意看這裡」。下一句 *the pièce de résistance* 表示「精采的重頭戲來了」。

歐比瞄了一眼卡特。而卡特就輕觸了一下亞奇。

原本一直凝視著斷頭台的亞奇於是抬頭向上看，看向觀眾席的某一處，並露出某種飄渺的微笑，彷彿他覺得眼前的一切都非常非常可笑，而且完全不關他的事，真的：他只是把自己的身軀出借給這個活動，就像一本從圖書館被借出的藏書。

歐比的雙手癢癢的、感覺有針刺著。他明白這是因為緊張，就像某一個參加國際奧運的運動員正等待鳴槍起跑，就像明星準備要唱一首甜蜜的情歌，不能走音或刺耳。他激動地看見亞奇走到斷頭台去，彎腰、跪下，並將頭放在砧木上。歐比觀看亞奇輕鬆而流暢地做著這一連串動作，彷彿他已經彩排過無數次，他的身體一如往常的放鬆自在，每一個動作都有如行雲流水，幾乎是帶著韻律感。歐比本來就很討厭亞奇那種冷靜自若的樣子，如今更痛恨他到了這種時刻還要端著架子，一副高高在上的姿態，明明他現在就應該雙腳顫抖得站不穩，或至少該露出一點點尷尬不安的情緒。

此刻亞奇已經就定位來到斷頭台了，他的脖子就擱在砧木上，臉朝下。歐比微笑了，不理會自己發癢的手指，然後他看著雷・班尼斯特。

「開始……」他說，讓這幾個字傳達到整個觀眾席去。

雷開始了。他施展出一系列的魔術。憑空抖出一疊撲克牌，彷彿那些牌是隨他的召喚出現，接著他耍弄著那些撲克牌，讓它們在他的袖子上翻轉滾動，忽而這個方向，忽而那個方向。雷感覺自己正操控著一切。他走下台階，要求一位學生隨意挑選一張牌，然後用甜言蜜語哄騙那位學生走上舞台——他事先確認過那個學生還很小，從外表看來是個一年級新生。

歐比觀看著這一切。看著雷和他的魔術表演，但同時也觀看著此刻正卡在斷頭台裡的亞奇。這是計畫的一部分。用意就是要讓亞奇不安。讓他等待。也是為了將整齣戲逐漸推向高潮。逐步累積群眾的期待感。

雷・班尼斯特表演得好棒。他真希望此刻他的父母親也能坐在台下看見他像個魔術大師般表演著。他選擇了一些聲光效果十足的魔術道具，是從烏斯特市的魔術商店買來的，幾乎搾乾了他的存款。眼下他正在表演的這套撲克牌就算給一個十歲小孩也能表演，不過觀眾不用知道這麼多。同樣的，觀眾也不用知道那條長絲巾的祕密，或者他嘴巴裡是怎麼噴出彩虹的。說穿了其實很簡單。那個古老的中國九連環魔術表演也很成功，雖然竅門是雷必須在環的特定位置輕輕一壓，以前雷對於這類型的魔術難免有些焦慮。不過現在不需要了，他已經都摸熟了。台下觀眾都在他的掌握之中，他可以輕易地誤導他們。當他勝利地解開九連環，朝台下觀眾彎腰敬禮，樂陶陶地聽著台下如雷的掌聲，他已經完全忘記了亞奇・柯斯特洛、歐比，以及其他所有的一切，甚至忘了這是他在這嘔爛三一高中的第一學期。

他轉過身，興奮地，有點喘不過氣，就像任何人從氧氣筒中大吸一口氣之後都必然會有的反應，感覺整個人輕飄飄的。他看著歐比，然後又看著亞奇。亞奇仍然跪在那裡，等待著。

剛才雷在表演時，現場始終沉默著，只除了觀眾席中偶爾響起的掌聲以及交頭接耳的讚美。此刻，就在最後一波掌聲停止時，會場突然響起震耳欲聾的音樂聲，那是一首行軍進行曲，是在歐比暗示下播放的。當音樂聲停止時，雷朝向斷頭台走去。

台下再度傳來鼓譟聲。

雷・班尼斯特和歐比像之前演練的那樣走向斷頭台，其中歐比就站在那台機械的右側按鈕旁邊。

歐比瞄了一眼那顆按鈕，它小小的，用珠母貝製作的，比一枚一角硬幣還小。他的眼神游移到按鈕下方，看見了那個小鐵片已經被安置在那裡了。這表示一切都已經就定位了，表示雷・班尼斯特已經碰觸過了那片幾近隱形的鐵片，那片鐵片是用來控制鍘刀的位置，可以讓鍘刀掉落切開高麗菜。此刻，雷按照之前的演練，走向斷頭台，看似隨意地用手撫過上方的桿子，但其實是在觸碰一根槓桿，那根槓桿幾乎是隱形的，可以將機械調控成第二種形式，將致命的鍘刀移開，換成沒有危險性的鍘刀掉落，這樣鍘刀根本不會碰觸到亞奇的脖子。

歐比緊盯著雷的輕鬆手勢，對於他隨意撫過斷頭台、碰觸那根槓桿的手法佩服到不行。然後雷對歐比彎腰致意。

歐比轉身面對觀眾：

「現在到了今晚的最高潮，由魔幻界最魔幻的明星所帶來的表演。讓我們一起歡迎『班尼斯特大師』！」

觀眾席爆出一陣友善的歡笑聲和嬉鬧聲，群眾愛死了這種調調，這一刻大家都幻想自己就是那位魔術師。

現在輪到歐比來施展戲法了：動動靈巧的手，再次運用雷・班尼斯特所教會他的。卡特的角色該進來了。而在接收到他的暗示之後，卡特也完美地執行行動，完全按照歐比稍早給他的指示。

就在歐比走向斷頭台時，卡特離開他原本所站的舞台側邊，接近雷・班尼斯特，吸引雷的注意力。

那就是為何歐比必須精確地模仿雷的手法。他的手滑過斷頭台最上方的那根桿子。他吩咐過卡特要干擾雷的注意力，儘管用任何他想得到的花招，什麼都好。「告訴他他臉上有髒汙也行。」等雷的注意力再度回到歐比和那座斷頭台的時候，事情已經搞定了。

我終於做到了，歐比對自己說，看著底下的觀眾，然後忍不住瞥一眼亞奇，他仍然耐心地等候著。

台下的觀眾繼續鼓譟著。歐比感覺頭頂上彷彿有一千顆太陽正同時照耀著他，但其實那只是聚光燈。他瞄向卡特和雷・班尼斯特，看見雷臉上有個奇怪表情——是什麼呢？他無法解讀，說不上來那是什麼——然後他再度看向亞奇，亞奇的脖子好白皙，裸呈著，好脆弱的樣子。

歐比走向前。

我即將會按下那顆按鈕。

不，你不會。

當然我會。

但那是——

別說出來。不管那是什麼，事情都將發生。為了蘿莉，為了我，為了三一高中，也為了所有亞奇曾對別人做的那些噁爛事情。

他的手穿過空中，彷彿越過了千山萬水，他的手指彷彿是一把手槍的槍管。他觸及那顆按鈕，按住，心跳停頓，呼吸屏住，時間靜止，時鐘凍結。

他聽見斷頭台發出滴答聲，機械內部的齒輪轉動，更換軌道。

他等待著鍘刀落下。

第一次想到血。

滿地的鮮血。

就在這一瞬間，他聽見了鍘刀咻咻劃破空氣。

底下的鐵軌延伸向遠方，形狀就像是叉子的尖齒，而且就像他母親最昂貴的銀器那樣，在暮色中閃閃發亮。

他傾身俯瞰著鐵軌，開始感覺到暈眩，但這是一種良好的暈眩感，事實上他整個腦袋都輕飄飄的，然後他坐起身，開始禱告：**萬福瑪利亞，滿被聖寵者……**他嘆了口氣，現在幹麼禱告？禱告一點用處也沒。如今禱告已經太遲了。

他已經搞砸了所有事情，把一切都弄得一團糟，不過他千萬不能把最後這件事搞砸。他抬起頭，豎耳傾聽。是不是有腳步聲？車聲？那些都可能是來追捕他的。

但什麼都沒聽見，什麼也沒有。

喔，還好他夠聰明，彷彿是為了安慰自己方才在校舍行動的徹底失敗，竟然讓雷恩修士耍了。無論如何他逃走了，也知道自己應該要躲起來。就像隻野獸。啊，他有著野獸的狡詐本能呢。

他偷偷穿越過典範鎮的各條街道和停車場，一路用那些汽車遮掩行蹤，雖然他聽見遠方傳來警笛的鳴叫，感覺自己就快被追捕，幾乎要被逼上絕路了。就像那些電影裡的情景。那些電影，喔，當然。

他來到三號戲院，買了一張日間電影票，然後躲進黑暗的電影院裡，整個人縮在座位上，雙腳曲起，鄰近座位裡只有稀稀落落幾個人，他不知道那部電影的劇名，只能模模糊糊地認出螢幕上的幾位演員，有達斯汀．霍夫曼，應該是他吧，他一直把達斯汀．霍夫曼跟艾爾．帕西諾搞混。他環抱住自己。等待著。真聰明。然後再離開電影院，繼續沿著街道逃跑，他很想回家，但又不能這麼做。

此刻他站在橋上，傾聽著，有一輛汽車駛近，車頭大燈穿透暮色照過來，讓他覺得自己好像是一隻被釘在牆壁上的蟲子。可是那道燈光繼續移往前方，那輛車馳過，低鳴的引擎聲瞬間消逝。

他低頭往下看，距離地面好遠。

機會稍縱即逝，大衛。

這是你可以證明你自己的最後一件事了，用來拯救你自己，消除你受到的屈辱。

他抓住橋墩上的護欄，測試穩不穩，然後爬上護欄，坐在那裡，雙腳懸空垂掛在護欄外。他低頭看著漆黑的底下，思考著如果掉下去有多高。大概有六十公尺吧。從橋墩到底下的鐵軌。

這是最好的方式了，最乾淨俐落的方式，從半空中向下俯衝，就像從游泳池的高空跳水板往下跳，然後完美地得到赦免。所有一切都將過去。沒有任何人會受到傷害，除了他自己。但到了那時候，他自己也無所謂了。

他小心翼翼地，慢慢地，從護欄上滑下來，站在橋墩突出的邊緣，那裡大約只有三十公分寬。他絕不可以還沒準備好就失足滑落，然後毫無尊嚴地胡亂撞上什麼。

他突然啜泣起來。

好悲傷的聲音。

現在才哭已經太晚了。

他已經等待這一刻等了好久好久了。已經等了無數日子、無數星期、無數個月，只為了等待那道指令降臨。

他深吸一口氣，傾斜身軀面向黑夜，但雙手仍朝後反抓住護欄，將自己穩住。

再見，媽媽。

再見，爸爸。

他用年幼時叫喚他們的名字。

再見，安東尼。小東東，以前他都這麼喊他。

停頓。憂傷瞬間湧現。想起了生命原本可以多麼美好。

如今他所要做的，就是放開抓著護欄的手，將他的雙手往前伸，假裝他正要跳水——或許來個燕式跳水吧——然後以一個美妙的弧度從空中俯衝。

他就這麼做了。

他放開緊抓的手，任由手指鬆開。而同時，把身體挺起，胸膛鼓出，脖子向上仰，臉龐朝向黑夜，知覺到有一道車燈接近，老舊的引擎發出咯咯聲響。他將身軀向前傾，感覺到地心引力的拉扯，而等在他前方的，或者該說是等在他腳下的，是**什麼也不是**的虛空，而他一路往下墜落，並不像跳水那樣，而是墜落……

媽媽，我不要……我不想這樣……此刻這種極度清冽的閃光就像被閃電……**我究竟在幹麼？……媽媽……爸爸……**

他狂亂地想讓自己穩住，想抓住什麼，不要繼續往下墜落，可是，沒錯，他正在往下墜落，剛剛在橋上不應該鬆手的，大錯特錯了，**我不是有心這麼做……**

當他掉落時聽見了自己的尖叫聲劃破黑夜。

但他並未聽見當他身軀碰撞下方鐵軌時所發出的沉悶聲響。

「你剛才想殺掉我，歐比。」

亞奇說，雙眼因為不敢置信而睜得大大的，語調中有著某種敬畏，聲音也變柔和了。

「沒錯，亞奇。」

「但你做不到，歐比，對吧？」再度恢復成以前那個亞奇的聲音了，輕鬆自若的，帶著咄咄逼人的輕蔑。

「你這是什麼意思──我做不到？」

「我的意思就是那樣。你在最後一刻膽怯了。」

他們正站在停車場裡，在亞奇的汽車旁邊，一面看著晚會結束後學生們鳥獸散，個個腳步急切，想盡快回家。夜晚的氣溫轉涼了，空氣也冷颼颼的。園遊會遺留下來的那些攤位讓整個校園顯得有些超現實，就像是某種廢墟電影裡的場景。

「我並不是懦夫，亞奇。我在那座斷頭台上動了手腳，好讓鍘刀掉下來，真正的鍘刀……」

「然後砍掉我的頭？」亞奇諷刺著說。「可是結果發生了什麼，歐比？」

「是雷·班尼斯特造成的。那台機械裡有個防呆的安全裝置，可是他從來沒告訴過我。

一直沒說，直到今晚在表演結束之後。」

歐比後退幾步，仍然被剛才舞台上的大逆轉給驚呆了。

他一直在等，眼睛睜得大大的，知道接下來的幾秒裡那把鍘刀就會掉落，而群眾就會開始尖叫，還有鮮血，以及亞奇的頭將會滾落在地板上，或者黏在砧木上……謀殺，天啊，他竟然設計了一場謀殺……然後他試著不再往下想，知道事實真的太可怕了。然後，全場鴉雀無聲，靜止，只有幾秒鐘，卻像是永恆，接著全場爆出雷鳴似的聲響，不是恐怖的尖叫聲，而是掌聲，上千隻手拚命拍擊，群眾吹口哨、歡呼，歐比睜開眼睛，往下看見鍘刀如今已落在亞奇的脖子**底下**，而亞奇完全沒事，全身毫髮無傷。歐比轉眼看著雷·班尼斯特，尋求答案。但雷正忙著對觀眾屈身敬禮，回應群眾瘋狂的鼓掌聲、熱切的跺地聲——這往往意味著最特別的禮讚。他以手勢比向亞奇，而亞奇這時也迅速地以一個優雅的姿勢跳起身來，然後立定站著，就像一把匕首的刀鋒那樣挺直，這讓全場氣氛更加沸騰，響起更熱烈的掌聲、讚揚的叫喊。

之後，當學生們開始散場的時候，雷·班尼斯特對歐比坦白了：「我不知道你究竟在打什麼鬼主意，歐比，而且我也不想知道。可是我很高興安全裝置發揮了作用。你是不是瘋了還是怎樣？」

他轉身離開，臉上掛著一副不敢置信和輕蔑的表情，而歐比開始全身發抖、冒冷汗，想起了自己剛才差一點點就犯下謀殺，如今他也不知道該責怪雷·班尼斯特，或感謝他設了那道安全鎖。

亞奇倚身靠在汽車上，搖搖頭，承認終於有人能讓嚇他一跳了，竟然做出讓他料想不到的行動。

「恭喜，歐比，你比我以前認為的要來得有膽識。」

「天啊，亞奇……」歐比不敢置信地說。從他們認識這麼久以來，歐比第一次在亞奇的聲音中聽見了欣賞，以及可以解釋成讚美的話語。有那麼一瞬間，歐比幾乎要因為這聲讚美與欣賞而投降了。然後他領悟到自己剛才發生了什麼。亞奇對他做了什麼。亞奇逼得他差點犯下了謀殺。要贏得亞奇的讚揚，你必須心甘情願去謀殺某個人，即使那個被謀殺的人是亞奇自己。

他瞇著眼睛凝視亞奇，不得不讚嘆亞奇的自信與輕鬆，雖然他剛剛才走了一趟鬼門關，接著歐比看見亞奇的眼底還有別的東西——是什麼呢？——那讓他聯想到一件事，幾乎無法呼吸。

「等一下，亞奇，」他問。「那顆黑色骰子。」

「黑色骰子怎樣？」亞奇問，笑著。亞奇的眼睛閃著亮光：愉悅。

「你早就知道骰子被換掉了，對不對？你看見了卡特和我對那個黑盒子動手腳。」

亞奇點頭。「你千萬別想去謀殺人，歐比。你這人太容易看穿了。你總是一副疑神疑鬼的樣子。而且你的手腳不夠俐落。」

「既然這樣，你幹麼不揭穿？你為什麼要拿那顆黑色骰子？」

「我必須知道，歐比。」

「知道什麼？」

「會發生什麼。你會做到什麼程度。」

「你是在冒險？」歐比說，現在輪到他心懷敬畏了。

「這種程度的冒險不算什麼，歐比。我很清楚最後一定是我贏，在三一高中裡——不管是你、卡特，甚至雷恩修士——沒有人能擊敗我。」

「為什麼你這些年從來沒拿過黑色骰子？」可是歐比知道答案，當然了。從第一天認識雷．班尼斯特，在雷家裡看見他展示那些球珠魔術，歐比就知道答案了。

亞奇朝他揮揮手，然後憑空拿出一顆白色球珠，用手指耍弄著那顆球珠，將它從一隻手拋向另一隻手，而那球珠就像一顆小小的、蒼白的月亮，被拋向空中。「我從很久，很久以前就知道烏斯特市的那家商店了，」他說，輕聲笑著。然後他歪著頭幾乎像是在夢囈。「可是我並沒不是每次都耍詐，歐比。大多數時候我都是靠運氣。我必須那麼做。我是在測試。

而且我從沒失手……」

歐比搖頭。感覺上，只要是在亞奇身邊他經常都會搖頭。不論是錯愕或讚嘆或唾棄。不過他自己也不確定此刻的搖頭又代表了什麼。

「我可以問你一件事嗎，歐比？」

「當然。」我們就一次把帳算清楚吧，亞奇。突然間他好想趕快擺脫亞奇，擺脫三一高中，彷彿他真的犯下謀殺。就像所有的謀殺犯那樣，希望盡快逃離犯罪現場。

「為什麼，歐比？」

「你是指什麼——為什麼？」

「你為什麼想殺掉我？」

「為什麼？」歐比問，現在輪到他吃驚了。「你瞎了不成，亞奇？難道你沒看見這些日子以來三一高中變成什麼樣子了？難道你不知道你對我做了什麼？對大家做了什麼？」

「我做了什麼，歐比？你說我做了什麼。」

歐比的手在空中揮動，用這手勢來強調所有那些在亞奇命令下、在亞奇指導下發生的噁爛事件。那些被敗壞的學生，那些被毀滅的希望。去年秋天傑瑞．雷諾發生的事情，還有可憐的小胖子楷思柏，還有其他許多人，甚至包括那些教職員。例如尤金修士。

「你很清楚你自己做了什麼，亞奇。用不著我幫你列清單——」

「所以你是把這些事情都怪到我頭上來對吧，歐比？你和卡特以及所有人。亞奇．柯斯特洛就是那個壞人。那個大魔頭。亞奇，就是那個混蛋。如果沒有亞奇．柯斯特洛，三一高中本來應該是一個多麼美好的地方啊。對吧，歐比？可是這一切並不是我造成的，歐比，並不是我……」

「不是你？」歐比大吼，怒氣從他的喉嚨中爆發，從他的胸膛，他的體內迸出。「見鬼了你這是什麼意思，什麼叫做不是你?!這裡本來應該是很美好的地方，亞奇。一個我們所有人都可以快樂生活的地方。他媽的，如果不是你，那是誰？」

「你真想知道是誰嗎？」

「好，那你說，是誰？」受不了他那一套歪理，亞奇的陳腔濫調。

「是你們，歐比。是你和卡特，和邦亭，和雷恩，和所有人。但其中特別是你，歐比。又沒有人強迫你去做什麼，兄弟。沒有人強迫你加入守夜會。沒有人拽著你的胳膊叫你當守夜會的祕書。沒有人付你錢叫你準備一本筆記本，記錄所有學生的狗屁倒灶檔案，所有他們的弱點，罩門。那本筆記本讓你好辦事，對吧，歐比?是你第一個發現雷諾和小胖和甘德洛——那是第一個，記得嗎，當時我們才高二——那時你還開心得不得了，不是嗎，歐比。」

亞奇用一根手指敲彈了汽車的金屬車身，那聲「砰」就像一句口語化的驚嘆號。「知道嗎，歐比?你隨時都可以說**不**，任何時候。可是你沒有……」亞奇的聲音中充滿輕蔑，而他念著歐比的名字彷彿那是他準備丟入糞坑的某種髒東西。

「喔，多輕鬆就把我當成替罪羔羊了，歐比。你和三一高中其他人。你們一直這麼對待我。可是，兄弟啊，你們從來都可以自由選擇。就像安得魯修士經常在宗教課上說的。自由選擇，歐比，是你自己做了那個選擇……」

歐比的嘴脣裡逸出一個聲音，就像小孩聽見父母親在回家途中因車禍喪生時會發出的那種聲音。那當中有著死亡。還有真相。可怕的真相，亞奇說的沒錯，當然。他一直都在責怪亞奇。他一直都想砍掉亞奇的頭，老天呵。

「別覺得難過，歐比，」亞奇說，聲音中再度有了溫柔。「你剛剛加入了凡夫俗子的行列……」

歐比搖搖頭。「不是你那種凡夫俗子，亞奇。好吧，也許我不再是個好人。我承認這點，我接受。也許我將會去教堂告解我所做的事。可是你又怎樣？你只會繼續這樣下去。他媽的你又是什麼？」

「我是亞奇．柯斯特洛，」他說。「而我永遠都會在那裡，歐比。不管你去哪裡，不管你做什麼，我都將會永遠與你同在。明天，從現在起的十年後。知道為什麼嗎，歐比。因為我就是你。我就是你隱藏在內心的東西。那就是我——」

「住口，」歐比說。他痛恨亞奇又開始胡言亂語，顛倒是非。「你剛說的那些根本是屁話。我很清楚你是什麼樣的人。我也很清楚自己是誰。」可是我真的清楚嗎，他疑惑著，我清楚嗎？

他猛地掙脫亞奇的控制，雖然亞奇並沒有碰觸到他，也沒有把他拉回去。亞奇聳聳肩，打開車門，坐進駕駛座裡，動作一如往常般輕鬆、自在與冷靜。歐比轉身走開，同時可以感覺到亞奇的眼睛一直盯著他，那雙冷酷又精明的眼睛。

「再見，歐比。」他喊著。

他以前從不說再見的。

第四部

「我要告解。告解我所犯下的罪。」雷恩修士說，他正在發表這學年度三一高中最後一場演說。

「我的罪行是我造成了最近一位三一高中學生，大衛．卡羅尼的死亡悲劇。

「我相信你們都聽到了傳聞。

「也在報紙上讀到了這件事。

「現在已經是第二學期的期末了，但我之所以在學期只剩幾天的時候還特別召開這次臨時會，就是為了嚴正表明立場，因為三一高中是——一個德智體群兼備，象徵榮譽的地方。

「三一高中有許多優良的傳統。

「而每一項傳統都在追求真相。我們不斷追求真相，在教室裡，在私下的討論裡，在我們的日常生活裡。

「因此，我們必須承認，並且面對，關於大衛．卡羅尼這件事的真相。」

亨利．馬洛南今天自己帶了午餐來學校，因為他已經厭倦了學校餐廳的食物。這種厭倦跟他疲累、昏昏欲睡時的厭倦不同，而是一種受夠了、噁心透頂的厭煩。學校餐廳的每樣食物嚐起來都同一個味道，而且是那種噁爛的味道。但如今他特地帶來的午餐盒卻只能擱在大腿上，就因為雷恩修士選在上課前召開這次臨時會，害他根本來不及把午餐盒放進置物櫃裡。亨利完全沒興趣聽雷恩說什麼，反正就是左耳進右耳出。他到現在還是對於大衛・卡羅尼的死亡覺得很震驚，雖然他並不認識那個學生。可是年紀這麼小就死亡真讓人震驚，更糟的是，竟然還是自殺。他真希望雷恩修士閉嘴不要再談這件事了。他媽的雷恩到底懂不懂學生聽見這種事會有什麼感覺啊。

「真相就是，大衛・卡羅尼做了最可悲的行為——去結束自己的生命。這類的行徑總是會引來各種謠言，臆測。甚至連最支持教育事業的當地報紙，也抗拒不了聳動的標題。

「我們必須面對這些聳動的標題，就像我們無時不刻都得面對真相。

「『學生襲擊校長而後自殺』

「沒錯，大衛・卡羅尼確實自殺了，而且，沒錯，他確實曾經襲擊三一高中的校長。

「另一個報紙標題是：

「『自殺之謎』

「也許我們永遠都不會知道大衛・卡羅尼為何採取這麼可悲的行動。原因也許藏在他遺留在某處的筆記裡，那份筆記反映出他錯亂的思緒。我知道你們當中有些人曾問過他那份筆記是什麼，還有他用奇怪方式說過的那個信件或那些信件[25]。目前好像沒有人明白那個備受折磨的可憐男孩到底在說什麼。

「在他生命的最後一天，他跑進教職員校舍來，那件事確實嚇到了大家，我知道，包括現在在座的所有人。而且大家也會覺得這件事很奇怪。不過，大家都能明白，病態的人往往會把怒氣轉移到那些試圖幫助他們的人。現在警方正在調查事情的真相。他們已經評估過所有的證據了。也訊問過三一高中的教職員、員工，和那些認識他的學生。雖然說，那個敏感的男孩子事實上並沒有什麼親近的朋友。」

亨利．馬洛南的母親是一個很棒的廚子，她很熱衷研發新食譜，雖然有一些創意他根本不敢嘗試——舉例來說那個失敗的黃瓜湯。還有她的新口味三明治也很奇妙。例如今天早上她做的那個雙層鮪魚沙拉三明治：用鮪魚、卡夫奇妙沙拉醬、芹菜末、溼的蒜鹽、某些像是香草的植物，還有蒔蘿醬瓜之類的東西。再加上一顆蘋果和一顆番茄，據他母親說，番茄也是水果，不過亨利是第一次聽見這說法。她還做了巧克力曲奇餅乾當作點心。光是想到那個餅乾他就快餓扁了，然後他忍不住想，是否可以趁雷恩嘮叨著那個筆記和事件過程的時候，偷偷拿出一片餅乾來吃？他是猜啦，搞不好雷恩就是造成大衛．卡羅尼悲慘人生的罪魁禍首之一，因為雷恩讓三一高中所有一切都變得很悲慘。亨利環顧四周，然後偷偷伸手到午餐袋裡摸索著餅乾，找到了它們，接著小心翼翼地從包著餅乾的塑膠袋裡拿出一片餅乾，準備將它塞進嘴巴裡。

25 大衛．卡羅尼原來指的是曲調（note）和字母（letter），但雷恩修士在這裡將之曲解成筆記（note）和信件（letter）。

「調查的結果顯示：三一高中裡沒有任何人涉及大衛・卡羅尼的死亡。他襲擊你們校長的行動被認為是一項偶發而且明顯毫無動機的行為。

「然而，我是有罪的。

「我的罪過在於我無知。我不知道所以沒去關心我學校裡的某一位學生，沒注意到他精神出了問題，而且不快樂，他需要被關心和照顧。

「但你們，同樣的，也有罪。

「你們所有的人都是。

「如果我犯了無知的罪，那麼你們的罪就是疏忽。還有漠視。大衛・卡羅尼是你們當中的一分子，他跟你們一樣是學生，是跟你們一樣的青少年。他曾經跟你們一同走在走廊裡，跟你們共同坐在學生餐廳裡吃飯。他跟你們交談。

「可是你們卻沒聽見他在說什麼。

「你們看也不看他。

「你們沒人回應他。

「身心受困擾的人總是會露出很多跡象。

「可是你們沒人注意到這些跡象。

「因此你們都應該覺得羞恥。你們應該要慚愧得無地自容。」

亨利・馬洛南疑惑雷恩修士到底在講什麼屁話，他幹麼說每個人都有罪。而且還應該覺得慚愧。我才沒有罪。我根本不認識那個學生好嗎。我甚至沒跟他打過招呼。亨利厭煩透了雷恩修士，就像厭煩學生餐廳的伙食那樣厭煩雷恩。雷恩幹麼每次都要把大家搞得很噁爛的樣子？什麼叫做**你們應該要慚愧得無地自容**？亨利．馬洛南越來越火大，於是他又伸手去午餐袋裡拿餅乾，結果卻拿不到，他的手指頭逐一碰觸到了蘋果、番茄……他媽的其他的餅乾去哪兒了？

「讓我們停頓片刻。讓仁慈主宰我們的生命。我們別再沉溺於過去幾天發生的可怕事件。讓我們大步朝向未來前進。讓我們忘懷過去，但也要從這件事裡學會教訓。因為那些忽略歷史教訓的人必然會重蹈覆轍。

「我曾探求內心，為我的無知尋求寬恕，而我找到了。

「我也曾從你們眼睛裡看進你們的心靈，就像我此刻所做的，而我也寬恕你們在大衛．卡羅尼悲劇裡所扮演的角色。

「我們必須邁步前進，讓三一高中成為一所莊嚴優秀的教育機構，用未來我們所獲得的榮耀來消弭這次的悲劇事件。

「因此，讓我們心懷過往，放眼未來。

「不僅現在我們要這麼做，同時因為再過幾天學期就要結束了。

「未來我們更要這麼做。那麼三一高中的我們全體都將會籠罩在這榮耀之下。

「現在就讓我們低下頭，安靜地為大衛．卡羅尼的靈魂禱告。

「也為我們自己的靈魂。

「還有我們的未來。」

番茄打在雷恩修士左邊的臉頰上，那是一顆熟透了的爆漿番茄，番茄汁濺在雷恩的襯衫上、他的頭髮上，然後流淌在他的臉頰上，看起來就像是鮮血。沒有人說話。沒有人動彈。沒有人發出噓聲或歡呼聲。當雷恩目瞪口呆地將臉上的番茄抹掉時，每個人都安靜地坐在位子上，甚至當雷恩從講台走下來，丟下全部學生離開禮堂的時候，仍然沒有任何人發出聲響，大家完全驚呆了，靜默持續了好幾分鐘，然後大家才安靜地排隊離開禮堂。後來雷恩修士始終沒提那位肇事者的名字。事實上，他完全沒有提起這件事的打算。也沒有任何人提起這件事。不過隔天在畢聯會選舉的時候，亨利・馬洛南被選為新的畢聯會主席，而且沒有任何人跟他競選。

邦亭坐在校門口的台階上，享受著晚春的微風，一面想著他現在所坐的位置就是以前亞奇．柯斯特洛的寶座。可是如今亞奇已經離開了，以及其他四年級學生。其他還沒畢業的學生也都在等著這學期結束。

邦亭坐在那裡，等待著什麼事情發生。

十分鐘之後，還是沒什麼事發生。學校最後一道鐘響過了，所有學生也都離開了，沒有人往後看，也沒有人特別瞄邦亭一眼。啊，沒關係，等秋天開學以後他們就會知道邦亭是誰了。

他很不想承認，可是他真希望康那屈或哈禮或誰能跟他作伴。然而他知道，康那屈已經出局了。自從開峢山那晚之後，康那屈就極力避開他。邦亭也巴不得這樣。他自己對於那晚上的事也耿耿於懷，所以很高興沒有任何後遺症產生。他覺得自己當時的表現太遜了，而康那屈的存在就像在提醒他曾經做過的蠢事。所以，再見啦，康那屈。而哈禮也不知道躲去哪裡了——邦亭跟他解釋過愛彌兒．詹達的事，說愛彌兒會成為守夜會裡的第二把交椅。哈禮的嘴巴瞬間扭曲了，好像吃了什麼難吃的東西。「但我還是需要你的，哈禮。我需要一個聰明，一個我能信賴的人。」哈禮喜歡被拍馬屁，而邦亭是很擅長拍人馬屁的。哈禮會彆扭一陣子，但過後他就會回來的。

微風轉冷了。只有一兩位學生還流連在校門口的草坪上，看著最後一班校車離開。邦亭決定放棄了，不想再繼續這種孤寂冷清的守候，這時，他看見愛彌兒·詹達走了過來。他極力保持面無表情，眼神也不洩漏出任何訊息。對邦亭來說，愛彌兒·詹達就像是鞋裡的一顆小石頭，肉裡的一根刺，眼睛裡的一粒沙。但又不能拿他怎麼樣。

詹達站在他底下，蹲坐下來的樣子很像在對他行禮。這取悅了邦亭，於是他點點頭表示打招呼，但仍默不吭聲，刻意端出酷帥的模樣。

「暑假的時候我們得來聚聚，」愛彌兒·詹達說。「就你和我。我們好好計劃一下。」

「計劃？」

「沒錯。我覺得我們得來組織一下。類似一支軍隊。我的意思是說，以前亞奇太軟弱了，老是玩那些什麼狗屁心理戰。我是認為我們應該善用肌肉。別再來那些什麼微妙的玩意兒。」詹達握起右邊拳頭握緊，啪地一聲擊向左手掌。

邦亭的眼睛畏縮地瞇了起來，彷彿詹達的拳頭正擊向他的胃。但是他覺得詹達的建議有道理。如果他的身邊能有拳頭和肌肉當後盾也挺不賴的。

「然後我認為我們應該要擁有一些武器。」詹達說。

「武器？」邦亭問，被嚇了一跳，不過還是努力保持鎮定。

「喔，我不是指槍彈那類的。而是像鬥毆時用的那種指節銅套。還有橡皮棍之類的。你可以把棍棒藏在長褲下方的小腿邊。從外表幾乎看不到痕跡。還有狼牙棒。狼牙棒超棒的。就像是一個化學戰……」

邦亭心裡發毛。「我不確定，詹達……」他必須謹慎地對待詹達。

「聽我說，這些就讓我來做好了。我來訓練會員，我來搞定那些武器。你就當發號司令的將軍就可以了。我來執行……」

邦亭將軍——這簡直荒謬得讓人想暈倒。但是詹達說得也不無道理。邦亭幾乎可以看見自己被一群親衛隊、擁護者簇擁，他們所有人隨時待命，等待邦亭一聲令下。

「還有另一件事，」詹達說。「我想我們需要有個金庫。」

「金庫？」詹達的點子真是層出不窮啊。也許他終究不像外表那麼笨。但這也讓他變得更加危險。

「沒錯。那些傢伙有繳費嗎，保護費之類的。」

「你是問守夜會的會員有繳費嗎？」

「不，我是說守夜會有去**收取**保護費嗎？其他學生付給守夜會保護費。守夜會以外的所有學生。只要他們付費了，我們就知道一切事情都進行得很順暢。就沒有人會受到傷害。而我們可以建立一個小金庫。為我們自己……」

一直以來邦亭的手頭並不寬裕。有時候根本就沒錢，因為他的零用錢很少，常常超支，而他又不喜歡去打工賺錢。

「還有你對草[26]有什麼想法？」詹達說，現在越說越起勁了。「我覺得我們可以做點草的生意。還有藥丸。亞奇．柯斯特洛一直不讓大家嗑藥，這簡直蠢透了。只要我們掌握好藥頭，三一這裡就逃不出我們的手掌心。」

愛彌兒．詹達一面說著一面研究著邦亭，他邊拋餌邊觀察反應。邦亭對於他提出來的計畫，一開始看似被嚇壞了，接著有些不情願，最後就眼睛發亮，幾乎可說是眼神炙熱了。幹，你不得不佩服亞奇。他對邦亭的反應簡直預測得神準。詹達很高興亞奇給他的這些建議，雖然亞奇說詹達沒必要感謝他。這只是他要送給愛彌兒的禮物，以答謝愛彌兒之前的忠心奉獻。嗯，讓我想想看，亞奇還建議了哪些事情？

「還有，邦亭。我們必須設法對付那些教職員。」

「教職員？」隨著一次又一次的對話，邦亭的聲音拉得越來越尖了，而詹達笑了。

「是啊，這樣就可以擾亂他們的注意力。」耶，這個詞不錯：**擾亂**。這是亞奇用的詞，可是詹達說得挺流暢的。「把課堂瓦解掉。」這是亞奇另一個用語。「讓那些教職員瞧瞧誰才是老大……」

邦亭屈膝，兩手環抱住雙腿，下巴擱在兩膝之間，他得好好想一想，消化消化詹達剛才的提議。真是瘋狂的提議，可是聽起來挺有道理的。那麼一來就有無限的可能了。最棒的是詹達看起來好像非常樂意當一個完美的副手。服從邦亭的領導。當然他也必須保持警戒，小心翼翼。但只要自己坐穩了，到時候隨時可以踢掉詹達。譬如說，只要把三樓的樓梯弄鬆。

「你覺得怎麼樣，邦亭？你認為呢，噢我們的領袖？」

邦亭假裝陷入長考，必須吊一下詹達的胃口，不能顯得太急切、太容易就接受了詹達的計畫。

「我們看著辦吧，」他最後說。「我自己也想了一些計畫，你知道的。不過你說的計畫我認為也行得通……」

詹達笑了，很驚訝亞奇的精準預測。你即將會有美好的一年，亞奇這麼對他說。此刻詹達就把這句話複誦一遍：「我們即將會有美好的一年，邦亭。」

邦亭點點頭。然後凝視著虛空。現在他不想看見詹達的臉或任何人、任何東西。他只想看向未來，明年，彼岸。他，邦亭，掌控著整個學校。身後簇擁著部下任他差遣。就像等候他發號司令的一支部隊。他的話就是唯一的規矩。他就是老大。不只這樣。還是左右一切的掌權者，我的天啊。

太美妙了。

26 大麻的俗稱。

文學館 E06032

超越巧克力戰爭【校園霸凌經典 50 周年紀念版】

作者／羅柏・寇米耶（Robert Cormier）
翻譯／周惠玲

【初版編輯群】
總編輯／黃靜宜　主編／張詩薇　校文／陳錦輝、周惠玲　企劃／葉玫玉、叢昌瑜
封面設計／張士勇工作室　內文版型設計／丘銳致　排版印刷／中原造像股份有限公司

【二版編輯群】
編輯總監／周惠玲　行銷企劃／柳千鈞
封面繪圖／柒衡　封面設計／弓長

發行人／王榮文
出版發行／遠流出版事業股份有限公司　104005 臺北市中山北路一段 11 號 13 樓
郵撥／ 0189456-1　電話／ (02)2571-0297　傳真／ (02)2571-0197
著作權顧問／蕭雄淋律師
輸出印刷／中原造像股份有限公司

初版一刷／ 2014 年 9 月 1 日
二版一刷／ 2024 年 9 月 1 日
定價／新台幣 390 元
ISBN ／ 978-626-361-832-9

遠流博識網 http://www.ylib.com　Email: ylib@ylib.com
遠流粉絲團 http://www.facebook.com/ylibfans

國家圖書館出版品預行編目 (CIP) 資料

超越巧克力戰爭 / 羅柏 · 寇米耶（Robert Cormier）著；
周惠玲譯 . -- 二版 . -- 臺北市：遠流出版事業股份有限公司 , 2024.09
328 面；14x21 公分 . --（羅柏 · 寇米耶作品）（文學館；E06032）
譯自：Beyond the chocolate war
ISBN 78-626-361-832-9（平裝）

874.57 113010140